Lutz Flörke
Das ilona~Projekt

Roman

Dies ist ein Roman. Die Handlung und die Figuren der Geschichte sind frei erfunden, Ähnlichkeiten mit lebenden oder toten Personen rein zufällig.

Erste Auflage 2018
Copyright © 2018 Verlag duotincta, Berlin
Alle Rechte vorbehalten.
Satz und Typographie: Verlag duotincta/Jürgen Volk, Berlin
Einband: Jürgen Volk, Berlin/Nadine Tsalawasilis, Stuttgart
unter Verwendung von Motiven von © pixabay
Karte: © FJ-de, Public domain, Wikimedia Commons; wikipedia.de
Skulptur: Foto © Lutz Flörke und Vera Rosenbusch
Printed in Germany
ISBN 978-3-946086-32-1

Für Vera.

1|Taormina am Abend

Solange HP sich damit begnügte, Taormina von seinem Bett in Hamburg aus ins Auge zu fassen, erhob sein Körper keinen Einwand gegen die Reise. Er fing erst damit an, als er begriff, dass er mit von der Partie sein sollte und dass man ihn am Abend der Ankunft in ein Zimmer führen würde, das ihm unbekannt war. Seine Auflehnung begann mit Herzrasen, ging über in Apathie und verlegte sich schließlich auf die Ausblendung der Wirklichkeit.

An der Rezeption des *Hotel Méditerranée* in Taormina kommt HP zu sich. Er stellt den Koffer ab, füllt den Meldeschein aus, lässt sein Gepäck aufs Zimmer bringen, steckt den ersten Band *Auf der Suche nach der verlorenen Zeit* ein und flieht hinaus in den Abendsonnenschein.

Reisen wäre in Ordnung, wenn der Ortswechsel nicht wäre, denkt er in Taormina auf dem berühmten Corso vor dem *Hotel Méditerranée*. Zwischen den Häusern der Altstadt führen Treppen den Berghang hinauf. Ein Weinhändler stellt drei Tische raus, tatsächlich nur so wenige, rammt eine blakende Fackel in den Boden und schaut die Treppe zu HP hinab. Wie gut! denkt der. Am besten, ich versuche in jenen Zustand alkoholgestützter Euphorie zu gelangen, in dem das Nervensystem weniger verletzlich ist. Er bestellt eine Flasche roten *Lacrimae Christi*, gezogen auf schwarzer Lava, Empfehlung des Wirts.

Ich sitze hier, denkt HP, weil ich es nicht geschafft habe, nein zu sagen. Tief unter mir liegt ein dunkles, schwarzes Nichts, das Meer, weil ich nicht nein gesagt habe. Rechts erhebt sich der Umriss des Ätna, weil ich nicht nein gesagt habe. Von der kleinen beleuchteten Straße, zweihundert Meter tiefer, mit ihren Miniaturautos will ich nicht reden. Spielzeug-Eisenbahnen eilen dort unten durch die Nacht, weil ich es nicht geschafft habe.

Er sitzt exakt 204 Meter über dem Meeresspiegel. Das hat er aus dem Reiseführer. Selbst gekauft nach sorgfältiger Prüfung. Der beste all der schlechten. Aber ohne käme er sich irgendwie nackt vor.

Er könnte eine Ansichtskarte schreiben. Liebe Schwester, die Aussicht in Taormina ist genauso wie im Reiseführer beschrieben. Herzliche Grüße, HP.

– Taormina!, hat sie gerufen. Stell dir vor, Taormina, gellt es noch jetzt in seinen Ohren.

Der ganze Kreis springt auf, brüllt *Taormina* und hebt die gefüllten Champagnergläser.

– Taormina!, prosten sie ihm zu. Freust du dich denn nicht? Nun freu dich doch!

Es ist sein Geburtstag. Seine Schwester hat eingeladen. Er sei die wichtigste Person in ihrem Leben. Sie brauche ihn. Damit sie wisse, wo sie hingehöre im alltäglichen Wechsel von Selbstoptimierung und Einsamkeit.

Neue anschmiegsame Herrenschuhe verbreiten ihren Lederduft. *Wir möchten, dass Ihr Leben gut läuft,* steht auf dem Karton. Das Leben seiner Schwester läuft gut; die Schuhe hat sie ihm gekauft. Damit er in Taormina was Bequemes zum Laufen hat. Das Wohnzimmer seiner Schwester, 58 Quadratmeter direkt am Alsterlauf, erstreckt sich über zwei Ebenen.

Eine ist mit Kamin ausgestattet, die andere mit Esstisch und Kristalllüster.

– Glaubst du, flüstert sie, ich lade zum Spaß ein? Geselligkeit ist kein Spaß, mein Lieber, sondern Arbeit an sozialer Vernetzung, die dem Fortkommen dient. Spaß kommt oben drauf, wenn man Glück hat und einem die Menschen sympathisch sind.

Ihre Freunde erheben das Champagner-Glas, seine Schwester zieht den Gutschein hervor. HP weiß, egal, was kommt, ich möchte lieber nicht. Studien-Reise: *Tempel, Orgien, Liebesgötter – griechisches Sizilien.* Goethe war auch schon da!

Eine Stille tritt ein. Sie starren ihn an. Er leert das Glas und schafft es nicht, glücklich zu sein. Warum kann er nicht wenigstens so aussehen? Seine Schwester könnte das. Die anderen warten. Sie haben gesammelt, sie machen ihn glücklich, das wollen sie jetzt sehen. Wirklich glücklich ist, wer einen anderen glücklich macht, der sonst kein Glück im Leben hätte. Jemanden ohne Selbstvertrauen. Einer muss ja der ohne Selbstvertrauen sein, das ewige Kind; die Wahl seiner Schwester ist auf HP gefallen. Sie hat Erfolg, er ist das Kontrastprogramm.

Ein bisschen mehr Freude könne er schon zeigen, findet sie. Er starrt zu Boden. Auch so schafft er es nicht, nein zu sagen. Steht stumm dumm rumm. Lehnt nicht ab, schweigt. Alle warten mit erhobenen Gläsern, schließlich ruft seine Schwester:

– Seht nur, wie gerührt er ist.

Gläser klingeln.

– Prost! Damit du mal siehst, dass die Welt nicht nur aus Büchern besteht!

Der Wirt auf der Terrasse in Taormina zieht den Korken aus der Flasche *Lacrimae Christi*. Schnuppert daran, nickt, reicht ihn dem Gast. HP winkt ab und bittet mit einem Handzeichen, vollzuschenken. Der erste Schluck, der zweite, er klappt die Augenlider zu.

Begrüßungscocktail – nein danke. Selbstverständlich hat er sich der Reisegruppe gar nicht erst angeschlossen. Was wollen Reiseleiter ihm erzählen, was er nicht sowieso besser weiß? Die paar Fakten kann man nachlesen und über Zusammenhänge weiß er besser Bescheid. Die Jahrhunderte der großen Metaerzählungen mögen vorbei sein, desto wichtiger ist es, die kleinen intelligent und phantasievoll auszumalen. Wenn ihm jemand zuhören würde ...

HP wünscht sich oft, Hauptperson seiner Lebensgeschichte zu sein. Bis dahin trinkt er seinen Wein lieber allein. Der Reiseveranstalter wird sich selbstverständlich weigern, die nicht in Anspruch genommenen Leistungen zurückzuerstatten. So wird fast sein ganzes Reisebudget fürs Hotel in Taormina draufgehen; in zwei Wochen kann er wieder zurückfliegen.

HP nimmt einen Schluck, blättert in Marcel Prousts *Auf der Suche nach der verlorenen Zeit* und liest: *Die Erschaffung der Welt begann an einem Sonntag. Der erschöpfte Schöpfer lehnte sich zurück und dachte: Morgen fang ich was Neues an. Und am Montag, nachdem er geruht hatte, schwebte der Geist über den Wassern und es war gut.*

Ob das wirklich von Proust stammt? Er will den Satz noch einmal lesen, findet ihn aber nicht wieder. Vielleicht im vorigen Abschnitt?

Stimme vom Nachbartisch:

– Sie lesen Proust? Respekt!

– *... die wahren Paradiese sind die, die man verloren hat,*
liest HP.
– Ich würd' auch gern Proust lesen.
HP schweigt und starrt ins Buch. Das irritiert den anderen
nicht. Er macht sich breit. Selbstvertrauen und Übergewicht,
von beidem zu viel. Er schielt in HPs Buch und sagt:
– Nicht nur die wahren Paradiese sind verloren, auch
mein Handgepäck.
Über einem hellen, edelknitternden Leinenhemd wölbt
sich eine Weste mit geometrischen Mustern in skandinavisch
blassen Wollfarben, wie aus dem Ikea-Katalog, nur teurer ...
Dazu Strohhut mit dunklem Band, Modell *Tod in Venedig.*
Mit mindestens einer Flasche Rotwein intus stellt er die Ge-
meinsamkeit der Ästheten her:
– Ja, Proust ...!
Das soll HP schmeicheln und tut es auch.
– Wie gern läse auch ich jetzt Proust. Leider unmöglich.
Weil ich mein Handgepäck im Taxi vergessen habe. In Stutt-
gart! Mit dem zweiten Band drin. Verlorene Zeit, verlorenes
Buch, verlorenes Paradies. Den ersten Band habe ich soeben
wieder einmal gelesen. Der zweite ist im verlorenen Koffer.
Und ich kann doch nicht mit dem dritten fortfahren, wie
soll man den dritten vor dem zweiten lesen, *Guermantes* vor
Im Schatten junger Mädchenblüte?
– Kennen Sie den?, fragt HP. Kommt ein Mann vorbei
und sagt: Proust! – Sagt der andere: Gesundheit!
Der Dicke, er heißt Reinhardt, wie sich herausstellen
wird, will sich ausschütten vor Lachen. Lacht lauthals
proustend. Rumpf bebt, Arme schlackern, enorme Geste
mit links. Schwupp, wischt er sein gefülltes Weinglas vom
Tisch.

Instinktiv findet das Glas sein Ziel, denkt HP. Wäre ich doch im Hotel geblieben. Schon saugt seine Hose gierig den roten Wein in sich hinein.

– O! Da ist Ihnen aber ein Malheur passiert! lächelt Reinhardt süffisant.

Zwei vorbeikommende Mädchen schauen auf HPs Schoß und kichern schamlos. Eine bläst die Kerze auf seinem Tisch aus.

Reinhardt schenkt sich sein Glas voll, aus HPs Flasche. Setzt an, trinkt leer, schenkt nach:

– 'tschuldigung. Auf den Schreck ...

– Die Hose ist klitschnass!

– Das trocknet unter Siziliens Himmel!

Er schnalzt mit der Zunge.

– Im Übrigen bezahle ich Ihnen die lockerlose Abendhose! Hab nur leider im Moment nicht genug Geld dabei ...

HP drückt eine Serviette auf den Fleck; die weicht sofort durch. Sein neuer Bekannter ordert eine weitere Flasche, nimmt einen Schluck, setzt das Glas mit Schwung auf den Tisch, nickt, der Wirt füllt beide Gläser. Der ist in Stimmung, denkt HP, jetzt kommt bestimmt seine Lebens-Geschichte. Und sie kommt.

– Erbe! Ich bin hauptberuflich Erbe. Können Sie sich das vorstellen?

HP tupft auf seinem Schoß herum. Die Serviette färbt die Hose grün.

– Sie sollten dem Himmel danken, wenn Sie nicht erben müssen. Jeder grinst, wenn man das erzählt. Denkt, deine Probleme möchte ich haben. Erbe! – Seit über vierzig Jahren bin ich Ziel und heimlicher Zweck all dessen, was meine Eltern vor mir angefangen haben, über den Tod hinaus.

Einmal Erbe, immer Erbe, egal, was ich dagegen tue. So etwas Unnützes wie Literatur habe ich studiert, um keine Drogeriekette verwalten zu müssen, in der man Hautcreme und Katzenstreu verkauft! Der Erbe eines Katzenstreu-, Hautcreme- und Staubsaugerbeutel-Imperiums! Stellen Sie sich das vor! Von Magen-Darm-Pastillen und Bio-Weinen nicht zu reden. Das können Sie sich nicht vorstellen! Er hätte ebenso gut Ameisenköder erwähnen können, Düngerstäbchen oder Tortenspitzen aus Papier.

– Früher wurde man als unnützer Erbe Bischof oder Künstler, heute promoviert man über Thomas Bernhard, egal, wie lange das dauert und was das kostet. Warum auch nicht. Übrigens schreibt der: *Ich hatte mit meiner Schwester Sizilien bereist und wochenlang in Taormina verbracht* – merkwürdiger Satz, steht aber wortwörtlich in seinem Roman *Beton* –, *in dem berühmten Hotel Timeo unter dem griechischen Theater.* Leider war da kein Zimmer mehr frei.

Verstehen Sie, als Erbe kann man alles werden. Im Prinzip. Ich könnte Playboy werden, mich bei Greenpeace engagieren, blauäugige Höckerschwäne züchten, die grünkarierte Eier legen. Ich könnte zu Fuß nach Lourdes pilgern, in die Stromgewinnung mittels leuchtfähiger Mikroorganismen investieren oder eine Familie gründen. Aber man bleibt immer Erbe. Als Erbe muss man sich dauernd rechtfertigen als jemand, der nicht *bloß* Erbe ist. Ich bin gleichzeitig frei und ungerechtfertigt. Proust zum Beispiel hatte ein gesünderes Verhältnis zum Reichtum. So schrieb er über Swann: *Er gehörte zu jener Kategorie von intelligenten Männern, die für ihr müßiges Dasein einen Trost und vielleicht auch eine Entschuldigung in der Idee suchen, dass Müßiggang ihrem Geist Objekte bietet, die des Interesses mindestens ebenso würdig sind*

wie die, die Kunst oder Wissenschaft ihnen an die Hand ge-
ben würden, und dass das „Leben" interessantere und
romantischere Situationen mit sich bringt als alle Romane. –
Verstehen Sie das? Können Sie das begreifen? In seiner ganzen Tragweite, in seiner ganzen Tragik? Naja ... Proust! Aber
was ich eigentlich sagen will ... Darum geht es überhaupt
nicht! Es ist nicht nur das Erbe! Meine Mutter ist gestorben.
Kommt vor, sicher. Mein Vater auch. Kommt vor, klar. Au-
tounfall. Beide zugleich. Kommt selten vor. Logische Folge:
Beerdigung. Bis hierhin ist das keine besondere Geschichte,
aber warten Sie ab.

HP sagt nichts, der andere hört Beileid heraus.

– Herzlichen Dank, sagt er. Jahrelang interesselose Ko-
existenz meiner Eltern mit mir, plötzlich bin ich Erbe und
repräsentiere bei der Beerdigung die Familie. Drei Tage Verwandtschaft, Tränen und Mahlzeiten. Man wird in den Arm
genommen von schmuckbehangenen Mumien. Nachts um
drei Uhr drängen sich minderjährige Nichten kichernd auf
meinen Schoß, um zu testen, ob ich homosexuell bin. Und
im Morgengrauen Gespräche über Moral und Waffenhandel
mit Herren, denen Schmisse das Gesicht entstellen.

Mein Vater vererbt also mir und meiner Schwester die Fir-
ma.

– Schwester?, sagt HP. Kenn ich.

– Die will mich am liebsten sofort auszahlen, denn sie
führt die Geschäfte seit Jahren, und ich hätte ja kein Interesse an Haarspray und Hundefutter. Da hat sie recht. Was soll
ich damit auch anfangen? Man kann nicht von mir verlangen, dass ich mich um geistlose Geschäfte kümmere! Ich will
lediglich am Gewinn beteiligt werden. Da wirft sie mir vor,
ich wäre ein Schmarotzer. Ausgerechnet ich! Ich weise dar-

auf hin, dass ich, nur ich, ihre Töchter Jahr für Jahr nach Bayreuth mitnehme. Oder nach Venedig. Meine Schwester kümmert sich ja nicht um deren ästhetische Bildung! Also, um es kurz zu machen, denn das wirklich Wichtige, eine Lebensentscheidung sozusagen, die kommt ja erst noch ... Wir einigen uns. Sie bleibt gegen ein pompöses Gehalt Geschäftsführerin, überweist mir monatlich meinen Teil am Gewinn, und ich störe sie nicht beim Geldverdienen.

Nach der Beerdigung wollte ich so schnell wie möglich fort. Wenn man im Handumdrehen das Unvergleichliche, *das märchenhaft Abweichende zu erreichen wünscht*, wohin geht man?

– Nach Venedig?

– Potsdam! Denken Sie nicht an Preußen, denken Sie an die einzigartige Parklandschaft. Poesie in Grün! Ich fasse also den Entschluss, erhobenen Hauptes über meine entwürdigenden Geldangelegenheiten hinwegzusehen, die ja doch nur die Lust am Schönen vergiften, und widme mich Rokoko und Römischen Bädern. Beim Anblick von Charlottenhof habe ich Drogeriemärkte und Verwandtschaft vergessen. Als ich die Orangerie im italienischen Stil erreiche, sogar meine Schwester. Und dort, Sie glauben es nicht, also in dieser italienischen Orangerie, da kommen Sie nie drauf, beginnt eine wunderbare Geschichte. Also ... ich entdecke eine Ausstellung über visionäre Villenarchitektur auf Stichen aus dem 18. Jahrhundert!

Er kann die *visionäre Villenarchitektur* längst nicht mehr sauber aussprechen.

– Ich sehe das Plakat und betrete das Orangerieschloss im Stil der italienischen Renaissance, begierig auf wunderbare Villen in paradiesischen Gärten ... Ich erblühe, nein, wie soll ich sagen, ich erglühe vor Sehnsucht nach dem Land, wo die Zitronen blühn.

Man redet viel, denkt HP, wenn man unter eine gewisse Einsamkeitsgrenze gerutscht ist.

– Jedenfalls in der Ausstellung ist außer mir niemand. Total leer. Nur Personal. Kein einziger Besucher. Und wie ich so herumschlendere, über visionäre Villenarchitektur sinne – also mich mit der Frage beschäftige, würde ich so leben wollen, in welcher Villa am liebsten, würde ich in ihr sterben wollen, *zum Sterben schön* ..., das ist ja noch wichtiger, als nur seine Tage dort zu verbringen ... In dem Augenblick, und jetzt kommt's. Jetzt kommt sie. Passen Sie auf! Da spricht mich plötzlich diese Frau an. Vollkommen unerwartet. Vom Aufsichtspersonal. Die stehen ja mehr oder weniger überflüssig schweigend herum. Sie aber spricht mich an. Dunkelblond, schlank, gerade noch jung, knapp jünger als ich jedenfalls. Beinahe verblüht, wie man so sagt. Trifft genau meine melancholische Stimmung. Ich sage ... Nein, sie sagt ... Was hat sie eigentlich gesagt ...? Sie sagt ... Also ... etwas wie:

– Ach, da würde ich auch gern mal hin! Aber glauben Sie, ich kann meinen Mann so weit bringen? Kein Geld, sagt er, keine Lust, meint er. Er will einfach nicht. Alle Freunde und Verwandten sind längst in Italien gewesen, nachdem man früher so lange nicht gekonnt hat ...

– Tja, was sagt man dazu, wenn eine verblühende weibliche Aufsicht auf diese Weise von ihren Sehnsüchten anhebt? Ich sage artig:

– Versuchen Sie es ruhig noch mal mit ihrem Mann!

Da habe sie ausgesehen, als ob sie ...

– Frauen, die sich verflüssigen ..., sagt er. Dafür habe ich ein Faible.

Unten auf dem Corso küsst sich ein junges Paar.

– Das war auch mein Impuls in Potsdam; hätte ich es doch getan. Stattdessen überfiel mich diese unverantwortliche Laune, etwas in Gang zu bringen, aus diesem einen Menschen etwas zu machen ... eine Geschichte. Was ist Literatur lesen gegen die Erfindung einer Lebensgeschichte, einer *biographischen Illusion?* Also sage ich: Ich lade Sie ein! Treffen Sie mich in Taormina!

HP bewundert Reinhardts Tatkraft. Ob der lügt?

– Sie starrt mich an wie nach einem obszönen Antrag. Dabei wollte ich ihr eine Geschichte schenken, in der sie die Hauptrolle spielt. Ich fand mich großartig.

– Und?

– Zwei Drittel des Reisegeldes drücke ich ihr sofort in die Hand, ein bisschen Risiko muss sie selber tragen ... Natürlich kriegt sie den Rest hier, das Hotel sowieso. Nun jedoch ...

HP kann sich vorstellen, wie groß und unternehmend der sich vorgekommen ist in Potsdam. Verführer, Kenner, Menschenbeglücker, Spekulant, der ein irrsinniges Ding laufen hat ... Ein einzigartiger, kreativer Akt.

Ein paar Tage später setzte sich die Frage fest, ob die wirkliche Begegnung nicht lediglich der Tod seines Traumes sein würde.

– Jetzt haben Sie Angst, dass sie ihren Mann mitbringt?

– Seien Sie nicht albern! Aber was soll daraus werden außer einer weiteren sexuellen Beziehung, bestenfalls? Peinlich. Immer diese Peinlichkeiten, die mich mein ganzes Leben verfolgen. Der Entwurf besitzt den Schwung des Gedankens, die Verwirklichung versackt im Klischee! Sie trinken ja nicht!

Er leert sein Glas.

– Hören Sie, Sie müssen an meiner Stelle hingehen!

2|Zwischenspiel mit Sodbrennen

Es ist Mitternacht. Unter HPs Hirnschale summt eine Summe von Fragen. Sein neuer Bekannter hat im Fahrstuhl *Those were the days, my friend* gesungen, *We thought they'd never end.* Und sämtliche Knöpfe gedrückt. In jeder Etage hielten sie an:
– Dritter Stock, Waschmittel und Hygieneartikel!
In jeder Etage!

Keine Ahnung, wie spät es ist. Dieses Summen und Brummen lässt nicht nach. Als dröhnten mehrere Kirchenorgeln. Mikroorganisten, die auf winzig kleinen Tasten tief grollende Töne hervorbringen ebenso wie spitze Klänge – apokalyptisch und apoplektisch.

Das ist der Ausnahmezustand, denkt HP. Habe ich den gewollt? Oder weshalb habe ich nicht nein gesagt?

Heiß, denkt er, verdammt heiß, Schweiß strömt seinen nackten Oberkörper hinab, tropft auf den Rasen und versickert in der Drainage des antiken Stadions von Taormina. Wieso Stadion? Haben die hier nicht ein antikes Theater? Sein neuer Bekannter fläzt sich im Regiestuhl, HP sitzt auf der Auswechselbank. Ist schon wieder Europameisterschaft? Nein, es handelt sich um x-beliebige Besoffenheit.

Action!, ruft der Dicke.

Mikroorganisten spielen einen Tusch. Herren und Damen

in Uniformen und mit Namensschildern, die Creme de la Creme Potsdamer Aufsichtskräfte, schreiten rhythmisch über die Bühne. Frauen schlagen hölzerne Rasseln aneinander, stampfen mit dem rechten Fuß auf und singen: *Dreh dich nicht um, der Plumpsack geht rum!* Halten sich tragische Masken vors Gesicht und treten an die Rampe: *Wer sich umdreht oder lacht, dem wird der Buckel blaugemacht! – Jetzt geht's los! Jetzt geht's los!*

Natürlich, denkt HP, jetzt werde ich eingewechselt. Er streift sich ein Trikot mit der Nummer 2 über.

– Los, ruft sein Trainer! Jetzt kommt's drauf an!

HP steht auf und wird von einem Ganzkörperscanner durchleuchtet. Natürlich, dies ist seine große Chance! Folglich ist dies kein Stadion, sondern ein Großflughafen! Und sein Trainer ist nicht Fußballtrainer, sondern Großschriftsteller. Er wechselt ihn nicht ein, sondern nimmt ihn auf die große Reise mit. *Man reist ja nicht, um anzukommen,* sondern um Großschriftsteller kennenzulernen, die wissen, wo's langgeht. Ein Großschriftsteller ist kein Schriftsteller, der einfach viel Geld verdient, sondern gehört *zur Großindustrie des Geistes.*

Der Großbürger als Großschriftsteller auf dem Großflughafen – was hat der kleine HP hier verloren? Man träumt ja nicht, um aufzuwachen!

Mit einem Whisky in der Hand tritt der Großschriftsteller an den Schalter der BBC.

– Zwei Tickets bitte, kommandiert er mit erfolgsgewohnter Stimme.

– Tut mir leid, Sie sind hier bei der BBC!, entgegnet die junge Frau in blaugrüner Uniform.

– Na und?

19

– BBC – hier gibt es keine Flugkarten. Versuchen Sie's dort drüben, gleich neben dem ZDF!

Das kann nicht wahr sein! Es ist wahr! Auf dem gesamten Gelände existiert nicht eine einzige Flugkarte, und zwei Angestellte hinter ihnen tuscheln, die Rollfelder seien an den örtlichen Kegelclub vermietet.

Erschöpft und enttäuscht begeben sie sich in einen Blumenladen, der in eine Video-Sauna verwandelt ist: *Zutritt ausschließlich für minderjährige Transvestiten!*

Selbstverständlich Unsinn – weder sind er und der Großschriftsteller minderjährig noch Transvestiten, und die Sauna wird sicher bald in einen Hundesalon umgebaut werden. Ein Flughafen ist ja ein extrem transitorischer Apparat.

17.30 MEZ. Am Schalter von Radio Berlin-Brandenburg versucht der bekannte Moderator M., ein Interview mit dem Großschriftsteller zu führen. Bereits viermal hat er die Frage wiederholt, warum zum Teufel schreiben Sie Bücher, aber der Gefragte antwortet jedes Mal:

– Ich verstehe Ihre Frage nicht!

Schließlich ruft der Moderator, ernsthaft ums Verstehen des Künstlers bemüht:

– Wenn das Leben die besten Geschichten schreibt, wer schreibt dann Ihre Bücher?

Auf dies Stichwort springen plötzlich und nahezu gleichzeitig sämtliche Türen des Flughafengebäudes auf, zwölf vermummte Gestalten stürmen herein, stoßen unartikulierte Schreie aus, ballern wild mit Maschinenpistolen herum und besetzen sämtliche Schaltstellen des Komplexes.

Der Großschriftsteller beobachtet ungerührt, wie eine Frau (etwa aus Potsdam?) mit Strumpfmaske und Revolver den Moderator unterbricht und alle Anwesenden auffordert,

Ruhe zu bewahren.

– Dies ist eine Aktion des Kommandos Anna Blume! Wir haben den Flughafen besetzt und fordern seine sofortige Verlegung nach Helgoland!

– Interessant, flüstert der Großschriftsteller. Ich werde mir eine Notiz machen ... Er greift in die Innentasche seines Jacketts.

– Wenn du Affe nicht deinen Wedelmeier stecken lässt, hast du 'ne Gurke im Leib!

Die Terroristin schlägt ihm mit dem Pistolenknauf über den Schädel.

– Wedelmeier ... Gurke ..., murmelt er, während er zu Boden gleitet.

– Werden wir jetzt alle umgebracht?, fragt zitternd der Moderator.

Die Mitinsassen des Flughafens beginnen sämtlich zu vibrieren. Das muss der Start sein. Richtig, sie heben ab; die Landschaft bleibt zurück. Wolkenfetzen, plötzlich rüttelt das ganze Gebäude. Sind das Turbulenzen? HP wird übel. Er würgt, stöhnt, erblasst. Er reißt sich zusammen.

Die Terroristin sticht dem Großschriftsteller, der wieder zu sich kommt, ihre Pistole in die Nase.

– Kennen Sie meine *Akustischen Oblaten?*, fragt er. Es geht um das H-Eilige in der Sprache, das Flüchtige. Eine Reminiszenz ans Abendmahl, Nachvollzug und Parodie in einem. Oblate 1: *Die Welt als die sich öffnende Offenheit einfacher und wesentlicher Entscheidungen eines geschichtlichen Volkes.* Heidegger, Sie verstehen. *Die Erde als das zu nichts gedrängte Hervorkommen des ständig Sichverschließenden und dergestalt Bergenden.* Der Großschriftsteller als Epiphanie ... Und jetzt hinaus ins Leben!

Mit diesen Worten stößt der Großschriftsteller HP aus der Tür des fliegenden Flughafens und springt hinterher. Sie stürzen durch Wolken und Blau und Bläue, den strahlend weiten Himmel um sich herum. Wunderbar, denkt HP und wird erst unruhig, als der Großschriftsteller die Reißleine zieht und nach oben gerissen wird. Auch HP will den Fallschirm öffnen, tastet links, rechts, nirgends ein Abzug. Oh nein ...! Da prallt er schon auf ein blaues Sofa vor der Deutschen Bank von Helgoland. Gerettet? Keineswegs. Reinhardt überreicht ihm eine unbegrenzte goldene Kreditkarte mit Diamanten am Band:
– Damit Du mal siehst, wie's andern geht!

HPs Speiseröhre erhält vom Magen einen Säurestoß und läuft über. Er würgt, alles bleibt drin, aber die Luftröhre erhält ihren Teil, die Stimmbänder reagieren wie ein Polyp in Essig und stellen die Arbeit ein. HP möchte etwas sagen, aber nur ein Krächzen verlässt den Rachen.
Sodbrennen – das saure Grauen nach Wein plus Acetylsalycit. Er taumelt ins Bad, kaut 6 – 7 – 8 – egal, den ganzen Blister Talcid, noch eins. Der Magen beruhigt sich, doch der stimmlose Hals bleibt belagert von aggressivem Räuspern.
Draußen ist es ruhig und dunkel wie in der Nacht vor der Auferstehung. Nur ein Großschriftsteller weht vorbei und ruft berühmte letzte Worte:
– Man schreibt ja nicht, um anzukommen!

3|Taormina am Morgen

Der Druckluft hammer (umgangssprachlich Presslufthammer genannt) ist eine im Raum bewegliche Maschine. Ein Kolben, angetrieben durch Luft, überträgt einen Impuls auf ein Werkzeug, den Meißel. HP erwacht. Wo hat er denn diese Informationen aufgeschnappt? *Die Druckluft wird durch einen motorgetriebenen Kompressor erzeugt und dem Hammer über einen Verbindungsschlauch zugeführt.* HP benutzt Ohrstöpsel mit Schalldämmung bis zu 30 db. Leider beeinflussen Ohrstöpsel den Gleichgewichtssinn. Er pult sie aus dem Gehörgang. *Druckluft hämmer werden angeboten von einhändig geführtem Gerät über schwere, beidhändig geführte Baugeräte bis zu Geräten, die an Baggern angebracht werden.* Dieser hämmert direkt am Schläfenlappen. *Neben pneumatischen Hämmern gibt es auch elektrische und benzingetriebene Abbruchhämmer.* Die Schädelknochen vibrieren tief hinab ins Rückenmark.

Reißen die das Hotel ab, die Straße auf, seine Zähne raus? Aber nein, viel schlimmer, was hier dröhnt, ist kein Presslufthammer, sondern sein Pulsschlag. Herzschlag, Hirnschlag, Schlaganfall, denkt HP.

Er hebt den Kopf ganz gering an, kaum einen Zentimeter. Ein Schlag spaltet sein Hirn. Der Schmerz huscht hinter den Augen entlang, lagert sich in der Nähe des rechten Ohres und flüstert: Du bist älter als du denkst!

Es poltert an der Tür. Dann Stille. Oder Hörsturz? Er schiebt die Schlafmaske beiseite und setzt sich auf. Wände, Möbel, Bettzeug erstrahlen knallweiß. Das Licht wirft ihn aufs Laken zurück, reißt ihn dann empor. Das Zimmer gerät ins Schlingern, Schleudern, Drehen, Wanken, Schwanken; eine entsetzlich hohe Frauenstimme ruft:

– E pericoloso sporgersi!

Und wieder hämmern die Fäuste.

– Jetzt aber schnell!, fordert eine Stimme im Kopf, eine zweite fragt: Was soll schon sein?

HP springt auf – die Hämmer hämmern wieder; ein kleiner Würgereflex sagt Hallo. Im Vorüberstürzen reißt HP die Zimmertür auf, stolpert ins Bad. Dabei ist er sich gestern im Vergleich zu diesem, wie heißt er, Reinhardt, diesem Reinhardt so nüchtern vorgekommen! Der Magen möchte sich ausstülpen, der Körper sucht sein Heil auf den Kacheln.

Poseidon schickt einen aalartig-langen Wurm aus der Tiefe herauf, so, dass der Kopf im Magen festsitzt, der Schwanz hingegen grün und schleimig und endlos lang in die See hinunterhängt ...

HP gelingt's. Er übergibt sich.

Das Zimmermädchen steht in der Tür und schaut ihm zu. Wo kommt die her? Was will sie? Ihm helfen? Sich an seinem Elend weiden, damit sie etwas zu erzählen hat? Ich bin doch keine Vorlage für Alltagsgeschwätz, denkt HP. Ich bin Hauptperson. Offenbar nicht für sie.

Er spült Toilettenbecken und Mund, lässt sich aufs Bett fallen. Das Zimmermädchen nagt an ihrer Unterlippe, kichert asexuell und übergibt ihm einen prallgefüllten Umschlag. Der Umschlag ruht jetzt auf seinem Bauch. Wenn er doch dort verweilen möchte. HPs Hand streicht übers Papier ...

Reinhardt übergibt mir Ilona, denkt er, ich übergebe mich, das Zimmermädchen übergibt den dicken Umschlag, ich übergebe mich dieser Geschichte.

Er reißt den Umschlag auf; eine rote Plastiktulpe, merkwürdig, ein Brief von Reinhardt, aha, und tatsächlich Scheine. Das Zimmermädchen schlägt theatralisch die Hand vor den Mund und sagt etwas wie *storia* oder *historia*. Ob sie meint, auf den Geldscheinen stünde eine fortlaufende Geschichte? Wo denn? Von wem denn? Verschlüsselt in den Nummern? Quatsch, Geld erzählt keine Geschichten ... Oder?

Er versteht nicht. Das Zimmermädchen wendet ihre Aufmerksamkeit ganz ihm zu, du, nur du allein, mit kugelrunden Augen. Lächelt ermutigend. Wartet sie aufs Trinkgeld? Ich habe nichts aus meinem Leben gemacht, denkt er, bloß die Jahre abgelebt. Niemand setzte einen Cent auf mich.

Seine Schwester würde jetzt sagen: Vielleicht solltest du dich mal durchchecken lassen ...

Das Zimmermädchen sagt:

– Scusi?

HP öffnet die Augen, entfaltet den Brief:

Sehr geehrter Herr!

Sie wundern sich vielleicht; wundern Sie sich ruhig; ich wundere mich selbst. Zerrüttete Nerven, händezitternder Morgen und dieses ekelhaft weiße Licht, das einem zuruft: Jetzt oder nie! Sie ahnen, wie es mir geht. Bitte nicht vergessen: 14 Uhr! Antikes Theater! Und noch einmal vielen Dank.

Da ich mir nicht sicher war, Ilona wiederzuerkennen nach der einen Begegnung, haben wir ein Erkennungszeichen verabredet. Sie trägt eine rote Plastiktulpe! Grüßen Sie sie und genießen Sie die Aussicht!! Herzlichst.

Wahrscheinlich hat Reinhardt sich Abend für Abend an derselben Stelle betrunken in der Hoffnung, einer wie ich käme vorbei ..., denkt HP.

Aber der Brief ist noch nicht zu Ende:

Sollte Ilona mir verzeihen ...

Das Zimmermädchen entnimmt der Mini-Bar eine Flasche Mineralwasser mit Sprudel sowie ein Fläschchen Wodka:

– Prego, Signore ...

Sollte Ilona mir verzeihen, so bitte ich sie inständig, mir noch einmal zu vertrauen. Wie sich heute Morgen überraschend herausgestellt hat, muss ich sofort nach Samos reisen. Ja, Sie lesen richtig, die griechische Insel. Eine Patenttante (seltsamer Schreibfehler!) von mir lebt dort in Vathy und es geht ihr gerade jetzt – gerade rechtzeitig! – sehr schlecht.

Es würde mich freuen, wenn Ilona mir nachreisen würde. Treffpunkt: Aphrodite-Studios. Falls Sie Bedürfnis und Zeit haben, die Sache weiterzuverfolgen, was ich innigst hoffe, von Proust-Leser zu Proust-Leser, tun Sie mir den beinahe unverschämt großen Gefallen und bringen Sie sie mir. Selbstverständlich wird das ihr Schade nicht sein!

Er stellt für diesen Lieferantenjob eine so hohe Summe in Aussicht, dass HP seine Schwester verlassen und sich eine eigene Wohnung nehmen könnte.

Das Zimmermädchen reicht ihm die Wasserflasche. Er nimmt einen Zug. Sie reicht ihm das Wodkafläschchen. Er nimmt einen Schluck.

Geben Sie sich einen Ruck und Sie haben den Job! Flug und zwei Zimmer sind gebucht. Ein Taxi holt Sie vom Flughafen ab. Ciao!

Clever, denkt HP. Wie der sich wichtigmacht.

4|HP betritt die Bühne

Hoffentlich wird das kein trauriges Kapitel, denkt HP. Da erhebt sich schon sein *ursprünglich griechisches, später mit römischem Bühnenhaus versehenes Theater* vor der Kulisse aus Meer und Ätna. *Teatro Greco e Panorama. Théâtre Grec et Panorama. Greek Theatre and General View*, steht auf den Ansichtskarten am Eingang. Ta-or-mina – *seine außerordentliche geographische Lage, die leuchtende Farbe des Himmels, steil abfallende Hänge*, liest er im Reiseführer. Worauf lasse ich mich da ein? Natürlich wird diese Ilona sauer sein und eine Szene machen.

Wie so oft fragt sich HP, in welcher Geschichte er sich befindet, ob es die eigene ist oder eine, die ihm andere aufzwingen, seine Schwester, Reinhardt, das Leben im Allgemeinen. Vielleicht sind sogar seine Handlungsimpulse lediglich Ausdruck von Erzählkonventionen, also gar nicht seine ...

Er steht an der Kasse an. Die pralle Sonne weckt die Mikroorganisten in seinem Schädel. Soll er noch eine Schmerztablette nehmen? Lieber nicht.

Das antike Theater von Taormina, erinnert er sich an das Deckengemälde im Treppenhaus des Burgtheaters. Schwülstige Bacchantinnen bieten ihrem Gott Räucherwerk und dem Betrachter halbnackte Leiber dar. Seiner Schwester, die ihn zur Feier seines Abiturs mit nach Wien genommen hatte, waren sie peinlich gewesen.

27

– Dionysos, sagt jemand. Orgiastische Kulte, so recht vorstellen kann ich sie mir nicht. Ist Fellatio schon Orgie? Oder braucht man Flagellanten?

Der Kassierer hinterm Schalter sieht aus wie das blühende Leben, Anfang 30, frisch geduscht. Er guckt so unschlüssig. Weshalb guckt er so? Noch nie einen verkaterten Mitteleuropäer gesehen? Der Frischgeduschte zögert. Vielleicht lassen die hier nur junge, frische Menschen rein, keine mit aufgedunsenem Gesicht und schweißnasser Haut ... Da drückt der doch eine Taste; das Ticket springt von unten aus dem Tresen.

– Prego signore!

HP sieht noch, wie er zum Handy greift, dann drängt ihn der nächste Zahlungswillige von der Kasse fort. Er stolpert weiter bis in die *Cavea*, dem Zuschauerraum mit seinen halbkreisförmig ansteigenden Sitzreihen, die ihm egal sind. Reiseleiter steigen mit Wimpeln in den Händen die Zuschauerreihen hinauf und hinab, Reisegruppen hinterher. Immer hinauf-hinab und dem Wimpel nach, seltsame Performance. Ältere Ehepaare in kurzen Hosen ziehen sich gegenseitig hoch. Junge Menschen springen leichtfüßig Hand in Hand ganz nach oben, suchen den berühmten Ausblick über das Bühnengebäude hinweg aufs Meer, die Küste, den Kegel des Ätna und rufen:

– *Wie ist doch die Natur im Allgemeinen so schön!*

Schön mit Ausrufezeichen! Schönheit identifiziert, Wertekonsens hergestellt, keine besonderen Vorkommnisse!

Wenn ihm nur nicht so schwindlig wäre. HP benötigt dringend ein schattiges Plätzen, von dem aus er die herein- und herausströmenden Touristen durchmustern kann. Bei sehr heißem Wetter konnte man ein Sonnensegel über die Sitzreihen spannen, schön wär's. Wohin soll er sich wenden?

Er spürt sich wanken. Die Reste des römischen Bühnenhauses werfen einen Restschatten. Der ist meiner, denkt HP.
– Dies ist ein Notfall, ruft er und schubst einen Greis in Shorts beiseite.
HP, die Hauptperson, betritt die Bühne. Im Schatten setzt er sich sofort auf einen Säulenstumpf, hebt eine Flasche mit isotonischem Durstlöscher an die Lippen, kippt den blauen Drink, lässt laufen, schluckt, entdeckt durch die sich leerende Flüssigkeit hindurch: Ilona!
Wunderschön verloren steht sie da, passend zu Theaterruine und Himmel. Ein so trauriges Idyll inmitten des Touristen-Gequirls. Wie angenehm, jemanden zu beobachten und die Phantasie spielen zu lassen ...
Sie dagegen spielt mit der peinlichen Plastiktulpe und wartet nur auf ihn. Weiß natürlich nicht, dass sie auf ihn wartet. Ist aus ihrer Lebens-Geschichte ausgestiegen und frei für neue Geschichten. Allein bin ich ein epischer Voyeur, denkt er. Mit ihr könnte ich mein Leben als Liebesgeschichte erzählen mit mir selbst als Hauptperson. Reisen, Lieben und Erzählen gehören ja zusammen, alle drei Bewegungen gehen ins Offene.
Leider reist er nicht gern und auch Lieben und Erzählen bringen, genau genommen, alles durcheinander, während man sich doch um Ordnung bemüht.
Er betrachtet Ilona unterm südlichen Sonnenschein, eine sanfte Brise weht, der isotonische Durstlöscher geht zur Neige. Wenn ich mit ihr etwas anfange, denkt er, ist das meine Chance, mich zur Hauptperson einer eigenen Geschichte machen, einer Liebesgeschichte, denkt HP. Das Ilona-Projekt! Nun ist eine Liebesgeschichte an sich ja trivial. Nicht nur die Frau muss stimmen und das Gefühl, man braucht vor allem

eine stimmige Story. Kurz: Eine Liebesgeschichte muss erzählt werden, und zwar richtig.

Ilona, auf halber Höhe der Zuschauerränge, schlägt den Reiseführer auf, liest: *Medea und Kassandra, die waren ohne Mann da. Kassandra sagt zu Medea: Du – ich steh auf Nivea!* Nein, er weiß nicht, was sie liest; wie soll er das wissen. Besonders klug wird das kaum sein. Sie klappt das Buch zu, trinkt Wasser, er seinen Durstlöscher, im Schlucken sind sie vereint. Sie sieht sich um und kann nicht glauben, dass niemand ihre geöffneten Arme sucht. Sie senkt die Augenbrauen, lässt die Mundwinkel nach unten sinken, stemmt sie wieder hoch. Das Gesicht bewegt sich, ja, sie lächelt. Die Mundwinkel erschlaffen; wieder guckt sie depressiv. Versucht es erneut, diesmal mit geöffneten Lippen.

Wenn sie aufgibt und geht, beschließt HP, ist der Auftrag für mich erledigt. Mehr kann Reinhardt nicht erwarten. Bleibt sie hartnäckig hier, muss ich die Botschaft überbringen.

Einen kurzen Moment überlegt er, mit ihr eine Beziehung zu versuchen, ohne sich zu erkennen zu geben.

Ilona wartet, dass Reinhardt sie abholt. HP wartet, dass sie geht. Wartend bilden sie ein Paar.

Was ist jetzt los? Splash! Vom Schönen überrascht! Sofort und süß! Sie verdreht die Augen, schließt sie irritiert – und reißt sie wieder auf. Die mittellangen dunklen Haare sind in die Stirn gewischt, die Augen blitzen draufgängerisch, wie bei den Musketieren in den Farbfilmen seiner Kindheit. Darunter entdeckt er tiefe, schöne Schatten. Er liebt solche Schatten unter den Augen und stellt sich vor, sie hätten zusammen die Nacht durchwacht und nachgedacht und gelacht und ... Nicht Schlaflos aus Sorge, sondern vor Glück.

Oh ja, mit ihr sich zu zweit verkriechen vor dem Gewöhnlichen. Nächtliche Schattenwirklichkeit ... Naja, was man sich so ausdenkt. Aber besteht nicht jede Liebe darin, dass man sich etwas ausdenkt? Das ist friedlich und aufregend.

Die unangenehme, oft verdrängte Seite des Schönen besteht leider darin, dass man hinterher den hässlichen Rest des Lebens in entmutigender Klarheit erkennt. Er wischt sich den Schweiß vom Gesicht und lässt die letzten Isotone durch die Kehle rinnen. Soll er, soll er nicht? Stellt sich vor, was, wenn, wie. Da blickt sie ihm mitten zwischen die Augen und schaltet abrupt um vom Lächeln auf ängstliche Erwartung. Verdammt, denkt HP, jetzt ein guter erster Satz ... Auf den ersten Satz kommt es an.

Er geht auf sie zu. Ihm wird doch etwas einfallen ... Noch 10 Schritte, 5, gleich kommt's, 3, 2, 1. Jetzt ist er bei ihr und hat keinen Satz. Er legt seinen Arm auf ihren, beschwichtigend, wie er denkt. Weil ihm sonst nichts einfällt, wandert seine Hand zu ihrer Schulter, krallt sich im Stoff fest. Er seufzt.

– Lassen Sie mich in Ruhe!, ruft sie und reißt sich los. Zwei Knöpfe fliegen auf die Zuschauerränge; ihre Bluse steht halb offen.

– Nun lassen Sie sie doch in Ruhe, ruft ein Tourist aus Wuppertal oder ein Journalist aus Paderborn, wie auch immer, die Handlung ist HP entglitten.

Aber: Wenn die Gefahr am meisten droht, in allerhöchster Lebensnot, wenn alles fort ist, was wir gern sehen, hilft das Fernsehen.

Wendepunkt. Ein Kameramann, zwei Securitys, drei Ehrenjungfrauen und ein Mann im weißen Anzug stürmen auf HP los.

31

Ein kleines Männchen ruft etwas wie *Gratulazione con parmeggiano.*
– Bitte?
Er sei überglücklich, sagt der Mann. Präsentkorb und Blumenstrauß. Sie alle seien glücklich, so glücklich, außerordentlich glücklich:
– Sie sind heute die Hauptperson!
Natürlich, denkt HP, wer sonst?
Der Mann schaut abwechselnd in die Kamera und zu ihm, dem, jawohl, Tusch, dem 100.000sten Besucher!
Heute, diese Woche, dieses Jahr ...? Das ist nun wirklich egal!
Der Bürgermeister von Taormina zerrt ihn vor die Kamera, bewegt HPs Arm wie einen Pumpenschwengel und strahlt und strahlt. Ein Korken knallt, jetzt muss er den Geschenkkorb bewundern, am besten etwas hochhalten, den Limoncello, den Grappa oder die lange, dicke Wurst. Das Publikum ist aus dem Häuschen, weil es gern aus dem Häuschen ist, in dem immer nur derselbe abgetragene Alltag herumliegt.
Nach dem zweiten Glas Prosecco macht HP das Publikum nichts mehr aus, er findet endlich seine Tulpe im Daypacker und winkt damit, bis Ilona sich mit großen Augen der Bühne nähert. Schon hebt seine Hand das Schampusglas zum Gruß. Der PR-Mann, in der Annahme, es handele sich um die Liebes- oder Lebensgefährtin, schickt die Security zu ihr hinüber. Können die beiden Muskelprotze mal zeigen, was sie drauf haben, eine Frau mit Schwung auf die Bühne heben, dass ihr der Rock flattert, dieweil die Kamera sie fürs Regional-TV aufnimmt.
– Hat er dich geschickt?, fragt Ilona.
– Äh, antwortet HP.

Der Kameramann umkreist die beiden und erwartet etwas Erotisches, Exotisches, echte Ausbrüche, authentisches Erleben, Live-Gefühle für alle. Aber die beiden sagen ja nichts.

– He, flüstert sein Assistent und reibt sich demonstrativ mit beiden Händen die Augen. Tränen wären schön.

– Prego, just a kiss, ruft der PR-Mann.

Drei Ehrenjungfrauen stimmen ein Lied an; sie wippen mit grünen Zweigen, an denen Glastränen hängen.

– Hat Reinhardt sich's anders überlegt?, fragt Ilona.

– Aber nein ..., stammelt HP.

– Er kommt nicht. Sag's doch.

Und Zoom, Großaufnahme. Ilona zieht die Nase hoch und sieht kein bisschen liebenswert aus. Der Kameramann ist begeistert.

– *Everybody loves you*, singen die Ehrenjungfrauen, *useless as you are. They really do adore you, you're a superstar.*

Da sprintet Ilona los. HP hinterher. Hoffentlich wird das nächste Kapitel erfreulicher, denkt er.

5 | Pizza im Park

Sie sind dem Fernsehen entkommen. HP schwitzt noch immer. Bestimmt rieche ich schlecht, denkt er. Oder? Er spreizt die Arme leicht ab, damit das Hemd unter den Achseln trocknen kann. Ilona steht kaum zwanzig Zentimeter von ihm entfernt. In Griffweite. Was sie wohl denkt? Sie sehen aneinander vorbei. Vielleicht steht sie unter Schock. Sie schauen sich an. Oder sie überlegt, wie sie ihn los wird. Oder kalkuliert sie bereits den Rückflug? Sie gucken wieder aneinander vorbei. Ihr Abenteuer geht mich nichts an, genau genommen. Ich habe einen Auftrag zu erfüllen. Ilona lässt die Arme hängen, lehnt ihren Kopf an seine Schulter. Das bedeutet nichts. Sie ist erschöpft. Ich könnte sagen: Vergiss Reinhardt! Lass uns zusammen Spaß haben in Taormina! Das kann er natürlich nicht sagen. Ist doch peinlich. Sie hat ein Recht auf Trauerarbeit. Außerdem, wer sagt ihm denn, dass er sie interessiert? Nein, er wird sich nicht lächerlich machen, indem er ihr seine Gefühle mitteilt. Nein, denkt er, bevor ich das Risiko einer Liebeserklärung eingehe, müsste sie sich äußern ...

Ein kleiner Junge und ein kleines Mädchen lecken Eis und schauen den beiden zu. Kleine Voyeure, am besten nicht hinschauen.

Weshalb sagt Ilona nicht, wie's weitergehen soll? Es ist doch ihre Geschichte. Sie könnte sagen, gut, ich hör auf.

Aber sie sagt überhaupt nichts. Also bleibe ich sachlich. Andererseits lässt mich ihr Schicksal nicht kalt. Er legt einen Arm um sie. Er kann später immer noch behaupten, das sei nur eine tröstende Geste gewesen. Wohin mit dem anderen Arm? Er steckt die übrige Hand in seine Hosentasche. Die Kinder lecken und lachen. Sie zeigen auf ihn und machen schlüpfrige Bemerkungen über seine Hand in der Hose. Das weiß er genau, auch wenn er kein Italienisch versteht. Ilona verschafft ihm ein Gefühl ..., so ein Gefühl ... Was für ein Gefühl denn? Na, so ein Gefühl wie Halwa im Mund, süß, herb und man möchte mehr davon.

Die Kinder tauschen ihr Eis und laufen davon.

Es hilft nichts. Er steht ebenso unter Schock wie sie. Deshalb fällt ihm keine Liebesgeschichte ein, eröffnet sich keine Perspektive, fehlt ihm der Mut zum Risiko, will er keine Dreiecksgeschichte, die er nicht bestehen könnte. Selbst wenn mein Arm ihr im Moment hilft, denkt er, was hat sie davon? Was habe ich davon? Ich sollte loslassen und mich am Brunnen frischmachen, *1635 erbaut, mit zwei übereinander liegenden marmornen Wasserbecken und der Centauressa*, eine Kentaurin. Er lässt Ilona nicht los, im Gegenteil, er wendet sich ihr zu, sein zweiter Arm legt sich um ihre Taille. Das Wort *Taille*, denkt HP, habe ich ewig nicht gedacht. *Taille* macht ihn nervös. Er schielt zum plätschernden Wasser. *Taille* ist ein Wort wie *Ausschnitt*. Ob man das trinken kann? Er spürt Ilonas Schläfenpuls an seinem Herzen. Oder tiefer oder höher. Oder so. Im Allgemeinen, denkt er, bekommt man zu wenig Nähe. Und wenn ausnahmsweise genug Nähe da ist, fällt mir nichts ein dazu. Was die Versprachlichung von Gefühlen angeht, leide ich unter einem Trainingsrückstand. Natürlich bin ich sexuell erregt;

das ist wenig originell. Ich bräuchte einen Satz oder einen Absatz, der einen Übergang schaffte von der sexuellen zur emotionalen Erregung, dann zur Analyse unserer Situation, schließlich zur konkreten Kooperation.

– Komm, Junge, würde seine Schwester sagen, das ist doch nicht das erste Mal, dass du eine Frau im Arm hältst.

– Vielleicht gibt es irgendwo Halwa, sagt er.

Sie grummelt; er streicht ihr übers Haar. Es ist ihm zu viel Hier, zu viel Jetzt, viel zu viel Wärme in seinen armen, warmen Armen. Wie lange will er hier noch so unentschieden herumstehen?

Er konzentriert sich auf den Dom aus dem Barock. Vita contemplativa, Zeit vergehen lassen, den Duft des Haares genießen, mit einem Hauch Zimt und etwas, das er nicht kennt. Im Schweigen schwelgen, nichts denken, entspannt und selbstvergessen ... Er ist aber nicht entspannt. Ihm fehlen Worte, ihre und seine.

– Scheiße, Scheiße, Scheiße!, zischt sie zwischen den Zähnen hindurch. Wieder alles falsch – immer falsch, so richtig übel falsch.

Was soll er dazu sagen? Er erzählt einen Kafka-Witz:

– Kommt Kafka zum Arzt und klagt: Ich habe alles in meinem Leben falsch gemacht ... Sagt der Arzt: Was sonst!

Sie schüttelt HPs Arme ab, setzt sich auf die Stufe des Brunnens und nimmt den Kopf in beide Hände.

– Mein dummer, alter Kopf, sagt sie, ist völlig leer. Ich hatte meine Energie bis heute genau eingeteilt. Habe heimlich die Koffer gepackt, das Konto aufgelöst, die Kinder bei meiner Mutter untergebracht, den Abschiedsbrief geschrieben. Sozusagen auf diesen Moment im antiken Theater von Taormina hin gelebt. Und gedacht, dann würde eine völlig andere Geschichte ihren Anfang nehmen, in die ich mich erst einmal hineinfallen lassen könnte ...

Und dann stehe bloß ich da, denkt HP und fächelt sich Wasser auf die Schläfen.

– Was soll ich tun?, fragt er.

– Was soll *ich* tun?, entgegnet sie.

– Bisschen Wasser?

Es ist selbstverständlich Unfug, bemerkt HP, was der Reiseführer über den Brunnen behauptet. *Kentauren* sind Halbwesen aus Hengsten und Männern. Das auf dem Brunnen jedoch ist ein Stierkörper mit Brüsten.

Ilona stellt sich neben ihn, schüttet sich mit den Händen Wasser ins Gesicht. Reizend, die Tröpfchen in ihrem Haar, findet HP und schöpft seinerseits Wasser. Zwei Kirchgängerinnen schütteln den Kopf.

– Das war gut, sagt Ilona und streichelt HP am Arm.

Freundschaftlich, denkt er, freundschaftlich.

– Und jetzt, sagt sie, Pizza! Pizza beruhigt! Pizza hält Leib und Seele zusammen. Prosciutto, Diavola, Siciliana.

Von den Schuhen bis zum Bart mit Mehl bestäubt, überreicht der Bäcker seine original sizilianische Spitzenpizza:

– Prego, signore!

Und in dem Moment, als HP sich noch freut über den köstlichen Anblick von Salami, frischen Champignons und knackiger Paprika und denkt, alles wird gut, da ...

– Prego ...

... ruiniert der einheimische Fachmann sein Produkt mit einem kräftigen Schuss Olivenöl. In der Flasche schwimmen allerlei Kräuter herum. Und noch ein Schuss.

Proust wäre das nicht passiert, Proust wäre im Bett geblieben und, wer weiß, vielleicht dreht sich Reinhardt auch gerade auf die andere Seite.

Die zweite Pizza wird aus dem Ofen gezogen. Ilona ist gewarnt. Schneller als die Flasche schnellt ihre Hand nach vorn.

– Stopp! Kein Tropfen! No oil!

Der Bäcker schaut und erklärt auf Deutsch, ohne Öl schmecke die Pizza nach nichts.

Ilona nimmt sie ihm aus der Hand und lässt HP bezahlen.

Direkt gegenüber, Zufall oder Schicksal, entdecken sie einen Wegweiser: *Giardino Publico*. HP stellt sich ein Tor aus Eisengittern vor, *zwischen dessen zierlich vergoldeten Stäben hindurch man in einen weiten prächtigen Lustgarten hineinsehen kann. Ein Strom von Kühle und Duft weht den Ermüdeten erquickend daraus an* ...

– Ein Park, sagt er.

– In Ordnung, sagt sie und geht.

Hinter ihr: er.

Romantisches Zwischenspiel. *Feierliche Schatten empfangen sie, goldene Vögel flattern wie abgewehte Blüten hin und wieder, während große seltsame Blumen traumhaft mit ihren gelben und roten Glocken in dem leisen Winde schwanken.* Die Zeit steht still, der Raum fließt um sich selbst.

– Von so einem Garten, flüstert Ilona, habe ich in der Ausstellung in Potsdam geträumt.

Sie beißt in den gut ausgebackenen Teig mit appetitlichem Gemüse- und Salamibelag. HP betrachtet melancholisch seinen Fladen mit Flüssigfett.

Sie wandeln zwischen Zedern, Rosmarin und hohen Bougainvilleen. Wohin könnte er seine Pizza entsorgen? Ohne sie würde er sich stärker fühlen, mehr aufs Geistige konzentriert. Die Geschichte könnte hier enden, denkt er, das heißt in eine andere übergehen, mit zwei Pizzen als Ausgangspunkt. *Dann gewänne sogar mein öltriefender Fladen Symbolcharakter.* Er wirft die Pizza nicht fort.

Sie lassen sich nebeneinander auf einer Bank nieder. Nein, anders. Erst setzt sie sich, dann macht er es ihr nach. Er ahmt nach, wie sie sich sanft fallen lässt. Wie sie sitzt, Schultern leicht nach vorn, Augen in den eigenen Schoß. Wie sie kleine Happen mit Mausezähnchen abbeißt. Erst passiert ihm das, als es ihm auffällt, macht er weiter, imitiert Beißen, Schlucken, Atemfrequenz. Mimikry oder Liebeszauber? Er hatte mal eine Freundin, die glaubte daran. *Atme mit jemandem zusammen und er kann dir nicht widerstehen!*

So kauen und atmen sie unter rot prangenden Hibiskussträuchern und allerlei Palmen. Als HP einigermaßen synchron atmet, wird eine Motorsense angeworfen.

Ilona schiebt ihm ein Päckchen rüber.

– Aufmachen?, fragt er.

– Wegwerfen. Ich schaff das nicht.

HP stellt die Pappe mit Pizza auf die Bank, angelt mit zwei Fingern ein Papiertaschentuch aus der Hosentasche, natürlich hat er vergessen, genügend Servietten mitzunehmen, sie hat zwei, braucht aber beide. Er wischt sich die Finger, löst die Schleife des Päckchens, reißt das Papier auf ... Ein kleiner Teddybär purzelt heraus. Sentimentales Relikt eines abgewürgten Gefühls.

– Der kann doch nichts dafür, sagt er.

Was immer noch geschieht, dieser Bär wird ihn einst daran erinnern. Er setzt den unschuldigen Bären zwischen sich und Ilona auf die Bank und nimmt seine Pizza wieder auf. Gleich, denkt er, wird sie loslegen ... Und richtig.

– Was soll ich tun? Zurück nach Hause? Tut mir leid, Leute, man hat mich reingelegt; doch kein besseres Leben ohne euch, nicht mal für zwei Wochen. Den Job krieg ich auch nicht wieder.

Alle würden sie trösten und denken: Sie hat's nicht anders verdient.

– Die können so gnadenlos mies sein, wenn eine wirklich fort will! Mit fünfzehn bin ich mal ausgerissen und nach drei Tagen verdreckt, enttäuscht und übermüdet von der Polizei zurückgebracht worden. Alle haben gelacht, sogar meine Mutter. Erst hat sie mich ausgelacht, dann mitleidig geguckt und endlich erwartet, dass ich nie wieder unzufrieden bin!

Die Diktatur der Selbstzufriedenheit, denkt HP. Ob sie das begreift? Zwischen den Bäumen entdeckt er chinesisch inspirierte Vogelvolieren im viktorianischen Stil.

Ilona zupft an der Plastiktulpenblüte, bis die sie in den Finger schneidet. Blut quillt und nun auch Tränen. Beide Flüssigkeiten tropfen auf frische Champignons und knackige Paprika ... HP beobachtet, wie sie blutet und weint. Es gibt zwei Möglichkeiten, denkt er, ich trockne diese Körperflüssigkeiten oder ich küsse sie. Plötzlich ist er gegen seinen Willen erregt. Das ist Leidenschaft, denkt er, wenn man nicht denkt, sondern küsst. Er wendet seine Lippen zur Seite, passt nicht auf und schon tropft ein satter Klecks Olivenöl in seinen Schoß. Und noch einer, na klar! Genau. Musste ja so kommen ...

Grinst sie unter ihren Tränen? Sie hält den Kopf gesenkt. Er kann nichts erkennen; vielleicht grinst sie innerlich.

– Hoppla, sagt sie.

Hoppla? Das kann alles Mögliche bedeuten. Ein Tourist mit einem Bart wie Sigmund Freud oder eher wie Pan grinst

40

um die Ecke der Hecke. Erst schiebt er seinen großen Apparat hervor, dann Hals und Hände ... Und: klick.

– Wer war denn das?, fragt Ilona.

Kein Gedanke mehr daran, Tränen zu lecken oder Blut zu saugen. Der Ölivenölfleck auf der Hose wird nie wieder rausgehen, nie im Leben, nie im Tod. Ilona starrt ungeniert drauf. Die letzte saubere Hose. Der Fleck sieht ekelhaft aus. Sie kann den Blick nicht abwenden. Vielleicht verzeiht sie ihm jetzt, dass er ihr die traurige Botschaft überbracht hat. Weil er doch jetzt so sehr an sich selbst leidet. Genau, denkt HP, wer genug an sich selbst leidet, offensiv und öffentlich, dem wird verziehen. Ich bin nur der Ersatzmann und nicht in der Lage, ihr ein alternatives Erlebnisangebot zu machen, aber ich leide mehr als sie. Trotz des kleinen Sieges deprimiert ihn seine bekleckerte Hose.

Sie sieht in sein Gesicht. Sieht ihn schimpfen, heulen, hysterisch die Pizza durch die Gegend werfen. Und sie freut sich, denn seine Verzweiflung lenkt sie von ihrer ab. Sie sagt:

– Hast du nicht noch 'ne zweite Hose im Koffer?

– Da ist Rotwein drauf.

– Dann kaufen wir eine neue.

– Jetzt?

– Sofort! Damit du dich nicht länger grämst.

– Wenn du meinst ...

Zehn Minuten später steht HP in einer Umkleidekabine und schließt den Reißverschluss der neuen *Five Pocket Summer Soul* von *Cool-Max*. Ilona öffnet den Vorhang. Er hält den Atem an. Sie hält den Atem an. Dann atmen beide im Takt.

– Die sieht phantastisch aus!, ruft sie.

Es ist entschieden, denkt er, wir reisen zusammen.

6|Man reist ja nicht, um anzukommen

Fliegen beunruhigt mich, denkt HP. Sämtliche kleinen und großen Kränkungen, die ich je erlitten habe, lauern in der Ortsveränderung. Ich hasse das Fliegen. Trotzdem sitze ich wieder in einem Flugzeug und wieder, weil ich es nicht geschafft habe, nein zu sagen. Jetzt bin ich dem Flugplan ausgeliefert, den Pannen, den Mitreisenden, den Stewardessen, dem Essen an Bord und allen Niederlagen meines Lebens, die mir wieder einfallen. Und prompt klappt der Kerl vor mir seine Rückenlehne zurück und fixiert meine Knie.

– Entschuldigung ..., sagt HP ruhig und nicht zu laut.

– Was ist?

– Bitte könnten Sie ...

– Was ist?

– ... die Rückenlehne ...

Keine Entschuldigung, keine Antwort, überhaupt kein Wort. Das ist ihm HP nicht wert. Guckt, als ob er gleich beißt. Stellt wortlos die Lehne gerade, als wäre das ein Gnadenakt. Verschafft sich so einen kleinen schmutzigen Sieg. Jetzt habe ich zwar meinen Willen, denkt HP, aber immer muss ich kämpfen. Ich kämpfe um meinen Platz im Flugzeug und im Leben, um meine Ruhe, meine Beinfreiheit.

Sein Nachbar zur Linken röchelt und drückt schlaftrunken den Ellbogen in HPs Rippen. Ilona guckt ihn nicht an, fasst ihn nicht an, schweigt auch nicht gemeinsam mit ihm, sondern liest Goethes *Italienische Reise*. Er lugt hinüber in Ilonas Buch. Ob Goethe Flugangst hatte? Unsinnige Frage. Falls ja, hätte er sie so beschrieben, dass jede Panik aus dem Reich seiner Sätze ausgeschlossen wäre. Goethe, der Selbst-Beruhiger. Im Sturm zwischen Sizilien und Neapel liegt er seekrank unter Deck. Beinahe sinkt das Schiff, Goethe jedoch kann es nicht lassen anzumerken, ihm sei *von Jugend auf Anarchie verdrießlicher gewesen als der Tod selbst.*

An Ilonas Brüsten vorbei schaut HP aus dem Flugzeugfenster. Wolken, nur Wolken, vielleicht schon griechische. Vergangene Nacht sagt sie Danke und geht allein zu Bett. Als er endlich einschläft, wird es draußen wieder hell. Jetzt ist er zu müde zum Lesen, zu wach, um einzuschlafen, also denkt er übers Reisen nach.

Man reist ja nicht, um anzukommen. Man reist durch eine Reiselandschaft, die universelle Reiselandschaft. Immer die gleiche. Der Ausgangspunkt findet sich unten links auf der Karte, zum Beispiel Hamburg, immer unten links. Selbst, wenn's in den Süden geht. Unten links geht's los, immer nach oben rechts.

Im Zentrum der universellen Reiselandschaft befindet sich das schier unendlich weite Meer. Unten rechts wogen Wälder, reifen Felder, dösen Dörfer. Handwerk, Klein-Industrie und Autobahn ergänzen das Bild. Das ist die Provinz. Da ist man weg, hat es aber erst bis unten links geschafft.

Auf der anderen Seite des schier unendlichen Meeres erstrecken sich wilde Gegenden: der wirre Dschungel, die wüste Wüste, aber auch Weltstädte, New York, Kairo, Shanghai.

Inmitten des schier unendlichen Meeres liegt die weit entfernte, geheimnisvolle Insel, exotischer Außenposten der Zivilisation. Dahinter wiederum liegt die noch viel weiter entfernte, noch geheimnisvollere Insel mit der Verheißung von Liebe und Abenteuer.

Der Reisende bricht auf vom Ausgangspunkt links unten Richtung Horizont. Immer Richtung Horizont, wie weit er auch reist. Natürlich kommt er niemals an. Hinterm Horizont geht's weiter zum nächsten Horizont. Der Horizont springt immer vor ihm her.

Wenn der Reisende sich zurückwendet zum Ausgangspunkt, zeigt sich dort eine allzu grell blinkende Leuchtschrift: HEIMAT. HEIMAT ist, wo der Körper sich gerade nicht befindet. HEIMAT ist, was man sich vorstellt, wenn man nicht dort ist. In der HEIMAT kann man nicht leben; HEIMAT gibt es nur aus der Fremde. Kehrt man zurück, verlischt die Leuchtschrift.

Die Reise spielt sich ab zwischen der HEIMAT, die man nicht gehabt hat, und dem utopischen Ziel hinterm Horizont an das man nie gelangt.

Wer sich auf die Reise begibt, kann in schwere Wetter geraten und Schiffbruch erleiden auf dem ungestümen Meer des Erzählens wie Odysseus, Sindbad, Robinson. Die Triere ist gesunken, die Kameraden ertrunken und der Held ist allein in der Fremde.

In Wirklichkeit fällt nur die Anschlussmaschine aus und man muss eine Nacht auf dem Flughafen von Thessaloniki verbringen. Oder man fängt sich einen ekligen Magen-Darm-Virus ein. Oder eine Frau, die sagt, du bist jetzt ich. Odysseus, der von der Fahrt zurückkehrt, gilt als erfahrener Mensch.

Man reist ja nicht, um anzukommen, sondern damit man etwas zu erzählen hat. Wer das begriffen hat, kann auf Samos, Taormina und wie immer die Orte heißen mögen, gut verzichten, sich in sein Bett zurückziehen wie Marcel Proust und dort seine Abenteuer erleben.

Leider sitzt HP im Flugzeug. Ilona neben ihm hält die Nase ins Buch gesteckt. Ihr Name kommt ihm außerordentlich wohlklingend vor; er spricht ihn aus:

– Ilona.

Die murmelt nur:

– Ja-ah ...?

Die Wolken reißen auf. Ein Stückchen Meer neben ihrer Schulter, noch mehr Meer, Inseln mitten im Mittelmeer.

– Guck mal!, ruft Ilona.

– Guck ja.

– Sieht das nicht wunderbar aus?

– Ganz wunderbar.

– Na, dann nicht.

... ich muß gestehen, dass meine Reise eigentlich eine Flucht war, schreibt Goethe, liest HP in Ilonas Buch. Man reist ja nur, um fortzukommen, denkt HP. Von der Arbeit, aus der Gemeinschaft, von den Blicken der Nachbarn und von sich selbst.

Auf den kleinen Bildschirmen über den Köpfen läuft wortlos Werbung. Er starrt auf die Fernsehbilder. Ein junger Mann und eine junge Frau, frisch geduscht und deodoriert, laufen Hand in Hand am Strand eines schier unendlichen Meeres entlang. Unhörbare Dialoge fließen von den Lippen, frisch frisiertes Haar flattert in der Brise. Sie schauen Richtung Horizont. Die Kamera umkreist die beiden im gleißenden Licht des Südens. Urlaubszeit – Paarungszeit. Schwupps geht die Sonne unter, der Strand belebt sich – und eine große Flasche weißer Rum schiebt sich ins Bild.

Dann sieht er das kleine Flugzeug über der Landkarte schweben. Da ist die Ägäis, rechts die Türkei, links Samos, wo

HP gleich landen wird. Eine weit entfernte, exotische Insel, solange man nicht da ist. Jedoch *die wahren Paradiese sind die, die man verloren hat*, nicht die, in denen man ankommt.

Da meldet sich der Flugkapitän:

– 'Tt is you' capt'n speak'n', spuckt er ins Mikro. Wir b'ginn' 'etzt mit 'em Lande'nflug a'f Samos. Eine Aussprache wie ein Wackelkontakt. Bitte be'cht'n Sie die Kürze d'r Landeba'n. Ich wünsche Ihn', aber das interessiert Sie nicht und Sie int'r'ssi'ren m'ch sch'n ga' nich', sonst würde ich deutlicher sprechen. Cocktail im Cockpit, haha, Hahnenschwanz in der Hahnenkampfgrube, th'k you.

Ein Quietscheentchen vom Kabinenpersonal ergänzt verwaschen, falsch betont, zu laut, zu leise, etwas wie:

– Herzlich, schmerzlich, Serviceteam.

– Warum reden die so?, fragt Ilona.

– Klingt nach selbstverschuldeter Unmündigkeit, oder?

Sie verschwindet wieder im Buch. Sie akzeptiert sein Ruhebedürfnis. Schön, in Ordnung. Er akzeptiert auch das ihre. Er akzeptiert seine Begleiterrolle. Ilona ist für einen anderen bestimmt. Es ist nicht seine Aufgabe, sie zu unterhalten, lediglich abliefern soll er sie. Na schön, in Ordnung. Es ist gut wie es ist. Ach was, gar nichts ist gut, was soll einem kritischen Kopf wie ihm diese Selbstberuhigung. Er hat die Reise nicht gewollt, der Flug geht ihm auf die Nerven und was ihn unten erwartet, wird auch nicht besser sein.

Schuld ist seine Schwester, an allem. HP hatte Geburtstag, seine Schwester wollte feiern. Es war wie jedes Jahr. Er will den Tag in Ruhe vergehen lassen, sie jedoch lädt, wie immer, ihre Bekannten ein und, das ist neu, sammelt für eine Reise. Spielt Wertegemeinschaft mit Kollegen und Freunden, wie soll er da nein sagen? Ihre Macht erzeugt seine Antriebslosigkeit, die sie ihm ständig vorwirft – und eh er sich's versieht, sitzt er im Flugzeug, gerät von einer neuen Situation in die nächste, darum geht es ja beim Reisen, und um sich nicht in all dem Neuen zu verlieren, muss er pausenlos an seiner narrativen Identität arbeiten. Rastlos müht sein Geist sich ab. Man denkt ja nicht, um anzukommen, sondern um die Lücke zu füllen, bis man endlich wieder festen Boden unter die Füße bekommt.

Nein, seine Schwester hat nicht recht. Sein ganzes Leben ist kein unschlüssiges Projekt. Wenn man *unschlüssig* durch *offen* ersetzt, klingt es besser. Sein Leben ist ein offenes Projekt, gefährdet durch seine Schwester. Auch andere Frauen, mit denen er Abende oder Nächte verbringt, wollen ihn in geschlossene Beziehungen stecken. Ilona würde versuchen, mich so zu beschäftigen, dass ich zu keinem eigenen Gedanken mehr käme, denkt er. Aber wie sie sich beim Brunnen vor dem Dom in Taormina eng an mich gelehnt hat, da stabilisierte sie mein Selbst. Sogar jetzt stabilisiert sie ein bisschen sein bisschen Selbst wie sie neben ihm sitzt und die *Italienische Reise* liest. Was für eine angenehme Reisegefährtin, wenn man denn schon reisen muss. Seine Schwester hätte die ganze Zeit auf ihn eingeredet. Er lächelt Ilona zu, auch wenn sie es nicht sieht. Da beugt sich die Stewardess über ihn:

– Haben Sie die Ansage nicht gehört? Bitte schließen Sie die Anschnallgurte! Wir landen.

Ilona wechselt das Buch und liest aus dem *Reisehandbuch Samos* vor. Wo hat sie das so schnell aufgetrieben in Taormina? Auf dem Flughafen? In der Hotelbibliothek vergessener Bücher?

– *Samos! Grünste Insel der Ägäis! Insel der Hera, bedeutsames*

Heiligtum! Weltkulturerbe! Antike Vergangenheit! Der berühm-te Wassertunnel quer durchs Gebirge! High Tech der Antike! Shopping und Museen, Kleinasien vor Augen! Der berüchtigte Polykrates, Schillers Ballade!

– Geht's mit weniger Ausrufezeichen?

Unten sieht man jetzt *den idyllischen Hafen rund um die Bucht. Eine Bucht in Form einer Bratpfanne.*

Wer will schon in einer Bratpfanne Urlaub machen?

– Ist Schiller je hier gewesen? Na, egal ... Ilona liest:

Er stand auf seines Daches Zinnen,
Er schaute mit vergnügten Sinnen
Auf das beherrschte Samos hin.
»Dies alles ist mir untertänig«,
Begann er zu Ägyptens König,
»Gestehe, daß ich glücklich bin.«

7|Am Boden

Man reist nicht, um anzukommen, aber plötzlich ist man da. Das Flugzeug nimmt die Parkposition ein. HP schaltet aus dem Reisemodus in den Transfermodus. Sein Geist holt das Gepäck ab, durchquert die Ankunftshalle, nimmt ein Taxi, verabschiedet sich von Ilona, bezieht das Zimmer, sitzt entspannt in einer Bar am Hafen und denkt: Jetzt bin ich angekommen, allein, zufrieden und widme mich der *Suche nach der verlorenen Zeit*. Ich fange einfach noch einmal von vorn an, nur etliche Kilometer weiter östlich. Leider sitzt sein Körper noch im Flugzeug. Die Transfermaschinerie hat ihre Aufgabe fast erfüllt, aber nur fast. Die Anschnallzeichen unter der Decke erlöschen, ungeduldige Fluggäste öffnen klickend ihre Gurte, greifen nach dem Handgepäck und stauen sich im Gang. Denn der Ausstieg bleibt verschlossen. HP gerät ins Schwitzen und lässt sich in den Sitz zurückfallen. Der Kerl vor ihm zerrt einen Geschäftsrucksack aus dem Ablagefach über sich.

– Danke für alles, sagt Ilona, die sitzen geblieben ist, zu HP. Der Mann spitzt die Ohren. Draußen vor den Fenstern beginnen Männer, Koffer aus dem Flugzeug zu laden. Einer wirft, einer fängt und stapelt.

– Ich weiß nicht, was ich ohne dich getan hätte. Der Kerl grinst. HP klopft mit beiden Händen auf die Armlehnen. Eine Verlegenheitsgeste aus einem amerikanischen Film, den er mal gesehen hat. Die Handballen liegen auf den Lehnen, die Finger spielen in der Luft und tippen einige Male kurz auf. Eine multisemantische Geste, die ihn nicht festlegt und die Kommunikation offenhält. So geht alles seinen Gang, denkt er, aber Ilona sagt:

– Schade, dass du nicht viel geredet hast auf dem Flug, aber Goethe zu lesen, war auch okay.

Der Kerl hebt ironisch den rechten Daumen und nickt. HP klopft erneut mit den Fingern und schaut Ilona an, als ob er über ihre Äußerung nachdenke. Wenn sie gewollt hätte, hätte er auch gewollt, aber sie hat kein Angebot gemacht. Er braucht Angebote. Er drängt sich nicht auf wie andere. Nun, im Transfermodus, kommt ihre Bemerkung zu spät. Viele Möglichkeiten des Gesprächs standen ihnen offen, nun sind sie angekommen.

Um der unerfreulichen Stauung etwas entgegenzusetzen, schaut HP nach draußen. Gerade rutscht den Männern ein Koffer durch die Finger, prallt auf bereits gestapelte Gepäckstücke und schliddert weiter über die Rollbahn. Alle Fluggäste lachen und freuen sich, dass es nicht der eigene ist.

– Mein Koffer!, ruft der Kerl vom Sitz vor HP. Das ist nicht komisch.

– Tja, sagt HP, nun sind wir angekommen.

– Jedenfalls, sagt Ilona, schön, dass wir uns getroffen haben.

Er streicht mit der Hand seine neue Hose glatt. Die Taormina-Hose, die Ilona ausgesucht hat.

– Schöne Hose, sagt sie.

– Danke, antwortet er. Ich kann mich so schlecht entscheiden.

– Schöner Stoff, sagt sie.

– Alleine hätte ich das nicht geschafft, sagt er, meint jedoch:

Warum bleibst du nicht bei mir?
– Das freut mich, entgegnet sie. Das freut mich wirklich.
Sie sagt aber nicht: Ich hätte dich gern näher kennengelernt. Sie streicht über sein Knie.
– Ja, der Stoff fühlt sich wirklich gut an.
Er denkt an ihre Haut.
– Leicht, kühl und die Nanofinish-Veredelung schützt vor Flecken, stellt Ilona fest.
Sie sitzen nebeneinander, vielleicht zum letzten Mal, und reden über seine Hose. Oder ist es doch Liebesgeflüster? Wie auch immer ... Zu spät. Die Ausstiege werden geöffnet. Es geht zwei schlichte Gangways hinab. Frauen in gelben Signalwesten weisen den Weg quer über die Rollbahn zum niedrigen Flughafengebäude. Ilona macht drei Schritte und stoppt. Der Meltemi lässt ihr Haar flattern. Die Passagiere hinter ihnen teilen sich und gehen links und rechts vorbei. Ilona und HP stehen neben der Verkehrsmaschine, umgeben vom Geruch nach Kerosin, vom Lärm eines anderen Flugzeugs, das zur Startbahn rollt. *Über dem Rollfeld muss die Freiheit wohl grenzenlos sein*, hört HP aus dem Jeep der Reinigungskräfte. Ilona hat rote Flecken im Gesicht. *Angst* steht dort geschrieben. Die Angst, als belanglose Nebenfigur zu enden in einer schäbigen Geschichte, die Reinhardt eine Zeit lang seinen Freunden erzählt und dann vergisst.
Das ist der Süden, vom Nicht-Ort des Flugfeldes aus gesehen. Das Meer versteckt sich hinter Palmen und Appartementhäusern. Der Asphalt sieht aus wie überall, die Berge tun, was sie am besten können, sie erheben sich zum Horizont. Immerhin. *Arrivals* steht über der Eingangstür des Flughafens. Ilona drückt HP kurz an sich, dann eilt sie den anderen hinterher.

Man reist ja nicht, um anzukommen. Trotzdem ist das hier die Ankunftshalle. Die meisten merken den Widerspruch nicht. Sie gucken sich gegenseitig an und stellen sachlich fest, wir sind angekommen; mal gucken, was jetzt kommt. HP denkt an Filme und Romane, in denen Menschen an exotischen Orten eintreffen mit langsam rotierenden Ventilatoren, Licht, das gedämpft durch Jalousien fällt, und Einheimischen, die sich herandrängen, um ihre Arbeitskraft anzubieten. Auf dem Boden eines fremden Flughafens begegnen sich interessante Leute unterschiedlicher Herkunft, und einige von ihnen werden ihre bisherigen Lebensläufe verlassen und gemeinsam ein Abenteuer erleben ... Aber das ist 19. Jahrhundert! HP wischt die spätkoloniale Phantasie beiseite. Heute ist es enttäuschend still, kühl und hell in diesem Zweckbau aus Beton. Müde und erregt verteilen sich die Reisenden auf die Plastikschalen-Sitze. Das Gepäckband döst vor sich hin. Mittagszeit. Vor der Damen-Toilette bildet sich eine Schlange. Hinter der Sperre warten Inhaber kleiner Hotels oder ihre Brüder, Neffen, Onkel mit selbstgeschriebenen Pappschildern: *Remezzo, Samaina* oder *Mrs. & Mr. Sörensen.* Reiseleiter lauern mit Klemmbrettern und gezückten Stiften, um ihre Klienten abzuhaken. Aufgeregte Kinder wuseln wild und laut. Wo steckt Reinhardt? Im Stau seiner Gedanken?

– Wenn's dir recht ist, sagt Ilona, geh ich vor. Vielleicht könntest du meinen Koffer vom Band mitbringen.

HP nickt. Klar. Macht er. Während sie draußen Reinhardt in die Arme fällt, kümmere ich mich um die Koffer, ich Kümmerer.

Er hat Ilona schon vergessen. Das stimmt nicht, aber es macht ihm Freude, diesen Satz zu formulieren. Als HP sich dem Gepäckband zuwandte, hatte er Ilona längst vergessen. Das wäre ein Satz in einer coolen Erzählung mit coolen Menschen im Präteritum und nicht so eine öde Dreiecksgeschichte, in der es für ihn nichts zu gewinnen gibt. Auf diesem Kleinflughafen gibt es keinen Großschriftsteller, der so einen Satz heute noch schreiben würde. Bestenfalls findet sich ein Kleinschriftsteller, denkt HP, der schreibt: Nie würde er Ilona vergessen. Ach, Unsinn, in fremder Umgebung beginnt quasi von allein eine Erzählung, die die Erscheinungen um einen herum ordnet und dabei vor allem die Kleinigkeiten berücksichtigt, die kleinen Brüche im Gewohnten. Und als Teil dieser neuen, quasi automatischen Erzählung im Kopf verändert man sich selbst. Einst hätte man gesagt: ein mystischer Akt der Verwandlung. Ja, denkt HP, ich werde mir selbst und der Landschaft eine Bedeutung zuschreiben, die vor allem Ausdruck meiner Fähigkeit und Freiheit ist, genau das zu tun, nämlich zu erzählen. Mich selbst vergessen und dann ...

Begreif mal das Von-der-Liebe-Erzählen als einen sinnhaften Prozess inszenierter Präsenz gegen die einseitige Unterwerfung unter fremde Lebensentwürfe, hätte er Ilona im Flugzeug erklären sollen, statt sie Goethe lesen zu lassen. Nun wirft sie sich Reinhardt in die Arme, aus Angst, am Ende ohne Geschichte dazustehen.

Eine Sirene heult Alarm, Warnleuchten blinken, it's showtime; HP lockert Arme und Beine. Das Gepäckband wirbt um die Aufmerksamkeit der Reisenden. Zunächst kreiselt es leer, gewissermaßen um sich vorzustellen. Prolog einer einsamen Maschine. Es kreiselt, um die Erwartung anzuheizen. An der Eingangsöffnung flattern Gummistreifen, Vorschein des Erscheinens, aber auch windige Wichtigtuerei.

An der Ausgangsöffnung flattern sie als Drohung. Wehe, den Gepäckstücken, die nicht rechtzeitig vom Band gezogen werden. Wort- und wertlos verschwinden sie in der Kulisse. Werden verschenkt, verkauft, verheizt.

Zögernd wagt sich ein blauweißer Koffer vor. Er trägt die Aufschrift *Welcome on Samos* und dreht eine einsame Runde. Das Publikum rangelt um die besten Plätze am Catwalk. Niemand möchte den Auftritt des eigenen Gepäcks verpassen, wenn es sich in gebotener Langsamkeit vor aller Augen präsentiert. Soviel Aufmerksamkeit bekommt es nur einmal im Urlaub, hier, jetzt, gleich. Noch mehr Aufmerksamkeit bekäme es, wenn es jetzt nicht erschiene und den Besitzer zwänge, Suchanträge auszufüllen.

Vorhang auf für Ilonas Trolley. Die rote Schleife am Griff lässt sich schlaff und zerknittert hängen. Ende der Wichtigkeit. HP denkt nicht daran, ihn vom Band zu ziehen. Vielleicht kommt ein schönerer. Vielleicht gehört der einer anderen Ilona. Dann könnte er mit Hilfe eines fremden Gepäckstücks in eine andere Geschichte wechseln. Das Gepäckband als Partner-Agentur.

Da rollt das aufdringliche Ding von Ilona wieder heran; HP lässt es passieren und nichts passiert. Kein schlechtes Gewissen, oder? Und zum dritten, vierten Mal, ausgerechnet zwischen zwei goldblonden Reisetaschen, aus denen Flüssiges sickert. Immer noch kein schlechtes Gewissen. Soll Ilonas Gepäck ruhig verschüttgehen. Während HP das denkt, denkt er eben doch an sie, das ist idiotisch, das weiß er selbst.

Wo bleibt sein Koffer? Da ist er ja! Aber ist das denn zu glauben? Der Kerl, der im Flugzeug vor ihm saß, greift danach! Mit einem Sprung, den er sich selbst nicht zugetraut hätte, ist HP zur Stelle, schubst den anderen energisch bei-

seite und reißt den Koffer an sich. Oh! Ist doch nicht seiner.
– 'tschuldigung.
Der Mann reibt sich das angeprallte Knie. HP nimmt gerade noch rechtzeitig wieder seinen Platz in der ersten Reihe ein. Da naht nämlich wirklich sein schwarzer Hartschalenkoffer mit einem eleganten tiefroten Streifen und der Aufschrift *Straight on!* mit großem Ausrufezeichen. Gehört seiner Schwester, die längst von einem dezenteren Modell begleitet wird. Er ist unbeschädigt, aber auch unsympathisch. HP würde es Freude bereiten, ihn wie einen Freund in die Arme zu schließen, schön, dass du da bist, alter Knabe. Aber der ist bloß ein ausrangiertes Anhängsel seiner Schwester. Na los, komm schon! Mit einem entschiedenen Ruck zerrt HP den Koffer vom Band.

Ilonas Trolley verschwindet wieder in den Kulissen, um sich gleich erneut anzubieten und anzubiedern. Er gibt nicht auf, der arme kleine Kerl, bestellt und nicht abgeholt. Die Mitleidsmasche. Oder will er vortäuschen, dass er eine Bombe enthält? Möchte er gesprengt werden, wenigstens einmal im Leben eine Hauptrolle spielen? Rollt herein, rollt heraus, herein, heraus, herein. *Die Wiederholung macht geltend,* denkt HP, *dass das Bekannte,* Ilonas Trolley, *nicht in seinem Bekanntsein interessiert,* langsam kenn ich ihn ja, *sondern dass mit dem wiederholt in Erscheinung tretenden Bekannten etwas gemeint sein könnte, das einer noch unbekannten Aufgabe entspringt.* Durch die Wiederholungen ist Ilonas Trolley nicht länger nur Trolley, sondern steht für anderes ... Vielleicht für Ilonas einsames Kreisen auf ihrem Lebensweg oder für HPs Gedanken. Er hasst solche symbolischen Überhöhungen, schnappt sich das traurige Ding nun doch und verlässt das Gebäude.

Menschen rollern ihr Gepäck vorbei, Reiseleiter rufen Namen, Männer verstauen Kinderkarren in Lieferwagen. Wagen um Wagen hält unter dem Halteverbotsschild. Wo stecken Reinhardt und Ilona? Nicht links, nicht rechts. Haben sie ihn bereits vergessen in ihrer Liebesgeschichte? Er gönnt ihnen ja ihr Glück. Nein, er gönnt es ihnen nicht. Wenn die beiden nicht gleich auftauchen, denkt HP, wird Ilonas Koffer zur Fundsache!

Ein Taxi fährt vor, Ilona auf dem Beifahrersitz, von Reinhardt keine Spur.

– Wo steckt er?, fragt HP.

Der Fahrer steigt aus und will Ilonas kleinen Reise-Freund gemeinsam mit HPs Flugbegleiter im Kofferraum verstauen. Da aber befinden sich bereits ein Kindersitz, ein Pappkarton mit Cola-Dosen und ein weißer Kanister mit einer schwappenden Flüssigkeit. Ilonas Trolley passt unmöglich auch noch hinein, darf also auf der Rückbank reisen. HP setzt sich daneben. Er streichelt den Griff mit der roten Schleife.

Ilona reicht ihm einen Brief:

Ihr Lieben, keine Sorge, es ist für alles gesorgt! Willkommen auf Samos! Reinhardt

Wenige Minuten später treffen sie im Hotel ein. Ilona apathisch, HP ambivalent.

8|HP packt aus

Jetzt, denkt HP, freu ich mich aufs Auspacken.
Sie stehen an der Rezeption der *Aphrodite-Studios*. Im Fernseher läuft tonlos die *Deutsche Welle*, ein Kulturfilm übers Brötchenbacken in Mecklenburg-Vorpommern. Titel: *Erstmal kleine Brötchen backen.* Ilona starrt auf die Bildschirmbrötchen:

– Wie blöd!

Mein Leben neu sortieren beim Auspacken des Gepäcks! denkt HP. Seitlich steht der Empfangstresen mit PC, Drucker, Telefonanlage. Weiter hinten, auf dem Weg Richtung Hof, wo Palmwedel durch die geöffneten Türen grüßen, wartet eine Theke mit Schnapsflaschen und Gläsern. Ein Plakat: *Samos – another day in paradise.* Links verlieren sich die Stufen eines Treppenaufgangs nach oben im Dunkeln, rechts ebenso.

– You have the room on the left side, you go to the right. Okay?

Reinhardt hat für sie beide Zimmer unterm Dach gebucht, allerdings mit zwei verschiedenen Aufgängen. Die Chefin des kleinen Hotels mustert sie misstrauisch:

– Okay?!

– Tja, nun müssen wir uns wohl trennen, stellt HP fest und stellt sich seine Hemden vor, die er gleich aufhängen wird.

– Okay???!!

– Okay.

Ilona, blass und bleich verloren zwischen den beiden Trolleys, zuckt die Schultern.

HP legt im Geist seine Badehose zusammen und packt sie in den Schrank zur Unterwäsche.

Die Chefin schnappt sich Ilonas Trolley. Zügig und optimistisch steigt sie die Treppe hinauf; schon ist sie hinter der ersten Kehre verschwunden. Ilona hinterher. Die leiser werdenden Schritte auf den Marmorstufen rufen bei HP ein Gefühl von Einsamkeit hervor.

– Bis später, ruft er.

Ilona antwortet nicht. Selbstverständlich nicht. Was muss sie von ihm denken, wenn er hier so herumplärrt, während sie leidet. Na, kann mir egal sein, denkt er. Ist es ihm aber nicht. Was hinterlasse ich bei ihr für einen Eindruck? denkt er. Peinlich. Wie der letzte Trottel. Die muss mich für beschränkt halten. Das ist doch kränkend. Selbst wenn ich sonst nichts von ihr will.

Ein kräftiger Mann kommt aus dem Hof. Mit einem
– Welcome!

ergreift er HPs Gepäck und wendet sich der anderen, ebenfalls mit Marmorstufen ausgestatteten Treppe zu.

Eigentlich, findet HP jetzt, nachdem der Reisestress gerade vorbei ist, *eigentlich gehöre ich zu jener seltenen Gattung von Menschen, Künstlern, Müßiggängern, Kontemplativen aller Art, die ihr Leben auf Reisen, in Liebeshändeln oder Abenteuern zubringen sollten.* Sowas hätte ich ihr sagen sollen. Dass ich ein liebenswerter Mensch von entschlossener Trägheit bin, weil ich mich weigere, einer stupiden Arbeit nachzugehen. Eigentlich ein Abenteurer!

Ihm fällt ein, wie ihm vor ihren Augen Öl auf seine Hose

tropfte. Wie er vor ihren Augen derart verzweifelte, dass sie mit ihm eine, nein, zwei neue Hosen kaufte. Nicht spendierte, ihm jedoch eine Entscheidung abnahm, zu der er nicht in der Lage war. Eigentlich war sie in Schwierigkeiten, half aber ihm. Unmöglich, so darf sie ihn nicht in Erinnerung behalten. Wenn er später an sie denkt, will er sich wenigstens vorstellen, dass sie ihn, wenn schon nicht bewundert hat, dann doch etwas in der Art ... Es geht ja stets um Aufmerksamkeitsgewinn, weiß er.

Oben öffnet der Mann, der seinen Koffer trägt, die Zimmertür.

– What is your name?, fragt HP.

– Kostas, antwortet Kostas und stellt den Koffer ab. HP will ihm einen Schein in die Hand schieben.

– Sorry, but I am not an employer. My sister and me, we are both the owners of this hotel. So I work, because I want to work!

Noch ein Bruder. HP steckt das Geld zurück in die Hosentasche.

– I beg your pardon ...

– It's okay, Sir. Have a nice day!

Er geht. Ungebremst fällt die Tür ins Schloss. Das Treppenhaus verstärkt das Geräusch zu einem Knall, der langsam abebbt. Mit einem Mal ist es ganz still hier oben unterm Dach, still, warm und träge. Schmale Sonnenstreifen dringen durch die Ritzen der Fensterläden. HP hört das Klackern von Würfeln, die im Becher geschüttelt werden. Dann kippt sie jemand auf den Tisch. Er hält seine Schuhspitze in den Sonnenstrahl. Das Leder leuchtet dunkelblau. Über sich erkennt er im Dämmerlicht die Balken der Deckenkonstruktion bis zum Giebel hinauf. Über der Holzverkleidung raschelt es.

Vielleicht Schwalben, die unter den Dachziegeln nisten.

Sich jetzt hinlegen, dösen, schlafen, sterben vielleicht, einfach weg sein, weit, weit fort ... Nein, er reißt sich zusammen. Jetzt werde ich erst einmal ankommen. Wirklich ankommen. Auspacken. Mich beruhigen, da sein im Dasein. Zu einer neuen Haltung finden. Der Gestus des Zeigens: Da – bin – ich! Ilona zeigen, wie ich bin.

Zwischen zwei Nachtschränken erwartet ihn ein breites Doppelbett, mit Sonnenstrichen auf dem dünnen Laken. Absolut mediterran, findet er, das Bett, das Laken, die Sonne. Über den Nachtschränken sind Lampen mit Schirmen aus weißem Glas angebracht, Freundinnen jener schlaflosen Nächte, die er der Lektüre widmen wird. Denn es würde *nicht immer geküsst, es wird vernünftig gesprochen; Überfällt sie der Schlaf, lieg ich und denke mir viel.* Sowas sollte ich Ilona erzählen! Statt mich zufriedenzugeben, sie hierher begleitet zu haben. Das hätte jeder x-Beliebige tun können. Dazu braucht man keinen HP. Ilona hat nichts gesagt, nicht danke, bitte, ich freu mich. Er kann das verstehen. Wie sollte sie erkennen, dass *ich zu den selteneren Menschen gehöre, den Wählerischen, schwer zu Befriedigenden, welche lieber zugrunde gehen, als ohne Lust an der Arbeit zu arbeiten.* Sie hat keine Ahnung von meinen Talenten, von meiner Genialität, von mir. Dass ich nicht nur jemand bin, der verkatert im griechischen Theater von Taormina auf sie wartet und sich unkontrolliert Pizza-Öl auf die Hose tropft. Wie soll sie, wie sollte sie das? Ich hatte wirklich nicht meinen besten Tag.

Gut, denkt er, das wird sich ändern! Nachdem ich erst einmal ausgepackt haben werde, werde ich mich ihr auf ganz andere Weise präsentieren. Schon jetzt fühlt er sich verändert, wertvoller, Herr seiner Zukunft, die Licht und Glück

für ihn bereit hält, Selbstvertrauen und Fremdvertrauen.
Der gemütlich dunkelbraune Schrank, der seine Wäsche und Hemden bergen wird, brummelt zustimmend. HP streicht sanft mit der Hand über den Kleiderschrank und öffnet ihn. Er mag freundliche Möbelstücke. Die Bügel duften nach Zedernholz. Wir werden uns gut verstehen.
Die Küchenzeile dagegen zickt rum, die beiden Herdplatten, der Eierkocher, das Abwaschbecken aus Edelstahl. Du hast doch keine Ahnung von Frauen, höhnen sie.
Der Kühlschrank schlägt sich auf seine Seite und summt: Verzage nicht, o Freund, öffne die Tür!
Im hell erstrahlenden Licht des freundlichen Haushaltsgerätes heißt eine Flasche gut gekühlten Samos-Wein HP willkommen. Er öffnet sie, greift ein Glas, wirft Eis hinein und schenkt es voll bis an den Rand. Trinkt leer, schenkt voll, leert das zweite Glas. Er öffnet die Läden und nun überflutet ihn freundliche Helligkeit. Nicht die grelle Helle wie morgens in Taormina. Warme Luft umspült seinen Körper wohlwollend und weich.
Der Ausblick über Dächer, Hafen und Meer nimmt ihn mit sich fort. Bis zur Mole, bis zu den Bergen des türkischen Festlandes in Sichtweite. *Wer oben stand auf dem Grenzgebürge der Welt und hinübersah in das neue Land, warlich der kehrt nicht in das Treiben der Welt zurück, in das Land, wo ewige Unruh hauset.* Sondern er setzt sich auf den Balkon und gönnt sich noch ein Glas.
HP könnte seinen Trolley öffnen, die Hemden auf die Bügel hängen, die Wäsche in die Schubladen legen.
Aber nein, er trinkt und träumt über dem Landschaftsbild. An der Hafenmole liegen kleine Fischerboote, mit denen unternehmen die hier sicher abenteuerliche Fahrten aufs

fliederfarbene Meer, um nachts riesige Thunfische zu fangen oder an unbekannten Inseln zu stranden. Daneben dümpelt ein unromantisches Motorschiff mit hässlich-greller Kabinenbeleuchtung. Militär? Nach einer Millionärsyacht sieht es nicht aus. Der Trum zerstört den ganzen Ausblick. Kann der nicht woanders vor Anker gehen? Oder still in den Wogen versinken? Wie heißt das Ding? Irgendwas mit *MS*. Plötzlich bedeutet ihm *MS* nicht *Motorschiff*, sondern *Medizinschiff*. *MS Aeskulap*. Mal ehrlich, wer will im Paradies an Krankheit erinnert werden? Vielleicht sind das zahnmedizinische Piraten, ambulante Dentisten, die von Insel zu Insel fahren, um die Kauwerkzeuge von Touristen auf Geschlechtskrankheiten zu überprüfen. Zahnärzte, Urologen, wo ist der Unterschied?

Er grinst und trinkt ein drittes Glas goldgelben Weins, der zwei Eiswürfel umspült. Noch immer hört HP den Würfelbecher. Erst klackern die Würfel im Lederköcher dumpf aneinander, dann springen sie hell klickend über eine Tischplatte, ein monotones Geräusch, das die Stille noch tiefer macht. Wie schön ist es, seine Ruhe zu haben. Sehen kann er die Würfelnden nicht. Es gibt keine Männer am Nebentisch, nicht mal einen Nebentisch, nur eine Nebenwohnung. Ein Appartement auf gleicher Höhe wie sein Studio, mit großer Dachterrasse. Leider ist Ilonas Gebäudeteil um anderthalb Meter nach vorn versetzt. Wenn sie wollte, könnte sie von ihrer Terrasse auf seinen Balkon sehen, wahrscheinlich sogar in sein Zimmer, auf sein Bett. Das wird sie nicht interessieren. Vielleicht wird sie sich sowieso nicht für mich interessieren, jetzt, nachdem wir angekommen sind. Sie hat ja, was sie will. Nein, sie hat es eben nicht. Solange Reinhardt nicht eingetroffen ist, hat sie gar nichts. Und danach ... Abwarten.

Jedenfalls könnte sie, wenn sie ganz nach vorn träte, mich sehen. Mir dagegen sind Blicke auf den größten Teil ihrer Terrasse, ihres Schlafzimmers, ihres Lebens verwehrt. Falls sie auf der Terrasse mit Reinhardt Sex hätte, würde HP die beiden hören, nicht jedoch sehen, sofern sie es nicht unmittelbar an der Brüstung trieben.

Er nimmt sich vor, beim ersten Anzeichen den Balkon zu verlassen, Tür und Fenster zu schließen, die Klimaanlage anzustellen. Andererseits ist Reinhardt noch nicht da und HP könnte über das Dach auf seine Terrasse klettern. So etwas würde er niemals tun. Es sei denn, die Situation erfordere es. Wenn etwa im Hafen plötzlich Kanonen donnerten. Ein Schiff mit sieben Segeln dringt ein. Marodierende Zahnärzte, Dental-Piraten mit Edelstahl-Sonden und Ultraschall-Bohrern jagen Privatpatienten, schneiden Kiefer auf, ziehen Wurzeln, stopfen Abformlöffel mit Silikon zwischen die Zähne. In weißen, blutbesprenkelten Kitteln grölen sie das alte Piratenlied: *Sophie, mein Henkersmädel, komm küsse mir den Schädel! Zwar ist mein Mund ein schwarzer Schlund – doch du bist gut und edel!* Ilona schreit in brennender Verzweiflung, mit krachenden Kartätschen kreuzt eine Fregatte vorm Hafen auf, das Großschiff des Großadmirals! Am Bug steht mit starkem Arm der Großschriftsteller, winkt HP mit seinem Fernrohr zu und ruft:

– *Machen Sie sich klar, mein Lieber, dass die Schriftstellerei einer der kläglichsten Wege ist, die zu allem und jedem führen!* Aber jetzt retten Sie Ihr Mädchen! Hurra!

Der hat gut reden! HP entert die Nachbarterrasse, die Zahnärzte laufen gelb an und verdunsten im Sonnenlicht, Ilona fällt ihm in die Arme. Und wenn sie nicht gestorben ist, weiß sie endlich, was sie an ihm hat.

Er kichert vor sich hin. Marodierende Zahnärzte? Ob das eine Vorahnung ist? Eine Botschaft aus dem Unbewussten? Die Eiswürfel sind geschmolzen, die Weinflasche leer. Wie lange sitzt er hier und träumt vor sich hin? Die Supermärkte und Tavernen schalten schon ihre Lichter ein; das Meer wechselt seine Farbe von dunklem Violett zu Schwarzblau. Er beugt sich vor:

– Psst, Ilona? Psst.

Keine Reaktion. Soll er pfeifen? Er kann nicht pfeifen.

– Hallo, Ilona!

Will sie, dass er sich Sorgen macht? Vielleicht schläft sie oder duscht sich die Reste von Potsdam vom Leib. Er nimmt natürlich nicht den gefährlichen Weg übers Dach, sondern den Telefonhörer ab und wählt. Es tutet kurz, es tutet lang, es tut sich nichts.

Jetzt ist es genug! Hunger hat er außerdem. Er streift die Schuhe über, läuft drei Treppen hinunter, eilt über den Hof und hetzt im Nachbartreppenhaus drei Stockwerke hinauf. Er ist enorm nicht in Form; ihn schwindelt. Durchgeschwitzt erreicht er die Tür Nr. 12:

– Ich bin's!

Keine Antwort. Er pustet schwer. Bestimmt sehe ich wieder furchtbar aus. Vielleicht sollte ich erst einmal duschen gehen. Er drückt die Klinke. Es ist dunkel. Er schaltet Licht an. Im Unterschied zu seinem Studio ist das hier eine richtige Wohnung. Erst ein kleiner Flur mit Schreibtisch und dem Trolley davor, ungeöffnet abgestellt. Rechts liegen zwei Schlafzimmer, immerhin zwei, ganz so klar ist das Verhältnis also noch nicht ... Oder Reinhardt will bloß höflich sein. Oder es gab kein anderes Appartment mehr unterm Dach. Dahinten die Küchenecke und das Bad. Niemand. Sie muss auf der Terrasse sitzen. Oder ist sie ausgezogen oder ist sie gesprungen, hoppla über den Rand gehüpft? Dramaturgisch wäre das eine Option, aber das hätte er im Hof bemerkt.

– Ilona?

Die Dachterrasse ist viermal so groß wie sein Balkon. In ihrer Mitte entdeckt er auf einem hellen Stuhl Ilonas bewegungslosen Umriss. Vom Hafen klingt blechern ein Oldie herauf:

Love di loop di love

– Ilona!

Love di loop di love

– Ja, was ist denn?

Love di loop di love

– Alles in Ordnung?

Love di loop di love

– Ach lass ...

Sie starrt über Dächer, Hafen zum Meer, als ob sie das alles gar nicht sehen will.

– Ich bin so müde, wenn ich mutlos bin.

– Wie wär's mit Essen?, schlägt er vor.

– Und ich bin so mutlos, wenn ich müde bin.

– Hast du keinen Hunger?

– Und nachher steht der Koffer immer noch da wie 'n Kinder-Sarg. Kannst du ihn nicht auspacken?

HP weiß, sowas tut ein netter Kumpel, aber keine Hauptperson in einer Liebesgeschichte. Dennoch sieht er ab von allem, was er ihr sagen könnte, sieht ab von seiner Genialität, von seinen Talenten. Er bettet Slips und BHs in den Schrank, weiß, rot, dunkelgrün mit Spitze, und stellt sich Brustspitzen vor. Ilona *ist seine Nacht unter dem Leben.* Ilona *ist sein Grab unter dem Tage.* Ilona *ist der Duft der lila Lippen.* Ilona *trägt blassgelbe Wäsche.* Ganz bestimmt!

9|Hyperion's Garden

Jetzt, denkt HP, werde ich mich völlig anders präsentieren. Gleich. Ganz, ganz anders. Sobald wir im Restaurant sind. Freundlich, souverän, kein bisschen arrogant. Ich werde ihre schlechte Meinung von mir korrigieren.

Die Gasse führt steil hinab Richtung Hafen. Bestimmt 25 Prozent Neigung, er spürt's in den Waden. 25 Prozent, oh weh, hier müssen wir nachher wieder rauf. Ilona, an seiner Seite, sagt nichts. Und plötzlich fällt die Gasse sehr viel flacher ab.

– Hier, erklärt HP, der nachgelesen hat, befand sich die Ufermauer des antiken, erheblich größeren Hafenbeckens, genau hier. Also da, wo es weniger steil abwärts geht, stand schon das Wasser.

– Mmh.

Okay, war vielleicht etwas unglücklich, mit solchen irrelevanten Fakten punkten zu wollen. Verständnisvoll und sensibel, darauf kommt es an, nicht so ein Grobsattel sein wie Reinhardt.

Rechts an einem Masten hängt eine Leuchtreklame: *Hyperion's Garden*. Natürlich hat sich HP im Reiseführer informiert: *Es gibt, meist etwas abseits der Hafenpromenade, auch im Ort selbst einige ganz brauchbare Restaurants, z.B. Hyperion's Garden.*

– Das sieht wirklich gemütlich aus, sagt Ilona.

– Ja, sehr, ruft HP und bemüht sich, spontan und unbefangen zu wirken.

Von der Straße aus erscheint das Lokal wie die Bühne für einen *Sommernachtstraum* oder etwas in der Art. In flachen Nischen verschiedene antike Göttinnen, Artemis, Aphrodite, Athene. Rechts erhebt sich ein weißes Haus mit der offenen Küchentür, aus der es dampft und zischt. Links und vorn eine niedrige weiße Mauer mit Blumenkübeln, in denen sich Blüten in kräftigen Farben breitmachen, rot, violett. Und im Zentrum der Szenerie vier große Orangenbäume, *im dunkeln Laub die Goldorangen glühn,* deren Kronen sich berühren, so dass die Tische mit den großkarierten Decken beinahe wie unter einem geschlossenen Dach stehen. Die karierten Tischdecken nehmen HP sofort für die Taverne ein. Nicht so etwas Pseudofeines, das ihn zusätzlich hemmen würde. Er will doch locker wirken.

Das ganze Ensemble ist nicht zu hell von gusseisernen Laternen beleuchtet, auch nicht übel, und nun entdeckt er zwischen Blumen und Tischen Katzen und Kätzchen, die sich genüsslich räkeln.

– Fein, sagt er.

Sehr schön, aber ... Vielleicht ein wenig zu sehr nordeuropäischen Griechen-Klischees verhaftet? Und ist *gemütlich* wirklich das richtige Wort? *Traditional Samian recipies – Cooked and served with love – Since 1989* liest HP auf einer Tafel am Eingang. *Erfreulich, erquickend,* vielleicht gar *labend* scheint ihm viel besser als Bezeichnung.

– Erquickend, sagt er.

Ilona verkneift sich den Kommentar. Er denkt:

Einen Garten hab er hoch am Gebirge gebaut und ein Haus; dem beschatteten dichte Bäume den Rücken, und kühlende Lüfte umspielten es leise in den brennenden Sommertagen, steht in Hölderlins *Hyperion.* Das verrate ich ihr jetzt nicht.

Ein Mann reiferen Alters begrüßt sie freundlich am Tor auf Deutsch mit holländischem Akzent:
– Guten Abend. Wie geht es Ihnen?
Er lächelt Ilona so nachdrücklich zurückhaltend an, dass sie tatsächlich nickt, Guten Abend sagt und fragt:
– Haben Sie einen Platz für uns?
– Aber selbstverständlich!
HP ist baff. Der Kellner führt sie zu einem hübschen Randplatz und nimmt seinen Posten am Eingang wieder ein.
Sie sitzen. Das wäre geschafft. Vielleicht könnte er jetzt Hölderlin rezitieren ... Ilona versucht, mit einer kleinen, braun gefleckten Katze zu flirten. Nein, lieber nicht. Hölderlin-Zitate klingen immer ein bisschen großspurig. Obwohl er es sich schön vorstellt, in Hyperions Garten Hölderlin zu rezitieren. Schade. Das Kätzchen zieht sich in eine Mauerecke zurück und putzt sich. Vielleicht später Hölderlin. Hat er Ilona schon von seiner Schwester erzählt? Seitenblick. Nein, das sollte er lieber bleiben lassen. Nachher denkt sie noch, ich wäre ein Weichei. Oder schlägt sich auf ihre Seite.

Nein, anders, gleich, wenn wir bestellt haben ... Wie Liebesleben und Schönheitsempfinden, werde ich sagen, so gewinnt auch der gemeinsame Akt des Essens auf der Reise eine veränderte Qualität. Diese neue Qualität beruht nicht allein auf fremden Nahrungsmitteln, ungewohnter Zubereitung oder Getränken, die einem nicht vertraut sind, sondern auch auf der veränderten räumlichen und sozialen Umgebung. Ein feiner, dezenter Ausnahmezustand, in dem manches möglich ist.

Wie ich das so formuliere, denkt er, das ist nicht übel.

Eine junge Frau mit Papiertischdecke und Speisekarten unterm Arm kommt.
– Kalispera, how are you?

– Thank you, very good ...
Sie nimmt Pfeffer und Salz, Essig und Öl und den Aschen-
becher vom Tisch und stellt sie auf einen Stuhl. Dann wird
eine weiße Papiertischdecke über die karierte Stofftischdecke
gebreitet, derart, dass ihre Zipfel zwischen denen der anderen
zu liegen kommen, und mit Metallklemmen am Tisch festge-
steckt. Auf dem Papier ein blau gedruckter Übersichtsplan der
Insel Samos. Daneben steht *Herzlich Willkommen* (!) in verschiedenen europäischen Sprachen. Und in einer Ecke eine
Windrose. Mit sicherer Hand werden die abgeräumten Re-
quisiten darauf platziert, schließlich die geöffneten englischen
Speisekarten zur Lektüre angeboten, der Dame zuerst.

– Enjoy it.

Was für ein souveräner Auftritt! Schon als kleiner HP hat
er für Frauen geschwärmt, die so auftreten. Er könnte sich
glatt verlieben in diese Kellnerin. Ich liebe dich, weil du so
souverän bist, würde er ihr gestehen, wenn er nicht mit Ilona
hier wäre. Mach mit mir, was du willst, würde er sagen,
wenn du mir nur die Welt vom Leibe hältst. Leider hat er nie
eine Gelegenheit gefunden, das zu sagen. Genauer gesagt, bei
ruhiger Überlegung ist ihm klar, sowas kann man nicht sagen, höchstens denken. Auch Ilona kann er das nicht sagen,
ihr schon gar nicht. Im Moment ist sie auch nicht souverän.
Wie sie das mit dem Hosenkauf organisiert hat, ruck, zuck,
bevor er sich auch nur den kleinsten Einwand zurechtgelegt
hatte, das allerdings hat ihn beeindruckt. Und wie sie gerade
eben nach einem Tisch gefragt hat auch. Andererseits, nicht
zu vergessen, an manchen Tagen hat er ein Faible für schwa-
che Frauen, eine Art sexuelles Helfersyndrom ...

Jeder Gedanke ein Fluchtversuch! Konzentrier dich! Sei
locker!

– Mensch, sagt HP, das erste gemeinsame Mahl der gemeinsamen Reise!

– Das erste Mal was?

– Die erste Mahlzeit, die wir zusammen einnehmen. Von der unseligen Pizza abgesehen. Wie Liebesleben und Schönheitsempfinden, so gewinnt auch der gemeinsame Akt des Essens auf der Reise eine veränderte Qualität. Toll!

Ilonas Blick senkt sich auf die Karte.

– Was sind *Mushrooms à la Hyperion's Garden?*

– Naja, Pilze.

– Darauf wäre ich nicht gekommen. *Kokkinisto* vielleicht?

HP mustert Ilonas Fingernägel; sie sind dunkelviolett lackiert.

– Schöne Farbe, sagt er. Ich liebe solche Nägel.

– *Kokinisto* überzeugt dich also nicht.

Was soll er sagen? Er möchte ihr nicht den Abend verderben; sie möchte ihm nicht den Abend verderben. Das kann anstrengend werden.

– Ach, lenkt Ilona ab, schön hier.

– Ja, so stellt man sich ein griechisches Lokal vor ...

– Wer *man?*

– Na, ich.

– Ach, du.

– Ja, so ähnlich habe ich mir ein griechisches Lokal auf einer griechischen Insel vorgestellt. In den Details auch wieder nicht, ist ja klar. War ja nur eine Vorstellung. Und jetzt sitzen wir beide hier, vom Zufall zusammengebracht, inmitten ungewohnter Menschen, inmitten meiner Vorstellung, und der Abend kommt mir vor wie Theater.

– *Meatballs* sind einfach *Hamburger*, oder?

Das nimmt er an. Sagt aber nichts. Wenn das Restaurant

ein Theater ist, dann sind sie jetzt Teil der Aufführung. Das ist spannend, würde er ihr gern erklären, aber sie kümmert sich nur um *Meatballs*. *Eine Aufführung übermittelt nicht anderorts bereits gegebene Bedeutungen, sondern bringt die Bedeutungen, die in ihrem Ablauf entstehen, zuallererst hervor*, etwa ein öffentlich ausgestelltes Interesse an Fleischbällchen, das etwas aussagt über die Person, die es äußert. Auch etwas aussagt über den Stand der menschlichen Beziehungen am Tisch. Auf die Aufführung kommt's an! Wie ich mich heute Abend aufführe! Wie sie sich aufführt. *Was sich in Aufführungen zeigt, tritt hic et nunc in Erscheinung und wird in besonderer Weise als gegenwärtig erfahren.* Man ist ganz da und nicht dauernd woanders, auf Sizilien oder bei Hölderlin. *So kam ich unter die Deutschen*, würde er gern rezitieren. *Ich foderte nicht viel und war gefaßt, noch weniger zu finden ... Barbaren von Alters her, durch Fleiß und Wissenschaft und selbst durch Religion barbarischer geworden, tiefunfähig jedes göttlichen Gefühls, verdorben bis ins Mark zum Glück der heiligen Grazien, in jedem Grad der Übertreibung und der Ärmlichkeit belaidigend für jede gutgeartete Seele, dumpf und harmonielos, wie die Scherben eines weggeworfenen Gefäßes ...*

– Was ist los?, fragt Ilona. Du guckst so komisch.

– Ich dachte gerade an Hölderlins *Hyperion*.

Ilona fragt weder warum noch woran genau oder wer das ist. Sie wirft einen Blick in die Getränkekarte.

Um sie herum auf der Terrasse löffeln oder gabeln Menschen in sich hinein und wissen nicht, dass sie Teil einer Aufführung sind. Neben dem Eingang liefert ein Kellner Wein, Wasser, Brotkorb und Besteck und merkt ebenfalls nichts. Getränke werden nachbestellt, Gespräche geführt, Fotos von frisch servierten Mahlzeiten aufgenommen, damit die zu Hause sehen, wie gut man es sich gehen lässt, wenn man sich mal gehen lässt. Schließlich danke, zahlen, am Ausgang herzlicher Abschied in jeweiliger Landessprache – und von vorn. Die Leute sind sowas von ahnungslos ...

Wenn sie erst bestellt haben, könnte er wie nebenbei die Bemerkung machen: Ilona, was hältst du als Frau ... Nee, schon schlecht. Eigentlich will er herausbekommen, was sie von einem Ferienflirt hält, sie ist ja sozusagen, solange Reinhardt nicht auftaucht, in Ferien ... Bereits der Gedanke ist ihm peinlich. Viel zu direkt. Vergiss es! Erst einmal ankommen im Garten, etwas bestellen, ein Glas trinken, sich akklimatisieren. Er will doch eine gute Meinung von sich erzeugen. Ein erster Satz wird mir schon einfallen. Wo bleibt denn der Kellner?

Am Tisch nebenan bringt ein junger Mann ein Tablett mit Wassergläsern, deren Boden zwei Finger breit Ouzo bedecken:

– Do you want some Ouzo from the house? With water?

Platziert die Gläser auf der Papiertischdecke und füllt sie aus einer Glaskaraffe auf.

– Jammas.

Ob die schon bestellt haben? Nein, die gucken noch in ihre Karten. Jetzt müsste der junge Mann mit der Karaffe zurück zum Tresen gehen, um auch für sie einen Begrüßungsouzo zu holen. Aha, er macht sich auf den Weg, stellt sein Tablett ab ... Nimmt aber nicht zwei frische Gläser Ouzo, sondern beginnt, im Eingangsbereich Tische abzuräumen.

Wieso räumt der Tische ab? Moderne Dramaturgie, Warten als Grundprinzip? Handlung, die nicht in Gang kommt? Ob HP nach dem Ouzo fragen soll?

Wir warten auf den Ouzo, warten darauf, zu bestellen, warten auf Reinhardt, der seinen Auftritt hinauszögert, um dann desto effektvoller in Ilonas Leben zu treten, wenn sie ihn schon nicht mehr erwartet. Wartet sie überhaupt noch auf ihn?

– Sag mal, Reinhardt ...?

– Was ist mit Reinhardt?

Gereizt. Na prima. Sie ist gereizt.

– Ach nichts.

Auf dem Tablett mit Wasserkaraffe sind immer noch keine Gläser für sie bereitgestellt. So kann man natürlich Spannung erzeugen. Jetzt hat der Kellner abgeräumt, verschwindet im Haus.

– Weißt du, sagt HP, es kommt mir ganz seltsam vor, dass wir zwei hier allein ...

– Lass uns erst mal bestellen!

– Es kommt ja keiner.

– Sei nicht so ungeduldig.

HP entdeckt zwei Amphoren, mit Krummstäben und Masken darauf, von Efeu umrankt. Was ist das bloß für ein Theater!

Der ältere Kellner, der sie am Eingang begrüßt hat, zieht einen Block aus der Tasche seines Hemdes, zückt einen Stift ..., geht zum Tisch nebenan, hic et nunc. Dort sitzen zwei Ehepaare. Sind die hier die Hauptpersonen? Wieso? Weil HP ihnen jetzt zuschaut. Er würde lieber nicht, müsste dann aber mit Ilona reden. Dazu fällt ihm kein Thema ein, und sie sagt auch nichts. Die Älteren nebenan könnten gut die Eltern der Jüngeren sein, zu denen drei Kinder gehören, möglicherweise die Enkel des älteren Paares.

– Wisst ihr, sagt der ältere Mann, es kommt mit den Jahren.

Ja, gewiss, Schwierigkeiten, oh, doch, die gab es, aber letzten Endes ...

Letzten Endes?

Der Bestellkellner unterbricht:

– Haben Sie gewählt?

– Ja, nein, wir wissen nicht ...

Sie beginnen miteinander, mit den Kindern und dem Kellner zu diskutieren, ausschweifend und kompliziert. Was wollen, können, sollen sie essen? Warum haben sie nicht längst ihre Wahl getroffen? Aha, er versteht, sie brauchen den Kellner als Publikum und am liebsten den Rest der Besucher auch. HP ärgert sich, dass es ihm nicht gelingt, fortzuschauen. Während der Kellner an den Nachbartisch gefesselt ist, hat sich der junge Mann, der eigentlich für den Ouzo zuständig ist, an die Tür gestellt, um vorbeikommende Touristen anzusprechen.

Der Kellner liest die deutsche Speisekarte auf Deutsch vor und weist auf das Tagesgericht hin. Wieso haben die eine deutsche Speisekarte und wir eine englische? Spielen wir heute Abend die Rolle von Briten? Der Kellner sagt nicht *Spanferkel*, sondern *Baked Pork*. Oder heißt *Baked Pork* auf Deutsch nicht *Spanferkel*? Zwei von gegenüber entscheiden sich für *Today's Special*, also *Baked Pork* und HP merkt, dass er ausschließlich ihnen zuhört. Hat Ilona was gesagt? Er hat nichts gehört. Die drüben können sich nicht entscheiden zwischen *Spicy Cheese Salad* oder *Stuffed Tomatoes* als Vorspeise. Ihnen ist vollkommen egal, was für ein Bild sie abgeben. Oder ist es genau das, was sie abgeben wollen? Na klar, sich umständlich beraten lassen, sich wichtigmachen, andere zum Warten zwingen, das sind so Spielchen, mit deren Hilfe die sich ihrer Wichtigkeit vergewissern. Es gibt

Menschen, denkt HP, die bleiben nach dem Schlussapplaus auf ihren Plätzen so lange sitzen, bis die halbe Reihe aufgestanden ist und steht und steht und nicht vorbei kann. Erst wenn der Höhepunkt der Aufmerksamkeit längst überschritten ist, geraten sie in Bewegung.

– Hölderlin schreibt über die Deutschen *Barbaren von alters her ...*, sagt HP.

– Lass uns den Abend einfach überstehen!

Die Leute müssen Ilona ja auf die Nerven gehen, denkt HP, und schon nerven sie ihn noch mehr.

– Ihr werdet sehen, sagt nun der ältere Mann von nebenan. Probleme gibt es immer ... Wenn ich denke, wie wir angefangen haben ... Ihr werdet sehen ...

Eine theatralische Aufführung entsteht ja aus der Interaktion aller Teilnehmer, d.h., aus der Begegnung von Akteuren und Zuschauern ... Im Restaurant sind alle Akteure und Zuschauer zugleich.

– Wenn ich denke, wie wir angefangen haben ... Sicher gab es Schwierigkeiten, aber letzten Endes ... Das kann sich heute keiner vorstellen, letzten Endes.

Die Szene zieht sich, denkt HP. Wenn sich diese Langweiler wenigstens streiten würden.

Genau an dieser Stelle, also exakt im richtigen Moment, gutes Timing, muss HP zugestehen, trifft der Ouzo ein. Wenn man wartet, vollziehen sich die Ereignisse erst heimlich, dann sprunghaft. Ilona weist ihren Schnaps zurück. Dann trinkt er eben beide.

Nebenan legt eins der Kinder den Kopf auf den Tisch, ein anderes umkreist fröhlich singend Eltern und Großeltern: *Der Weihnachtsmann sagt: Bitte sehr! Ich schleppe keine Säcke mehr. Ich bleibe dieses Jahr im Wald, und pfeift der*

Wind auch noch so kalt. Ja, ja ... nee, nee, in Eis und Schnee.
Und von vorn.

Der Weihnachtsmann sagt: Bitte sehr! Ich schleppe keine Säcke mehr. Ich bleibe dieses Jahr im Wald, und pfeift der Wind auch noch so kalt. Ja, ja ... nee, nee, in Eis und Schnee.
Und nochmal.

Weshalb kann sich HP nicht auf Ilona konzentrieren? Oder sie sich auf ihn? Eine Einheit bilden gegen den Rest des Restaurants. Sein Kopf ist leer, er sieht sich selbst von außen. Sieht sich sitzen, ein schüchterner Trottel, wie früher, wenn er den ganzen Abend auf der Fete in der Ecke saß und ihm kein erster Satz einfiel, gerade weil er so angestrengt überlegte. Verpasst, denkt er. Der Abend ist gelaufen. Bin ja selber schuld.

Das dritte Kind möchte etwas, das ihm Mutti nicht gibt – und plärrt. Dann treffen Vorspeisen satt ein, Grillplatten satt, roter und weißer Wein in schlanken Flaschen. Die Kinder werden in ihre Karren gelegt und schlafen schlagartig ein. Wie gut, der zweite Akt ist zu Ende, seufzt HP innerlich. Abstand nehmen. Neu ansetzen.

Hinter einem Orangenbaum, vom Geäst halb verdeckt, sitzt ein Mann mit Handy. HP entdeckt ihn erst jetzt. Ein einzelner Mann; das ist doch außerordentlich. Ist seine Frau krank? Witwer? Alleinstehend? Sucht er Anschluss? Sucht er nach einem ersten Satz? Oder ist er das Element, das aus dem Rahmen fällt, theatralische Randfigur mit Tiefenwirkung? Es sind nicht immer die Hauptpersonen, die im Gedächtnis bleiben. Er trägt einen malerisch geknitterten Tropenanzug, wie ein Abenteurer, ein Popstar, ein Dandy mit Handy ... Und schaut immer herüber. Beobachtet der mich? Uns? Muss ich seine Aufmerksamkeit mit Ilona teilen? Wenn er gleich wieder

76

fortschaut ... Tut er nicht. Das ist doch auffällig. Jetzt guckt er weg. Das ist noch auffälliger.

In diesem Moment trifft der Bestellkellner mit freundlichem Stift und neugierigem Auftragsblock bei ihnen ein und verstellt den Blick. Das Tagesgericht, *Baked Pork*, ist natürlich aus. Also nimmt HP *Kleftiko* (Lamm mit Kartoffeln, Feta, Tomaten, Pfefferschoten), Ilona *Giouvetsi*, dazu *a big bottle of water*. Den Wein, eine Flasche *Montenero* aus Nemea, wählt HP aus, weil der Name so schön melancholisch klingt.

Vielleicht ist der unter dem Orangenbaum Restaurantkritiker. Oder Theaterkritiker. Oder beides. Folgt der Aufführung im Restaurant und rezensiert live ins Handy.

Absurd, denkt HP, sicher ist das nur ein ganz normaler Tourist, der mit seiner Schwester telefoniert.

HPs Blick folgt dem Kellner, der mit seinem Block in der Küche verschwindet. HPs Blick schweift zum Nebentisch; dort wird ruhig gegessen. HPs Blick sucht den Orangenbaum; der Mann ist weg.

Wein und Wasser treffen ein. Und, unerwartet rasch, folgt das Essen. Ah, jetzt wird alles gut. Ilona jedoch stochert im *Giouvetsi*. Sie hebt mit der Gabel einige Nudeln in die Höhe, so dass der geschmolzene Käse Fäden zieht.

– Bei der Hitze sollte man keine Backofengerichte essen!, nörgelt sie.

– Dann bestell dir was anderes ...!

– Das ist auch nicht besser ...

– Trink einen Schluck Wein!

– Ich nehm' lieber ein paar Pillen.

Da sitzt sie im eigenen Innern, erkennt HP, fühlt sich klein und hässlich.

– Verstehe, sagt er.

– Was verstehst du?

Gute Frage, denkt HP, sehr gut. Und stellt sich vor, wie er an die Rampe tritt, nah ans Publikum, zu einem dieser Monologe, die Theatergeschichte machen:

In Wirklichkeit verstehe ich dich nicht, würde er pathetisch, aber nicht zu pathetisch sagen. Kein bisschen. Ich verstehe dich sowas von nicht, das kannst du dir nicht vorstellen, wie ich dich nicht verstehe, das habe ich selbst noch nie erlebt, dass ich jemanden so wenig verstehe wie dich. Das ist einfach nicht zu verstehen.

Das Publikum würde seinen Worten folgen ohne Zwischenapplaus, so beeindruckt wären sie.

Ilona schaut ihn an. Ihr ist egal, ob ich was sage oder nicht.

Da erscheint auf der Mauer neben Ilona eine kleine Katze, weiß mit braunen Tupfen. Stellt ihr die Vorderpfoten auf die Schulter; es sieht aus, als flüstere sie Ilona etwas ins Ohr.

– Ach?, fragt Ilona. Was Sie nicht sagen!

Die Katze lässt sich auf ihrer Schulter nieder und flüstert weiter. HP ist irritiert. Eine sprechende Katze hat er bisher nicht kennengelernt.

– Sie möchten mein *Giouvetsi* probieren? Na, wenn Sie meinen ...

Das Kätzchen bekommt ein Stückchen Fleisch mit der Gabel und frisst ganz manierlich. Nicht der allerkleinste Soßenfleck auf der Bluse!

Auch Ilona nimmt nun einige Reisnudeln, Gemüse und sogar etwas Fleisch zu sich; ihr kleiner Gast stellt seine Pfoten auf den Tisch und grinst ihr zu.

– Kannst du mir sagen, warum die Katze grinst?

– Es ist eine Grinse-Katze.

– Ich wusste nicht, dass Katzen grinsen.

– Die meisten tun es heimlich.

Die Katze ist satt.

– See you, verabschiedet sie sich.

Stück für Stück wird sie unsichtbar, erst die Beine, dann
der Rumpf, die Schwanzspitze, zuletzt das Grinsen, das noch
einige Zeit sichtbar bleibt, nachdem das Übrige verschwunden ist.

– *Ich habe oft eine Katze ohne Grinsen gesehen, aber ein
Grinsen ohne Katze*, staunt HP.

Ilona lacht. Vorhang!

10|Am Hafen

HP will erzählen, Ilona tut's.

– Ich bin wirklich unglücklich, beginnt sie.

Sie folgen der schmalen Straße von *Hyperion's Garden* hinunter Richtung Hafen. Nach wenigen Schritten gelangen sie zwischen einem Café und einer Verkaufsbude für Zigaretten, Erfrischungsgetränke und Speiseeis auf die Promenade. In der Bude sitzt ein Mann mit Kopfhörern und schaut sich auf einem Bildschirm einen Action-Film an; lautlos explodiert ein roter Sportwagen.

– Das interessiert dich nicht, oder? Niemand interessiert sich für einen, wenn man unglücklich ist.

Das ist natürlich Unsinn. Was an unglücklichen Menschen nervt, ist nicht ihr Gefühlszustand, sondern die miese Stimmung, die sie verbreiten.

– Ich hab das so nicht vorgehabt, sagt Ilona. Das ist passiert ...

– Du hast doch ...

– ... du weiß gar nichts ...

– Aber, ich dachte ...

– Was?

– Naja, du und ...

– Selbstverständlich wollte ich raus aus meinem Leben. Aber ...

– Aber?

– Glaubst du, ich bin nicht traurig, dass ich Mann und Kinder verlassen habe? Reinhardt lässt mich hängen, ich gehe dir auf die Nerven, was soll das?

Einen Moment lang betrachtet HP das erleuchtete Panorama, Bars, Restaurants, Yachten und Fischerboote. Läden mit bunten Halstüchern, griechischen Göttern im Mitnahmeformat, Sonnenmilch und Badeschuhen ...

– Gib's ruhig zu, sagt Ilona, ich geh dir auf die Nerven. Ist ja klar. Ich werde selbst nicht schlau aus mir.

– Nö, lügt HP, überhaupt nicht.

Die vielen Glühbirnen und Leuchtreklamen erinnern ihn an nächtliche Kamerafahrten durch Cannes oder Monaco, kurz bevor der Protagonist mit einem offenen Sportwagen stoppt, herausspringt – und alle in der Bar haben nur auf ihn gewartet. Über der Szenerie liegt psychedelisches Musikgewaber, aus dem sich mal eine klagende Bouzouki, mal ein blubbernder Synthesizer heraushebt, Techno-Pop-Disco-Folk, Donovan, *Mellow Yellow*, gewohnte Rhythmen, bekannte Melodien, Rauschmusik von heute und einst.

– Ob die Gäste in den Bars und Tavernen auch warten?, fragt Ilona. Oder langweilen die sich erwartungslos?

HP hört die Musik, sieht die bunten Tücher, die bestickten Hemden, und er denkt an vergangene Feten in Kellern, deren Betonwände mit Graffiti besprayt waren: *So lustig ist's sonst nirgendwo wie hier bei uns im Irgendwo.* Pärchen auf Matratzen, die wild herumknutschten und keine Angst vor AIDS hatten. Die unzureichende Beleuchtung, sphärische Klänge von Pink Floyd, Marc Bolans rhythmisches Gestöhne, das hysterische Aufjuchzen von Les Rita Mitsouko heizten die Stimmung an.

Selbstverständlich hat Ilona keine Ahnung, wer Les Rita Mitsouko waren.

Wie gern wäre er Boheme gewesen! Die Boheme lebte in Amsterdam und nahm Drogen, liebte sich in den Felshöhlen von Matala und verbrachte ihre Tage im Centre Pompidou, erregt durch moderne Kunst! HP quälte sich mit seiner gänzlich uninteressanten Provinz-Pubertät herum und träumte im Fetenkeller von Ästhetik, Rausch und Geistesblitzen.

Er schaut auf Ilona. Sich gegenseitig das Leben erzählen, nicht wie es denn eigentlich gewesen ist, sondern wie es aufblitzt im Moment der Gefahr, alt zu werden.

– Findest du nicht, sagt er, dass das ganze Leben ein unaufhaltsamer Verlust an Möglichkeiten ist?

– Wer behauptet das?, fragt sie.

Wo hat er das gelesen? Das ganze Leben, ein unaufhaltsamer Verlust an Möglichkeiten – und er weiß nicht mehr, wo das steht!

– Selbst wenn!, fährt Ilona fort. Könnte man nicht den unaufhaltsamen Verlust an Möglichkeiten in einen unterhaltsamen Verlust verwandeln, wenigstens heute Abend?

Sie schnappt sich seine Hand und zieht ihn mit sich. Ihre Finger sind staubtrocken, seine überzogen von einem klebrigen, feuchten Film. Morgen kommt Reinhardt und ich bin raus, denkt HP. Das wissen wir doch.

Einheimische Jugendliche flanieren vorbei, bemüht, zusammenzufinden mit Gekicher und schüchternen Gesten. Gehen Hand in Hand oder ignorieren sich gezielt durch angestrengte Blicke aufs Handy-Display. Damit die anderen merken, ich hab euch nicht nötig. Aufmerksamkeit haben aber doch alle nötig, sogar die schlafenden Katzen.

Nein, HP ist nicht schüchtern im Sinne von gehemmt. Eher scheu-schüchtern, abwartend-schüchtern, nachdenklich-schüchtern. Nicht, weil er sich nicht traut. Sondern weil wir in einer

Multioptionsgesellschaft leben! Hinter jeder ergriffenen Gelegenheit stehen zurückgewiesene Gelegenheiten. Arme, zurückgewiesene Gelegenheiten. Ich packe Ilonas Wäsche aus. Und möchte von ihr gemocht werden. Würde ich von ihr gemocht, würde ich lieber geliebt werden; würde ich geliebt, würde ich mich fragen, ob Bewundertwerden nicht noch besser wäre. Würde ich bewundert, würde ich lieber Sex haben, hätte ich den, dächte ich daran, *Auf der Suche nach der verlorenen Zeit zu lesen,* läse ich Proust, würde ich gern von Ilona gemocht werden und von vorn. Das ist doch sinnlos!

Es sei denn ... Natürlich hofft er immer auf eine überraschende Abzweigung, eine Lücke in der Argumentation, eine unerwartete Variante, auf die er vorher nicht gekommen ist. Möglicherweise ... Er weiß nicht, worauf er wartet.

Jetzt eine Liebesszene, denkt er, episches Kontinuum herstellen, wir zwei als Hauptpersonen eins und zwei. HP1, denkt HP, dreht HP2 seinen Kopf zu. Holt Luft, überrascht sie mit einem zarten ambivalenten Kuss, der alles so gut wie nichts bedeuten kann, von gemeinsam Spaß haben über Sympathie bis zu Liebe – und zurück. Sich küssen, damit die Szene einen Sinn erhält, nicht bezogen auf den Ausgang, sondern auf die Art und Weise, wie Zusammenhänge sich realisieren, hier, jetzt wie im Theater, allerdings im Medium des Erzählens. Der Kuss als Ereignis und zentrale Metapher. Ein anspruchsvolles Erzählen, das sich jederzeit seiner formalen Mittel bewusst ist. Leider stellt selbst Liebe keine anderen Worte zur Verfügung als bisher, bewirkt nicht, dass ich die Sprache von morgen finde für ein neues Leben ... Man küsst sich, doch es fällt einem nichts Neues dazu ein, da kann man solange küssen, bis einem die Luft wegbleibt.

Er ist erregt. Das sind die körpereigenen Drogen, denkt er,

und nähert sein Gesicht ihrem. *Sollte die Sehnsucht nach fleischlicher Berührung ein versteckter Appetit auf Menschenfleisch sein?* Von wem ist das nun wieder? Novalis, wenn auch vermutlich nicht exakt in dieser Formulierung, denkt er und spürt beinahe schon den Geschmack von Ilonas Haut auf seiner Zunge, Menschenfleisch, denkt er und leckt im Geiste den Schweiß von ihrer Wange ... Da ...! Ausgerechnet da hebt sie den Kopf. Schaut ihm unerschrocken direkt ins Gesicht. Ihre Augen, ihre Lippen, ihre Nase zum Anbeißen nah – und ein kleiner dunkelbrauner Schönheitsfleck links unterm Ohrläppchen. Seine Reaktionen machen sich selbständig. Luft wird durch die Zähne eingesogen, der Mund speichelt, Muskeln kontrahieren unkontrolliert. Der Kopf denkt *Katalepsie*, schon ist der Körper erstarrt. Mit einer Kraft, als ob er ein Auto stemmen müsse oder eine Mauer beiseite drücken, lässt HP Ilonas Hand los und taumelt zurück. Denkt sofort, sie zu küssen, wäre doch besser gewesen. Verpasst.

– Das wollte ich nicht erreichen, sagt sie.

– Nee, nee, ich ... Ach egal. Schon gut.

– Verstehe. Niemand mag einen, wenn man traurig ist.

Wenn sie mich mal ausreden ließe, denkt er, könnte ich vielleicht erklären, dass das Individuum, also ich, gerade wegen seiner größeren Autonomie, wegen seiner gewachsenen Möglichkeiten der Selbstverwirklichung eine immer umfänglichere Menge an ungelebtem Leben mit sich herumschleppt. Mein ungelebtes Leben wächst. Wohin damit? Auch sie wird es ihm nicht abnehmen.

Ilona, nimmt er sich fest vor zu sagen, Ilona, die Multioptionsgesellschaft ... Leiden wir nicht alle darunter, in dieser verdammten Multioptionsgesellschaft dem roten Faden einer eindimensionalen Lebenserzählung entkommen zu wollen? Warum, wird sie fragen. Darum, wird er sagen. Um nicht zu verblöden, während sich die Multioptionen nach allen Seiten verzweigen ...

Er sagt nichts.

– Schade, flüstert sie.

Die Kinder auf dem Spielplatz schaukeln, wippen und lachen unter hellgrün gefiederten Tamarisken. Das goldgelbe Licht der Nostalgielaternen verklärt die Szenerie. Sie haben es gut, denkt HP, sie wissen nicht, in welche Stürme und Flauten sie noch geraten werden mit ihrem kleinen Lebensschiff zwischen den Untiefen der Identität, den Klippen der Reflexion und Abgründen der Selbstentwertung. Sie spielen und lachen, bis die Müdigkeit sie in ihre Träume scheucht.

Ich muss das Thema wechseln, sonst werd ich sentimental. Neben dem Spielplatz, am Ende der halbrunden Hafenpromenade, erhebt sich Pythagoras, der berühmteste Sohn des Ortes als Bronzeplastik. Denk mal!, sagt das Denkmal, und HP denkt: Der Philosoph weist mit dem rechten Arm nach oben und streckt sein Gesicht weit empor. Dort ist eine Glühbirne angebracht und scheint ihm ins Gesicht. Warum schaut er nicht auf sein Publikum? Weshalb reckt er den ganzen Körper bis zu den Fingerspitzen der Glühbirne entgegen? Will er sie herausschrauben? Hat er sie hineingeschraubt? Hat er sie erfunden? Sucht er die Fassung, droht er, sie zu verlieren? $a^2 + b^2 = c^2$, a = die Glühbirne, b = die Fassung, c = die Erleuchtung?

Zwei junge Leute drücken Ilona ihre Kamera in die Hand und posieren Arm in Arm vor dem berühmten Gelehrten. Ilona knipst. Dann küssen sie sich. Ilona knipst. Dann springt die Frau in die Arme des Mannes und jauchzt. Ilona knipst.

Ach, einmal eine Bedeutung ergreifen, eine einzige zweifelsfreie Aussage, wie Pythagoras seine Glühbirne, einfach so. Verdammte Multioptionsgesellschaft! Ilona von mir erzählen, das Textil des gelebten, ungelebten und frei erfundenen Lebens ausbreiten, damit sie schließlich sagt: Ich bewundere dich!

Ich werde schon wieder sentimental. Ilona knipst noch zweimal und reicht den Apparat zurück. Die junge Frau bedankt sich.

– Ein nettes Paar, sagt Ilona.

Ich werde ihr nicht in die Augen schauen, denkt HP und schaut tief hinein. Erschrocken jagt er den Blick in die Ferne. Dort steht ein Mann an Bord einer Yacht. Über Ilonas Schulter hinweg erkennt HP die Aufbauten der Yacht in Weiß und Silber, die metallicblauen Strahler unter der Wasserlinie, die den Rumpf vulgärfuturistisch beleuchten wie in einem Bond-Film, eine Mischung aus Luxus und Thrill. Er liest den Namen *Elektra*. Dort auf der Yacht steht ein Mann mit einem Bauch und einem Strohhut Marke *Tod in Venedig*. Ein alter Steward tritt hinzu, krummer Rücken, seine Familie seit Generationen in Lebensstellung. Mühsam zieht er den Korken aus einer Flasche Weißwein, schenkt einen Probierschluck ein. Der Mann mit dickem Bauch und hellem Strohhut kostet vom Wein.

– Was ist?, fragt Ilona.

Ist das Reinhardt? fragt sich HP. Wahrscheinlich irre ich mich. Lieber sage ich nichts. Es kommt ihm so vor, als sähe er Ilonas Gesicht zum ersten Mal, ein helles, durchschimmerndes Braun ohne Make-up.

– Lass uns was trinken gehen, schlägt sie vor.

– Oh ja.

Das hat sich jetzt zu sehr nach Erleichterung angehört. Alles geht schief. Im Abstand von vielleicht dreißig Zentimetern flanieren sie nebeneinander her. So viele Bars, so viele Yachten. Reinhardt, wenn er es denn war, lässt sich nicht blicken. In der *Bar Markus* sitzt Reinhardt auch nicht. Da steht ein anderer; er schlägt sich mit der Getränkekarte, die er in der rechten Hand hält, in die geöffnete linke. Leichte, nervöse Schläge voll gespannter Aufmerksamkeit. Wird wohl Markus persönlich sein.

– Weißt du, sagt Ilona, ich weiß nicht, wo ich hin will, aber bestimmt nicht zurück nach Hause. Trotzdem bin ich unglücklich, weil ...

Von seinem zentralen Beobachtungsplatz aus, einem pseudoantiken Rundaltar, beobachtet Markus die Vorübergehenden auf der Promenade. Das lebendige Gegenstück zum bronzenen Pythagoras. Genau wie der hebt auch er den Arm, aber nicht, um eine Glühbirne zu wechseln, sondern um einladend mit der Getränkekarte zu winken.

– ... weil ich nun mal unglücklich bin.

Markus ruft akzentfrei:

– Guten Abend! Give me only one minute!

Er klemmt die Getränkekarte unter die Achsel und baut ihnen, nur für sie allein, ein Nest. Bevor Ilona etwas sagen kann, HP will nichts sagen, schleift der Wirt mit geübtem Griff eine Art Verlobungssofa aus Rattan mit dicken Polstern heran, setzt ein Tischchen mit Glasplatte davor. Er drückt sie sanft aufs Sofa, reißt die Getränkekarte unterm Arm heraus, schnappt eine weitere vom Altar, legt beide geöffnet vor sie auf den Tisch, und zieht sich atemlos zurück.

Draught beer liest HP in der Karte und fragt plötzlich:

– Was meinst du mit *unglücklich*? In einer Multioptionsgesellschaft ist nicht einmal das Unglück eine einfache Sache. Wenn du hier unglücklich bist, ist das ein anderes Unglück als beispielsweise in Paris oder in Prag, als bei Gertrude Stein oder bei Kafka. Oder in Goethes Taormina. Also um was für ein Unglück handelt es sich bei dir? Ein nachantik-griechisches, ein ostdeutsch-provinzielles oder was?

Ilona lacht nur. Sie hat ja recht; das ist ihr zu blöd. Sie schlürft durch einen rubinroten transparenten Trinkhalm einen *Dark Wave* auf der Basis von Guinness und Granatapfel. Nebenan kippt jemand Fische auf die Promenade; struppige Katzen machen sich darüber her. Schon wieder diese Katzen.

Im Zeitraffer geht der Vollmond rot über den türkischen Bergen auf. Innerhalb weniger Minuten steigt er hoch an den Himmel und wechselt die Farbe. Nun ist er gelb. HP nimmt einen Schluck *big draught beer*. Dazu werden Sesamkräcker gereicht, merkwürdig süß und salzig zugleich.

– Ich will dir mal von meinem wirklichen Unglück erzählen, sagt Ilona.

– Seit ihrer Befreiung vom Essentialismus, HP kommt von seinem Thema nicht weg, wird Identität gemeinhin als ein narrativer Prozess angesehen. Identität ist eine permanente Erfindung, die aus nicht erfundenem Material gewebt wird. Erzählen ist das A und O!

– O, sagt Ilona. Am Abend nachdem ich Reinhardt in der Orangerie getroffen hatte, wollte ich meinem Mann von der Ausstellung erzählen und vom visionären Italien, vielleicht sogar von der Begegnung mit Reinhardt. Vor allem von meiner Sehnsucht nach dem Land, wo die Zitronen blühn oder sonstwo hin, jedenfalls fort. Man muss die Träume des anderen mögen, sonst ist es keine Liebe, oder?

Keineswegs hatte sie die Absicht, wirklich nach Taormina zu fliegen. Nein, einfach von Italien reden, vielleicht beim Italiener um die Ecke, das hätte gereicht. Mit ihrem Mann bei Pasta oder Pizza davon träumen, wie sie zusammen, vielleicht nächstes oder übernächstes Jahr, mit den Kindern oder besser ohne ... HP sieht sich nach Reinhardt um. Die Yacht liegt im Dunkel; kein Hut ist auf der Promenade unterwegs.

– Ich komme also nach Hause, renne aufgeregt ins Wohnzimmer, rufe Hallo, da liegt er mit meiner besten Freundin auf dem Teppich und hat gerade seinen sogenannten Höhepunkt. Dass ich nicht lache, Höhepunkt, der quietscht wie ein kleiner Hase und starrt mich an wie eine überirdische Erscheinung. Heidemarie flieht ohne Hose auf den Balkon, er zieht seine hoch und stolpert auf mich zu.

Nicht dass HP da etwas falsch verstehe. Wenn ihr Mann mit ihrer Freundin vögele, das gehe natürlich nicht in Ordnung, aber ...

– Eigentlich hätte er so klein sein sollen wie sein Schwanz im Schockzustand! Bläht sich stattdessen mächtig auf. Redet, wie das über ihn gekommen wäre, so eine Naturgewalt hätte er lange nicht verspürt ... Schließlich wäre ich ja nicht zu Hause gewesen. Der entschuldigt sich nicht nur nicht, sondern hört überhaupt nicht zu. Ich hätte ihm vielleicht verziehen ... Aber der will nichts hören von Italien, Zukunft und unserer gemeinsamen Vergangenheit, die dringend einer Revision bedarf. Redet in einem fort von *seiner* Midlife-Crisis, *seinem* Orgasmus, *seiner* Liebe und *seinem* Ehebruch. Ich bin gar nicht zu Wort gekommen. Ist denn das zu fassen? Der geht mit meiner Freundin ins Bett statt mit mir zum Italiener.

Daraufhin, ganz ehrlich, erst da habe sie ihre Sachen geschnappt. Er hatte seinen Spaß gehabt, jetzt wollte sie auch. Wenn ihr auch im Flugzeug bereits Zweifel kamen wegen dieses Abenteuers, aber es war immerhin eins. Ilona hat es geschafft. Dieser Abend gehört ihrer Geschichte, nicht seiner. HP starrt in den schwarzblauen Nachthimmel, freut sich über das beschlagene Glasseidel aus der Kühltruhe, von dessen Boden sich eine Scheibe Eis hebt. Eine Minute lang schwimmt sie auf dem Bier, bevor sie sich auflöst. In einem kleinen Schnapsglas vor ihm auf dem Tisch steckt aufgerollt der Kassenbon; später kann er sich ein weiteres Bier und einen weiteren Bon kommen lassen, Knabberkram inklusive.

11|Hexeneinmaleins

HP schläft lange und schlecht. Träumt, er könne nicht schlafen, schläft dann doch oder wohl doch nicht. Ein Pizzabäcker will seine Hose mit Olivenöl imprägnieren; streikende Mikroorganisten verkünden, ihn diese Nacht in Ruhe zu lassen. HP beschließt: Ich werde gleich nach dem Aufwachen einen neuen Anfang machen. Meine Geschichte nach Ilona, Prolog.

Nun tritt er müde aus dem Hotel in eine mittägliche Hitze-Landschaft. Es ist so heiß, dass es sich nicht lohnt, einen Gedanken zu Ende zu denken. So heiß, dass er seine Gedanken allein laufen lassen möchte. Ich sollte mich im Bewusstseinsstrom erfrischen. Von meiner Genialität und der aller anderer absehen und meine Gedankenkontrolle lockern, bis mir zufällig ein erster Satz zufällt. Wirklichkeit ist, was der Fall ist, Freiheit, was der Zufall ist. Nun kann einem alles Mögliche zufallen, auch etwas Triviales oder Banales. Wer entscheidet, was der Zufall sein wird? Ich selbst, niemand sonst, indem ich mich um einen schönen Zufall bemühe, der mich hinausbringt aus diesem unerfreulichen Beziehungsgeflecht. Wie erzeugt man einen schönen Zufall? Indem man nach einem Einfall sucht, der anders ist als die schon bekannten, seltsam, widersprüchlich, anregend und ein klein bisschen verrückt, denkt HP.

Mit welcher Geschichte, in der Ilona und ich die Hauptrollen spielen, könnte ich sie beeindrucken? Romantisch? Was mit Landschaft? Eine Fabel? Science-Fiction? Oder was Dramatisches mit einem Unfall?

Er streckt die Hand aus, um die Haustür hinter sich zu schließen. Beinahe hat sie die Klinke erreicht, da hält er inne. Was ist das? Eine lebendige Gottesanbeterin, fünfzehn Zentimeter lang, nicht im Terrarium, sondern live auf der Klinke, knapp vor seinen Fingern. Vielleicht auch zwanzig Zentimeter lang, solche Tiere werden desto länger, je länger man darauf schaut. *Tagaktiver Lauerjäger*, weiß HP aus einer Doku auf Arte. Träumt den ganzen Tag von Mahlzeit und Liebe, behauptete die Fernsehstimme aus dem Off. *Mantis religiosa* – die beiden hinteren Beinpaare sind als Springbeine gestaltet, die Vorderbeine zu betenden Fangbeinen umgebildet. Sitzt feingliedrig auf dem Türgriff und starrt ihn aus Facettenaugen an mit der erotischen Ausstrahlung eines Alien.

– Gestern Abend haben wir beide uns ja schön aufgeführt, ruft Ilona, die ihn auf der Bank gegenüber zum Spaziergang erwartet.

Aufgeführt? Sie hat doch bloß die Geschichte von der Untreue ihres Ehemanns erzählt. Sie saßen auf dem Verlobungssofa an der Hafenpromenade, sie redete die ganze Zeit von ihrem Mann, beim Abschied im Hotelfoyer küsste sie ihn freundschaftlich und nichts weiter.

Vor dreißig Minuten hat sie ihn von Terrasse zu Balkon gefragt, was er von einem Spaziergang halte. Warum nicht? Auch andere sind spazieren gegangen, Hölderlin nach Bordeaux, Kleist, um Gedanken beim Reden zu verfertigen, Goethe in Bad Lauchstädt und Taormina, die Beatles mit Maharishi Yogi, Max Frisch am Jungfraujoch ...

Die Gottesanbeterin ist von der Klinke verschwunden oder hat sich in die kinderarmdicke Schlange auf dem

Straßenpflaster verwandelt, gut 1,83 Meter lang, also so groß wie er. Der Körper ist an mehreren Stellen aufgeplatzt, Gedärme quellen heraus; der Kopf windet sich ein letztes Mal vergeblich und gibt das Schlangenleben auf. Eine Schlange? Was soll das sein? Eine Metapher, ein Zeichen, ein Symbol oder einfach nur der Zufall, auf den sein Einfall wartet?

– Das ist eine Springnatter, erklärt Ilona. Ungefährlich. Die hielten sich die Leute früher im Haus gegen die Ratten.

Sie denkt so praktisch. Will ich wirklich mit ihr spazieren gehen? Sich beim Gehen gehen lassen, die Gedanken schweifen lassen, geht nur, wenn Ilona ihrer eigenen Wege geht. Ich bin ein Einzelgänger, denkt er, kein Zu-zweit-Spazierer. Es ist schon ohne sie schwer genug, es nicht an Unaufmerksamkeit fehlen zu lassen, damit der Zufall zu Hilfe kommt! Der Zufall ist der einzige nicht notwendige Fall! In jedem aufmerksamen Moment dagegen hält mich die medial geprägte, schichtenspezifisch grundierte, auf Klassenverhältnissen beruhende Normsprache gefesselt mit ihren roten Fäden durchschnittlicher Satzkonstruktionen. Letztlich ist ja *the general opinion a general's opinion*. Die generalisierte Sprachverwendung befiehlt: Drück dich so aus, dass andere etwas davon haben!

HP lässt Ilona stehen. Geht wortlos einfach los. Soll sie ihm folgen oder nicht. Er will nicht unfreundlich sein, nickt ihr zu. HP, der Alleingänger macht sich auf ins Freie.

Ein gelber Straßenköter hat es sich mitten auf der Fahrbahn bequem gemacht. Oder geht's dem nicht gut? HP stoppt. Mit einem Ruck stellt die Hündin beide Ohren hoch, hebt Kopf und Nase, rafft mühsam den Körper auf – man sieht, sie ist schwanger – schleppt sich zu ihm und lässt sich seufzend fallen, die Schnauze auf HPs Schuhen. Der hockt sich hin. Die Hündin blinzelt, leckt ihm die Hände und beginnt zu schnarchen.

– Kannst du dir vorstellen, fragt Ilona, dass Reinhardt heimlich hierher gereist ist?

– Hast du ihn gesehen?

– Nee ...

– Na dann.

– Du würdest es mir doch sagen?

– Sicher.

Vielleicht hat er sich getäuscht, und es war gestern auf der Yacht doch nicht Reinhardt. Besser, Ilona nicht mit einer bloßen Vermutung zu beunruhigen. Das bringt nichts. Außerdem, falls Reinhardt meint, Geheimnisse haben zu müssen, ist das nicht HPs Problem. Soll er seinen inneren Dialog mit diesem Tier beginnen? Er streichelt die Hündin. Vergesst Pythagoras, da war eines Mittags so ein Hund ... Und dann folgt die Erzählung eines mittäglichen Spazierganges ins Freie, *endlich entflohn des Zimmers Gefängnis und dem engen Gespräch* ... Er könnte auch mit der toten Schlange beginnen oder mit der Gottesanbeterin. *Wie auch bei anderen Fangschreckenarten kommt es gelegentlich vor, dass das Weibchen während oder nach der Paarung das Männchen auffrisst, was durch Freilandstudien bestätigt werden konnte.* Nein, die Gottesanbeterin ist zu trivial. Die Schlange ist auch raus, zu symbolhaft. Ich nehme den Hund als Anfang. Oder lieber die beiden alten Hexen, Hekate und Kirke persönlich, die neben dem geschlossenen Schmuckladen, *Hand-made! Best prizes!,* boshaft aus Küche und Augenschlitzen starren? Summen etwas wie *wechselwarme Wechseljahre.* Dann einen Refrain mit einem *erwürgten Papagei.* Oder? Er kann ja kein Griechisch.

Ein Lastwagen keucht die enge Straße herauf, verschluckt sich, stottert, rülpst, hält direkt vor HP. Eine behaarte Hand langt aus dem Wagenfenster und klopft lautstark auf die Karosserie. HP zuckt zusammen. Die Hündin hebt nicht mal den Kopf. Eine der Hexen kreuzt ihre Zeigefinger:

– Und Neun ist Eins, und Zehn ist keins.

– Meint die uns?, fragt sich Ilona.

Die schwangere Hündin stößt einen schauerlichen Jaulton aus, wirklich nur einen, erhebt sich in ganz langsamer Zeitlupe, macht einen einzigen Schritt zur Seite, wieder wirklich nur einen. Als der Fahrer um sie herum rangiert, wedelt sie mit dem Schwanz.

HP nickt den Hexen zu. Sie ihrerseits nicken wie diese Wackelkopffiguren, die einst hinter Heckscheiben von Mittelklassewagen ihr Unwesen trieben. Dann spuckt die eine aus, die andere lacht krächzend. Hoffentlich legt ihnen der schwangere Köter einen Wurf junger Hunde ins Bett!

Schluss jetzt. HP folgt der Straße, Ilona folgt HP. Den ganzen Abend hat sie von ihrem Mann erzählt. Vielleicht waren es nur zehn Minuten. Er hat nicht zugehört.

– Guck mal, ruft Ilona, dort beim Archäologischen Museum graben sie! Guck mal! Du guckst ja gar nicht! Warum guckst du denn nicht?

Hinter der niedrigen Mauer schwitzen Männer und Frauen bei der Arbeit. Unter einem großen Sonnenschirm mit der Aufschrift *Jeden Tag ein bisschen Liebe – Parfümerie Liebe, Hannover* pinselt ein Archäologe ein Stück Boden frei. Auf seiner Baseball-Cap steht *Glove*. Wieso *Glove*? Weshalb steht nicht *Cap* drauf oder *HP*? Das Mosaik zu seinen Knien zeigt eine nackte, weibliche Gestalt, die einen Panther reitet. Daneben schichten Archäologinnen Marmortrommeln auf, vier Säulen stehen wieder, Denkmäler eigener Bedeutung oder Bedeutungslosigkeit, je nach Karriereverlauf. Diese Menschen graben im Staub gegenwärtiger Verhältnisse nach überkommenen Artefakten. Packen Scherben ihres Archäologenglücks in kleine Kartons. Legen Grundmauern frei. Sichern Zeichenträger, vermessen semiotische Felder. All dies kann zu allem und jedem führen, aber in welche Richtung bringt es mich? Auf dem Gelände sind kleine Schilder mit Zahlen verteilt, wie in seinem alten Kinderduden. Die Schaufel, die Stiefel, der Sarkophag, denkt er, kann jedoch keine Legende entdecken. Das ist es, ich muss diese Anhäufung von Wichtigkeiten hinter mir lassen, all die Informationen, die mich abhalten von meinem Spaziergang aus der selbstverschuldeten Unmündigkeit.

– Bisschen schnell ging das schon, sagt Ilona, in zwei Tagen aus wohlbehüteten Potsdamer Verhältnissen bis hierher.

HP will gerade etwas unverbindlich Zustimmendes brummeln, ja, mmja oder ja, doch, ja, aber ... – da rattert es höllisch hinter seinem Rücken. Er springt beiseite, presst seinen Körper eng an die Mauer des Grabungsgeländes und bemerkt dadurch mal wieder, dass er einen hat.

Ein schmutzig-weißer Raupenbagger, *Prince Vaillant 400 ti 3 m³ Tieflöffelvolumen* liest er trotz Panik auf der Motorklappe, schweres Gerät, scheppert auf ihn zu. Rasender Stillstand einer endlos-psychedelischen Raum-Schleife, dem Tode schon anheimgegeben, der Brustkorb schon zerdrückt, der Unterleib zermalmt wie bei der Schlange, die Gedärme zerfetzt. Es knirscht, es knackt ... Stopp! denkt HP. Das mag ein Zufall sein, ist aber kein guter Anfang!

Der Bagger steht. Noch einmal pendelt der stählerne Arm. Dann ruht auch er. HP muss an die Gottesanbeterin denken. Behutsam senkt sich die Schaufel über die Mauer hinweg in einen Schutthaufen. Wo ist die schwangere Hündin?

– Du musst besser aufpassen!, ermahnt Ilona. Das hätte

schiefgehen können! Was mach ich dann?

Soll ein Witz sein, denkt HP, lacht aber nicht. Rechts der weißverputzte flache Wasserspeicher; aus einem traurigen Hahn tropft es. HP dreht ihn auf und hält den Kopf darunter. Im Schatten einer Pinie hocken und stehen Urlauber, seltsam, was machen die vielen Leute da im Halbdunkel? Warten vielleicht auf ihren Shuttle-Bus zurück ins Resort, bestellt und nicht abgeholt. Ilona und HP passieren den letzten Außenposten der Zivilisation, das Gymnasium. Über Rosenbeete sind Wäscheleinen gespannt, umwunden mit Gummischläuchen. Über jedem Busch wartet eine eigene Öffnung. Eine effektive, wenn auch hässliche Bewässerungsanlage. Hat sich wohl der Hausmeister ausgedacht oder der Oberstufenkurs Ökologie, denkt HP. Auf die Wand ist ein Dreieck gemalt und $a^2 + b^2 = c^2$. Vor ihnen erhebt sich ein Ausläufer des Ambelos-Gebirges, nicht besonders hoch, aber felsig und wenig bewachsen. *Weißverlassen-steinig.* Ilona streichelt HP den Arm:

– Sei nicht sauer wegen gestern Abend ...

– Klar, klar ...

– Du hast vielleicht was anderes erwartet als die Geschichte eines Ehebruchs.

– Nee, nee, ist schon gut.

– Idiot!

Vielleicht ist es die Hitze ... Zikaden schrillen obszön, ein Motorrad knattert, ein Auto, nein, ein Autor nimmt mit quietschenden Reifen die Kurve auf der Suche nach einem Sujet, gibt Stoff Richtung Berge. An der Telefonzelle ruft eine junge Frau in den Hörer:

– Worte, Worte, den ganzen Tag nichts als Worte! Ich sag nur eins: keins!

12|Ameisen in der Landschaft

Panagia Spiliani steht auf dem einen Wegweiser, *Trench of Efpalinos* auf dem anderen. HP lässt sich auf die Bank im Schatten zweier großer immergrüner Steineichen fallen. Himmel oder Höhle, oben oder unten? Er nimmt einen Schluck Wasser. In der meerblauen Plastikflasche schwimmt Eis, gestern Abend hat HP sie halbvoll ins Gefrierfach gelegt und vorhin frisch aufgefüllt. Darauf muss man erst mal kommen!, findet er selbst.

Er schaut zurück in die Landschaft, aus der er kommt, 25 Minuten Sonne ohne den geringsten Schatten, und nimmt noch einen Schluck. Grillen zirpen, Halme trocknen. Es kraspelt im Gestrüpp. Maggi-Pflanzen duften Suppenwürze. Er spürt das Wasser durch die Gurgel rinnen, im Hals hinunter bis in den Magen. Ein eiskalter Astralleib huscht durch den erhitzten Körper. HP trinkt, spürt, wie ihn aus dem eigenen Inneren der wässrige Signifikant freundlich grüßt, voll undeutlicher sexueller Anspielungen.

Mittagszeit. Die Landschaft hält den Atem an. Das Gebirge träumt, das *Kastro* aus dem 19. Jahrhundert döst, das Rollfeld des Flughafens gähnt. Mittagszeit – Nullstunde zwischen zwei zwölfstündigen Zyklen. Pan schleicht durchs Gebüsch. Das Mittelmeer lockt zu interesselosem Wohlgefallen. Und Ilona?

HP hat nicht vorgehabt, sie abzuhängen, aber sie trödelt

und trödelt, und er hat keine Lust, dauernd in der gleißenden Sonne auf sie zu warten. Sie geht ihr Tempo, er zieht seins durch. Jetzt schlappt sie außer Sichtweite über die Asphaltstraße, er sitzt im Schatten, trinkt zur Belohnung eiskaltes Wasser und schaut zurück. *Landschaft ist Natur, die im Anblick für einen fühlenden und empfindenden Betrachter ästhetisch gegenwärtig ist.* Er ist ein fühlender und empfindender Betrachter, ästhetisch gegenwärtig wie die Landschaft selbst, solange er auf sie blickt. Ilona hat davon keine Ahnung. Wenn sie hier wäre, könnte ich unmöglich die Landschaft als Landschaft wahrnehmen. Natürlich ist HP auch in dieser Landschaft die Hauptperson. Ohne ihn als ästhetisch gestimmten Betrachter wäre sie bloß eine Ansammlung von Steinen, Pflanzen und dem Rest der Gegend.

Jetzt jedoch kann er einen inneren Monolog über die Landschaft oder einen Dialog mit ihr führen. Ich habe Wasser, und Zeit. Ich bin ganz ruhig.

Weiter drüben ein See, der blauschimmernd wie ein großes Auge aus dem Boden schaut.

Noch ruhiger wäre ich, wenn ich jetzt allein wäre. Da taucht Ilona auf, weit hinten bei den Ruinen der *Hellenistic Villa*, wo eine Zypresse einen lächerlich schmalen Schatten wirft. Kilometerweit hinterher. Und beeilt sich nicht mal. Bleibt stehen, bückt sich nach einem Strohhalm. Setzt langsam den Weg fort, ganz gaanz langsam, Schritt für Schritt, bloß nicht beschleunigen. Die nächsten Meter zerknubbelt sie den Strohhalm zwischen den Fingern, zerspellt ihn in kleine Stückchen, lässt sie fallen. Dann braucht sie einen neuen Halm. Hält also an. Und von vorn. So geht es die ganze Zeit, jetzt, vorhin, immer. Oh, sie blickt sogar aufs Meer. Warum nicht zu mir?

Zwischen all dem Grün der Sträucher und Bäume, im strohigen Gelb der vertrocknenden Gräser leuchten rote Blüten. Mohn. HP hat noch nie so ein intensiv leuchtendes Rot gesehen, ein Rot, für alle Zeiten einzig, nur hier, jetzt, ein phantastisches Rot.

Ob Reinhardt die Lust verloren hat an der Geschichte mit Ilona? Ist er mit einer reiferen und reicheren Frau in einer anderen Geschichte unterwegs? Da hätte er wenigstens ein Wort sagen können. Ganz offiziell: Aus und vorbei ohne Hintertür. HP und Ilona wüssten, woran sie wären. Das Problem Reinhardt jedenfalls hätten wir nicht mehr. Hätten möglicherweise andere, interessantere, anspruchsvollere Probleme. Vielleicht auch nicht. Vielleicht würde ich mein Interesse an Ilona ebenfalls verlieren. Wer kann das wissen? Möglich ist vieles, denkt er mittags in der Landschaft, wenn man ästhetisch gestimmt ist.

Ilona pflückt, knubbelt, zerspellt, kommt nicht voran. HPs Blick folgt der Küstenlinie, steigt mit den Bergen auf, senkt sich mit dem Hang hinab. Bäume wie Ausrufezeichen. Gipfel, Kämme, Flanken, Grenzen, hinter denen andere Perspektiven warten. Ein Felsvorsprung als Fragezeichen fragt um zu fragen, nicht um eine Antwort zu erhalten.

Weshalb setzt Ilona keine Frist? Wenn Reinhardt in drei Tagen nicht, dann! Man muss doch mal einen Punkt setzen im Leben. Wie in der Landschaft. Er sieht den Turm des *Kastro* als Ausrufezeichen, ein Haus als Punkt, drei hintereinander lassen die Fortsetzung offen. Eine archaische Mauer schiebt sich heran und erinnert an andere, fremde Zeiten und Räume. Dahinter das leere Meer, darüber Himmel, offen für große Gedanken.

Ilona weiß nicht, ob sie wirklich vorankommen will.

Neben ihm auf der Bank versucht eine Ameise eine riesige tote Hornisse fortzuzerren. Leider verhakt sich die Leiche an einem Span. Die Ameise läuft erregt hin und her. Dann fasst sie einen Entschluss und sägt der Hornisse den Flügel ab ...

HPs Blick registriert die Überreste antiker Terrassierungen, horizontale Linien, Staffelungen von Bergen, Hügeln, Bergen, in der Ferne die verschwommene Küste einer Insel im Meer. Telefondrähte und Wasserleitungen sind Teil zivilisatorischer Vernetzung, fruchtbare Pinien flirten mit tödlichen Zypressen ... Blaue Schattenrisse drängen sich an grüne Formen, streifige Strukturen an graubraune Flächen.

HP wickelt einen Keks aus einer Papiertüte. Mit Schokostückchen. Grillen schrillen. Er beißt hinein. Er kaut und schluckt. Er leckt geschmolzene Schokolade aus dem Mundwinkel. Auch die Finger leckt er ab. Große schwarze Ameisen laufen über Hose und Hemd; HP schnippt sie weg. Kleine braune organisieren unter der Bank eine Straße und transportieren seine Krümel ab.

Eine Ziegenherde bimmelt heran, die Tiere verteilen sich meckernd unter silbrigen Olivenbäumen, der Hirt ruft:

– Jassu.

Auf der Straße vom Kloster nähern sich drei Frauen. Während sie sich an silbrigen Olivenbäumen entlang schwätzen, folgt ihnen mit Abstand ein Mann.

– Wuff, bellt der Mann, Wuff.

– Jassu, antwortet HP, Wuff, Wuff.

Solche Begegnungen mögen poetische Reize entwickeln, aber ich bin nicht ästhetisch gestimmt, um Ziegen zu treffen oder eine Gottesanbeterin, eine Schlange, Hexen, einen Hund, Bagger oder buddelnde Archäologen. Das sind Vorzeichen, Übungen, Probeläufe, Versuche, Entwürfe, Fragmente, Vorläufiges, wer weiß, wozu einmal gut.

Da passiert's.

Unmittelbar vor HPs Augen, direkt über dem Meer, schwebt der Jet einer unbekannten Airline heran: *A-R-P*, liest HP, oder *P-R-A*. HP kann den Blick nicht wenden; auf Augenhöhe donnert der Jet vorbei, senkt sich, senkt sich tiefer, verschwindet hinter Bäumen, stürzt nicht ab, sondern setzt sanft auf, dann brüllen Triebwerke im Gegenschub und schlagartig ist es still, absolut still. Still.

HP nimmt ein leises Knistern und Knacken wahr, in den Bäumen, am Boden, als ob Pinienzapfen durch die Sonne ausgebrütet würden und sich mit kleinem Kraspeln öffneten.

– Kalimera, kraspelt eine Stimme neben ihm.

Er wendet sich der Stimme zu. Sie gehört einem weiblichen Körper in einem hellen Leinenkleid. Der Körper schwitzt auf angenehme Weise. Ganz leicht ist die Haut bedeckt von einem feuchten Film, wie nach einem ausschweifenden Akt der Sinne, der Säfte, der Muskeln und Mikrofasern.

– Kalimera, flüstert die Stimme noch einmal. Mein Mann hält seinen Mittagsschlaf.

HP hat Mittagsschlaf immer gehasst.

– Da bin ich alleine auf Abenteuer losgezogen. Haben Sie auf mich gewartet?

Selbstverständlich hat HP nur auf sie gewartet, denn was ist eine Landschaft ohne eine Figur darin, die eine Geschichte mitbringt? Er wickelt die restlichen drei Kekse in die Tüte und steckt sie in die Brusttasche seines Hemdes.

– Darf ich Sie auf einen Drink einladen?, fragt er und stößt die Fensterläden auf, damit sie die Aussicht genießen kann.

Die kleinen braunen Ameisen schauen irritiert. Alle Krümel sind weggeräumt; wo steckt der Keks?

– O, sagt sie. Gewiss. Wie wunderschön. Hier müsste man wohnen.

– O ja, gewiss, entgegnet er. Ich wohne hier. Nachdem der letzte Mönch als Fußballtrainer nach Andorra gegangen war, er wollte endlich einen Beruf ausüben, von dem er etwas versteht, habe ich mir Gebäude und Terrasse nach eigenen Vorstellungen umgestalten lassen. Wenn Sie einen Blick hineinwerfen möchten, Schlafzimmer und Bibliothek in einem ...

Er füllt Eis in zwei Glaspokale, die in der Sonne glänzen und gießt selbstgemixten Martini ein. Noch ein Spritzer Zitrone ...

Sie schaut angemessen beeindruckt aus den großen Fenstertüren des weißen Klostergebäudes an einer großen roten Bougainvillea vorbei über die Landschaft zum Meer und zur Insel im Dunst.

– Nie hätte ich das gedacht, sagt sie und verstummt.

Die schöne Frau, von der Sonne beleuchtet, als Vordergrund dieses unglaublichen Bildes, scheint ihm immer schöner zu werden. Mit lässiger Gebärde schlägt HP einen Band Proust auf, dann das Bettlaken zurück.

– Bücher und Betten, sagt sie, es gibt gewiss schlechtere Mittel, die verlorene Zeit wiederzufinden.

Die Ameisen jedoch haben inzwischen ihre Straße verlängert, vom Gras unter den Steineichen bis auf die Bank, noch weiter, über HPs Hose und das Hemd direkt in seine Brusttasche. Er springt hoch, schlägt, schüttelt, quetscht. Was bilden die sich ein! Die Viecher fallen über die Kekse her. Er wirft sie ins Gestrüpp.

Leider wohnt er nicht in dem Kloster dort oben. Wenn er sich ein wenig nach links wendet, kann er es sehen. Was war das eben? Ein Anflug von Müdigkeit? Lockerung der Denk-Disziplin? Das reine Glück ästhetischer Anästhesie? Alles zusammen? HP fühlt sich wie in diesem Märchen, wo jemand aus den Bergen zurückkehrt, nach einem Tag, wie er denkt, aber es sind 100 Jahre vergangen, alle Bekannten und Verwandten längst verstorben und auch das Geld auf der Bank ist nichts mehr wert.

Der Märchenheld kehrt zurück und möchte erklären, was ihm passiert ist, dass er nämlich rausgefallen ist aus dem üblichen Lebensvollzug. Also, Leute, sagt er, Leute, hört zu, seht her! Ich bin's! Dies ist meine Landschaft als ästhetisch gestimmter Betrachter. Ich war da oben im Kloster, habe eine wunderbare Dame getroffen und einen glücklichen Moment. Nun will ich die Wichtigkeit der für wichtig gehaltenen Dinge nicht länger teilen. Selbstverständlich bewirken neue ästhetische Erfahrungen nicht, dass man eine neue Sprache spricht. Ich bin ja noch derselbe Mensch, der auch jetzt nicht wesentlich mehr zu sagen hat und keine neuen Formen entdeckt, sich nur neu vorkommt. Aber, hej, Leute, das ist doch wenigstens was!

Als er sieht, wie verständnislos das übrige Märchenpersonal guckt, diese ganze Ansammlung kleinbürgerlicher Bauern- und Handwerksleute aus der Zeit, als es sie schon nicht mehr gab, versucht er es mit einem Lied:

– *Une, deux, trois ... quatre!*

Don't forget the nite, singt er, wie er es im Bibliotheksschlafzimmer oder der Schlafzimmerbibliothek gehört hat, *When the day begins. Don't forget the nite, Who's just finished. Don't forget the day, We're just living. When the day begins, Don't forget the nite ...* Und wiederholt: *Don't forget the nite, When the day begins, Don't forget the nite, When the day begins, Don't forget the nite ...*

Als er sieht, wie verständnislos das übrige Märchenpersonal guckt, gibt er auf. Er kann ja auch gar nicht singen. Ein lahmer, alter Weber erklärt:

– *In der Wiederholung macht sich geltend, dass das Bekannte nicht in seinem Bekanntsein interessiert, sondern dass mit dem Bekannten etwas gemeint sein soll, das seiner noch unbekannten Verwendung entspringt.*

– Anders gesagt, sagt ein böser Wolf, die zahlreichen Wiederholungen lockern die festgelegte Wortbedeutung und man weiß nicht mehr, ob das Gesagte tatsächlich so gemeint ist oder anders.

Ilona merkt, dass HP sie beobachtet. Fröhlich winkt sie ihm zu. Landschaft erzeugt ein beklemmendes Gefühl. Weil man mit keinem drüber reden kann.

– Renn doch nicht so!, pustet Ilona und lässt sich neben dem Ameisengemetzel auf die Bank fallen. Springt sofort wieder auf.

– Mann, ist die heiß!

Naja, wenn man im Rock unterwegs ist ... HP macht Platz im Schatten.

– Puh, sagt Ilona, dumm, ich hab mein Wasser im Hotel vergessen.

Er reicht ihr seine Flasche. Sie setzt an, stoppt.

– Was ist denn da drin?

– Eis!

Sie nimmt einen großen Schluck, noch einen, es klackert an ihren Zähnen, dann ist das letzte Eisstückchen verschwunden, der letzte Tropfen auch.

– Entschuldigung.

13|Eupalinos

Es sind die gemeinsamen Erlebnisse, die einen Urlaub unvergesslich machen, liest Ilona. *Es sind die unvergesslichen Erlebnisse, die einen Urlaub unvergesslich machen,* denkt HP. Was haben wir schon gemeinsam?

Aus der Öffnung im Boden weht ein kühler Hauch. Warte nur, balde wehest du auch. Hier oben sind es gefühlte vierzig Grad, unten herrscht Kühlschranktemperatur. Was soll einen dort erwarten? Das Schattenreich eigener Gedanken, Grabnischen des Hirns?

Ein gemeinsames Erlebnis ist ein gemeinsames Erlebnis ist ein gemeinsames Erlebnis, und wenn man nichts gemeinsam hat, erlebt man auch nichts Gemeinsames. Ilona und ich bewegen uns zwar im gleichen Kontext, nämlich in diesem Dreieck aus Potsdam, Taormina und Samos, aber es existiert kein gemeinsamer narrativer Zusammenhang. Erzählen muss man, erzählen, Ilona, HP, wir, hier, jetzt!

– Lass uns entspannt sein, hat Ilona vor zwanzig Minuten an der Abzweigung gesagt, und was Vernünftiges unternehmen.

– Ach?

– Eine Besichtigung.

– Och!

Den Tunnel des Eupalinos zu besuchen, sollte man auf keinen Fall versäumen! Ein technisches Meisterwerk, Polykrates,

500 Meter begehbar neben trockener Wasserrinne. Eines der Weltwunder der Antike. Damals leitete dieser Tunnel von einer verdeckten Quelle außerhalb Wasser ins Innere der Stadt, liest Ilona aus dem Reiseführer vor.

– Man muss nicht überall hinunterklettern, wendet HP ein. In diese Enge zu steigen, was soll das?

Sie hat sich dann für den Tunnel entschieden; HP hat wieder nicht nein gesagt; jetzt steht er da.

– Kein Mensch weiß, wie die es geschafft haben, erläutert Ilona, von beiden Seiten gleichzeitig zu graben, die Richtung zu halten und sich mitten im Gestein zu treffen.

– Wie in der Liebe ..., setzt HP an.

Da sieht er ihre Augen und bricht ab. Wozu mit ihr reden? Weshalb innere Monologe führen, Geschichten beginnen, die einen Bezug auf sie haben? Es zu beenden, denkt HP, wäre am besten! Sie sagt:

– Ich gehe da jetzt runter. Wenn du nicht willst, bleib eben oben.

Mir fällt nichts ein. Ein Block, denkt er, ich habe einen Block. Eine Blockade. Mir fällt nichts mehr ein. Die Erzählung mit Ilona stagniert. Ich steige aus. Diese ganze Reisegeschichte stagniert. Ich bin der Aufgabe nicht gewachsen, sie zu erzählen. Meine Schwester erwartet natürlich, dass ich am Ende der Reise einen Bericht liefere. Oder? Oder ist meine Schwester nur eine Ausrede? Habe ich mir meine Schwester selbst aufgebaut zum autoritären Gegenpol? Schluss, aus, mir fällt nichts ein, ich weigere mich, ich kann ja gar nicht mehr. Es ist der Block, der sagt: Hier waltet eine höhere Macht, die die Arbeit verweigert und sogar das Scheitern verweigert! Die Blockade im Inneren sagt: Ich mach nicht mehr mit! Warum soll ich mir was ausdenken, was keiner hören will und falls doch, dann nur aus falschen Gründen, um sich nämlich mit dem Leben kurz-schlüssig zu versöhnen, das mir auf die Nerven geht. Es gibt kein richtiges Wort im falschen Satz! Im falschen Text. Im falschen Leben. Lass das! Setz dich in die Ecke, sagt der Block, es geht ja nicht, lass mich in Ruhe.

Ein übler Mief wabert ihm entgegen. Es riecht nach Schulsport, denkt er, Umkleideraum, der Angstschweiß öf-fentlich gedemütigter Körper. Wahrscheinlich macht sich Ilona so was von lustig über mich, über den Trottel, dem nichts Besseres einfällt, als gegen Bezahlung den Ersatzmann zu spielen. Macht's die Bezahlung besser oder schlechter? Ist nicht Reinhardt selbst schon eine Art Ersatzmann? Nicht ein Mal ist es mir bisher gelungen, bei Ilona einen wichtigen, richtigen Gedanken anzubringen, eine komplexe Überle-gung, die mich ins rechte Licht setzen könnte. Nie habe ich es geschafft, ihr das Angebot machen, sich mit mir in eine gemeinsame Situation zu begeben, die fundamental anders wäre als unsere doch recht unerfreulichen Einzelsituationen. Der erste Schritt wäre, sich dieser touristischen Zumutung zu entziehen, in eine antike Wasserleitung zu klettern.

Obwohl ... Haben die Touristen nicht recht? Die wissen nicht, was sie miteinander reden sollen, sie langweilen sich und besichtigen deshalb Orte, die sie nicht interessieren, die sie langweilen, mit denen sie nichts anfangen können. Er-gebnis: Sie haben ein gemeinsames Gesprächsthema, selbst wenn sie sich dabei wieder langweilen, immer noch besser als schweigend nebeneinander herzugehen.

Die altersschwache Holztreppe knarrt unter HPs Schritten. Ein sehr, sehr schmaler und niedriger Gang aus glatt gehaue-nen Felsen führt tief in den Berg hinab. Die Deckenplatten stoßen am Scheitelpunkt in spitzem Winkel aneinander wie in der Grabkammer einer ägyptischen Pyramide.

– Ob's hier Mumien gibt?, fragt er.

– Höchstens vergessene Touristen.

Es ist so eng, dass seine Schultern an die Wände stoßen. Er stellt sich vor, wie es wäre, stecken zu bleiben. Nicht vor, nicht zurück. Nein, er stellt es sich lieber nicht vor. Nur, wie er gerettet würde, stellt er sich vor, mit hohem technischem Aufwand, abends in der Tagesschau, HP, berühmt für 15 Sekunden. Wem würde das imponieren? Das war sowas von peinlich!, würde seine Schwester sagen. Ich habe mich richtig geschämt.

HP versucht es auf die Mitleidstour. Warum nicht? Na gut, vielleicht nicht Mitleid erwecken, das macht ihn zu klein und sie zu groß. Wie wäre es mit Verständnis?

– Du, sagt er, ich muss dir was sagen.

Das klingt schon mal schön intim.

– Ich krieg manchmal, nur ein bisschen, Angstzustände wenn's eng wird.

Das ist immerhin eine private Information, auf die sie mit positiver Zuwendung reagieren könnte.

– Klaustrophobie? Nein, so würde ich das nicht nennen. Nur ein gewisses Unwohlsein in Räumen, wo einem die Wände zu nahe treten. Also Angst vor der Enge ... Andere haben Platzangst.

– Ich habe nie Angst vorm Platzen!

Ilona lacht auf. Wird ernst, als sie sein fassungsloses Gesicht sieht.

– Ich kann den Tunnel gern ohne dich besichtigen.

Was war das für ein alberner Witz? Kafka, denkt er, hätte ich jetzt fortfahren können, Kafka hat über das Problem eine hochinteressante *Kleine Fabel* geschrieben: *Ach, sagte die Maus, die*

Welt wird enger mit jedem Tag. Zuerst war sie so breit, daß ich Angst hatte, ich lief weiter und war glücklich, daß ich endlich rechts und links in der Ferne Mauern sah, aber diese langen Mauern eilen so schnell aufeinander zu, daß ich schon im letzten Zimmer bin, und dort im Winkel steht die Falle, in die ich laufe. – Du mußt nur die Laufrichtung ändern, sagte die Katze und fraß sie.

Nach dem albernen Witz jedoch hat er keine Lust, die Geschichte zu erzählen! Selber schuld!

Nach einigen Metern weitet sich der Tunnel. Etwas. Man kann aufrecht stehen. Querschnitt etwa eins achtzig mal eins achtzig. Wenn er sich rechts übers Geländer beugt, erkennt er in einem metertiefen Graben die Tonröhren, durch die einst Wasser floss. Von unten beleuchtet, um die dramatische Wirkung des Abgrunds zu steigern.

Vielleicht sollte ich statt Kafka lieber etwas Authentisches aus meinem Leben erzählen, hier unten, solange wir allein sind, bei dieser schummrigen Beleuchtung. Ich könnte die roten Fäden verschiedener narrativer Identitäten zu einem Text verknüpfen und ihr anbieten, ihrerseits rote Fäden einzuarbeiten, bis unsere Texte zu einem gemeinsamen Textil verwoben sind.

– Das ist die Wasserleitung!, ruft Ilona. Mit ihrer Hilfe konnte die Stadt lange Belagerungen durchstehen. Und guck mal, die Kabelbündel und Schläuche da am Fußboden! Was da wohl durchfließt? Elektrizität, Wasser, Informationen?

– Körpersäfte ...?, schlägt er vor.

Nein, er hat genug davon, an Ilona zu denken, ihren Körper zu denken, ihr Denken zu denken, das von seinem Denken so weit entfernt ist, noch weiter als sein Körper von ihrem Körper. Und selbst wenn. Die Annäherung zweier Körper oder

110

Gedanken vollzieht sich spontan oder nicht, aber in diese Geschichte, denkt HP, sind viel zu viele Hemmungen eingebaut. Einerseits die, die ich meiner Kindheit verdanke, die vielleicht eine ist, die ich mit Millionen anderer teile, jedenfalls, was die Hemmungen angeht. Andererseits sind da jene Hemmungen, die uns die avisierte Ankunft Reinhardts aufdrückt. Wenn zwei Menschen so lange Zeit miteinander verbringen, dann müsste das doch einen Sinn haben, ein gemeinsames Projekt, eine Finanztransaktion, eine medizinische Behandlung, Liebe, Sex – Hauptsache Sinn. Aber einfach nur so ... Das zieht einen doch runter.

Ilona läuft vor, fast bis ans andere Ende, wo ein Gatter den Weg versperrt.

– Ab hier geht es nur weiter mit Sondergenehmigung des Kulturministeriums, ruft sie. Wahrscheinlich will das *Department of Tourism* uns die Enttäuschung ersparen, dahinter den gleichen Gang wie davor zu finden, alt, verstaubt und langweilig.

Das ist doch alles Unsinn, was du dir da zurechtdenkst, meldet sich der Block in HPs Kopf. Das ist weniger als Unsinn, das ist nichts, nichtig, nirgendwo verwendbar, wertlos, überflüssig, Zeitverschwendung! Warum denkst du es überhaupt? Du denkst wie die Kafka-Maus in ihrer Sackgasse. Und du musst ewig denken und denken, obwohl die gewohnten Muster und Kriterien sowas von fragwürdig sind. Niemand weiß, was wichtig ist. Niemand hört zu, nicht mal du dir selbst, du bist ganz unten, ganz voll, ganz leer und denkst so sehr, ich mag nicht mehr!

In diesem Augenblick passiert das Unerwartete.

Naja, zur Erläuterung, das Unerwartete ist das, was man nicht erwartet, aber heimlich doch erwartet. Was fällt dem

Zufall jetzt ein? Das Licht fällt aus!

– Jetzt teilen wir ein dunkles Geheimnis miteinander, lacht Ilona.

... und aus den Tiefen steiget ...

– Hallo?, ruft sie. Es wird bestimmt gleich wieder hell.

Keine Antwort. *Du musst nur die Laufrichtung ändern ...* Ilona lauscht.

– Soll das ein Scherz sein?, fragt sie. Sag was!

Keine Notbeleuchtung, kein kleinster Lichtschimmer. Erzählen ist eigentlich ganz einfach, denkt HP. Denn es ist ja wirklich so, dass in meinem Kopf jederzeit eine Geschichte darauf wartet, erzählt zu werden. Eine? Tausende! Dutzende. Zu viele sind gleichzeitig da, das ist ja das Problem. Wenn jedoch jemand mit einem redet, ist die Entscheidung einfach. In dem Moment, wo die Katze die Maus über die Laufrichtung belehrt, ist der Maus alles klar. Andererseits wird sie gefressen. Das ist weniger schön. Die Leser jedoch verlagern ihr Interesse vom einen Tier zum anderen und überleben zusammen mit der Katze.

– Sag doch was!

Ilona macht sich offenbar wirklich Sorgen. Und er? Hat er Angst vor Enge und Dunkel? Selbstverständlich hat er sie, aber wie stark und wie authentisch oder wie inszeniert, das konnte er noch nie so recht unterscheiden. Hysterie, das Wort gebraucht er nicht gern, ist ja auch die Kunst, seine Lebensgeschichte dramatisch in Szene zu setzen, damit das Publikum nachher sagt: Sowas haben wir noch nie erlebt. Bravo!

Selbstverständlich ist ihm unwohl, aber nicht so und so sehr wie sie annimmt. Er wird ihr eine Performance bieten, einen Blick in seine Vergangenheit. Authentisch, denkt er, ich werde authentisch rüberkommen, ich werde von mir erzählen, ja, am besten, von der pubertären Entdeckung der Sexualität. Das muss sie doch interessieren!

– Taste dich am Geländer zum Ausgang zurück, ruft Ilona. Das sind nur ein paar Schritte,

Er lässt sie noch ein wenig zappeln. Gerade der Einstieg sollte nicht zu hektisch sein. Lieber die Stille ausspielen. Oder ja, noch besser ... Er atmet laut. Hört sich an, als hyperventiliere er. Das Geräusch kann er seit seiner Kindheit mühelos reproduzieren. Seine Schwester glaubt ihm das längst nicht mehr.

– Halt dich am Geländer fest.

Stille. Dann sein Antwort, ernst, flüsternd, konzentriert, mit Grabesstimme:

– Hier ist kein Geländer. Hier ist überall nur Felsen.

Sie kommt, um ihn zu retten.

– Bleib stehen, ich bin gleich da.

Sie streckt die Hand aus ... Nichts. Er hat es gerade noch geschafft, einige Schritte weiter von ihr fortzuhuschen.

– Erzähl was, damit ich dich finde!

Darauf hat er gewartet. Haha!

– Was soll ich denn erzählen?, fragt er schön trostlos.

– Dein schönstes Erlebnis im Dunkeln!

Jetzt wird ihr Atem erregt.

– Einmal war ich im Kino, beginnt er.

– Gut, weiter.

– Wie hieß das noch ...? *Schauburg* war das andere ... Was mit L..., *Rivoli*.

– Was gab's?

– *Raumschiff Alpha*, italienischer Science-Fiction in merkwürdig psychedelischen Fehlfarben. Als Musik angejazzte Elektronik mit avantgardistisch schrillen weiblichen Stimmen, wie ich mir den ekstatischen Schrei einer mörderischen

Harpyie oder das Aufjauchzen der Sirenen beim Liebesakt mit Odysseus vorstelle, später umgedeutet zum verführerischen Gesang. Und die Frauen im Film trugen weißblonde lange Haare und orangefarbenen Lippenstift.

– Red' weiter; ich hab dich gleich.

– Sonntagsnachmittags, *Jugendvorstellung*, Dämmerlicht, kaum Zuschauer, schon gar nicht bei schönem Wetter. Fünf oder sechs verlieren sich im großen Saal. In den Wandleuchten brennen funzelige Birnen. Jeder sitzt für sich allein und erwartet schweigend Raumschiffe, sadistische Professoren und leichtbekleidete Albino-Blondinen. Manchmal flüstert einer, aber nur kurz. Dann wird eine Tüte Gummibärchen aufgerissen.

– Ja und?

Sie hört nur zu, weil sie sich um ihn sorgt. Egal.

– Du musst dir das vorstellen ... Ich sitze im durchgesessenen Klappsessel, ganz vorne. Stellst du dir das vor?

– Ja, ich stell mir das vor, rede weiter. Wo steckst du nur?

– Dann erklingt ein Gong, der rote Vorhang öffnet sich auf voller Breite und enthüllt die nackte Leinwand. Der Ton aus den Lautsprechern klingt hohl und blechern:

– *Alles, was nicht vollkommen ist, hat keinen Wert*, sagt der wahnsinnige Professor, als er seine Klone vorstellt. Auf einem kleinen fiesen Heimatplaneten am Rande des Alls der Allgemeinheit manipulieren verbrecherische Aliens, Nazis oder Verrückte menschliche Körpern, verpflanzen Arme, Beine, Brüste, schaffen per plastischer Chirurgie und Genmanipulation eine neue, Superrasse *voller Würde, Anmut und Kraft*, blond und antik gewandet wie im Sandalenfilm. Aber diese neue Rasse ist nicht wichtig, ist bloß Anlass für all das, was man mit Körpern anstellt. Sie werden mit Strahlen verkleinert, vergrößert, festgeschnallt, in Koffer verstaut, entkleidet, ver-

114

kleidet, entführt, verführt, vorgeführt, verkauft – die totale Verfügbarkeit des Leibes.

Ilona hört sein erregtes Hyperventilieren und tastet in seine Richtung.

– Plötzlich tropft Blut von der Decke. Eine weiße Frau unter der Dusche, ruft HP. Sie schreit, man möchte sie retten, kann sich aber nicht vorstellen, was dann geschieht. Das Publikum weiß: nach der Rettung ist vor der Lust. Manchen Männern erigiert ein dritter Arm aus dem Mantel. Ilonas Zeigefinger findet seine Nase. HP fährt zusammen; sie zuckt zurück, dann nach vorn, zieht ihn an sich.

– Alles gut!

Aber HP ist noch nicht fertig mit seiner Science-Fiction:

– Auf dem Höhepunkt, der in einer Art Hallenbad spielt, explodiert, wie immer in solchen Filmen, ein großes Becken. Körperflüssigkeit, Blut, Schleim fluten durch unterirdische Gänge, dringen in Münder und Hälse, reißen die Mächte mit sich fort, die Körper und Geist manipulieren: Eltern, Ärzte, Sportlehrer, wahnsinnige Wissenschaftler und die Frau vom Nachbarn, die das ganze Viertel überwacht. Ein schöner faschistischer Krampf – Schluss und Erguss.

– Klingt nach 'ner kosmischen Magen-Darm-Verstimmung, grinst Ilona.

HP hat sein Möglichstes getan. Jetzt ist er erschöpft. Er spürt ihre Brüste. Er umarmt Ilona. Wie leicht gebaut ihr Körper ist. Er wagt es kaum, zu drücken. Die Nähe zu so einem warmen Körper beruhigt die Nerven. Warum krieg ich bloß immer zu wenig davon? *Weh spricht: Vergeh! Doch alle Lust will Ewigkeit – will tiefe, tiefe Ewigkeit!*

Da entscheidet sich das Licht gegen die Ewigkeit und es wird wieder hell. Ilona und HP bleiben einige Sekunden *umfangend umfangen* stehen, dann entscheidet sie sich lächelnd gegen die Tiefe, macht sich los aus seinen Armen und strebt dem Ausgang zu.

– Los komm, Bruder! *Zur Sonne, zur Freiheit!*

Ausgerechnet an der engsten Stelle, dort wo die Treppe sich mit Mühe durchs Gestein zwängt, begegnet ihnen eine Gruppe christlicher Pfadfinder. Wo kommen die plötzlich her? Von oben drängen kleine Jungen nach, bis der Gang total verstopft ist. Schließlich quetschen sie sich schnaufend und errötend, einer nach dem anderen an Ilonas Brüsten vorbei. Verstummen unter HPs Blick, die kleinen Wichser.

14|Absturz

Ilona und HP stehen in der Landschaft. Sie hält seine Hand in der ihren. Das ist schön. Leider lässt sie gleich wieder los. Immerhin ein Anfang. Sie heben ihre Wasserflaschen und schauen sich in die Augen. Ihre sind grün.

– Das sind die Kontaktlinsen!

Unheil erzeugt Nähe, denkt er, so ist das. Jetzt müsste ihr etwas zustoßen.

Sie trinken in tiefen Zügen, atmen schwer durch die Nase wie beim Liebesakt. In der Ferne steht einsam die letzte Säule des Hera-Tempels. Sie setzen die Flaschen ab und strahlen sich an.

– Deine sind blau, oder?

– Authentisch blau.

– Meine sind authentisch künstlich grün.

Er lässt noch mehr Wasser durch die Kehle rinnen, genießt das kühle Grün ihrer Augen und fragt sich, woher haben wir das Wasser, dieses Wasser, schönes kühles Wasser? Vorhin hatten wir doch keins. Stimmt, Ilona hat die Flaschen an der Kasse des Eupalinos-Tunnels erworben, klar. Die Landschaft hat sich nicht geändert. Als ob sie nie im Berg gewesen wären.

– Tut mir leid, sagt er, dass ich dir den Spaß verdorben habe; geh ruhig nochmal runter, ich kann warten.

– Nee, is schon gut. – Schaut ihm erst links, dann rechts ins Auge – Du bist wirklich nett, sagt sie.

Nett sind viele, denkt er, zum Beispiel die Kellnerin im *Hyperion's Garden.*

Ästhetisch gestimmt schauen die beiden wieder in die Landschaft, nicht frei von Klischees. Der Deutsche sieht selbstverständlich auch auf Samos eine deutsche Landschaft, steht auf dem festen Standpunkt des höheren Sinns, überblickt die Öde gemeiner und allgemeiner Präsenz mit ameisenkleinen Menschen, sieht das entfernte Ufer zum neuen Aufbruch, die fernen, utopisch zerklüfteten Ich-Felsen, sich selbst als Hauptperson und geht nachher baden.

– Lass mich einen Schluck von deinem trinken, sagt er.

Sie tauschen die Flaschen. Auf beiden steht *Aura.*

– Mmh, sagt er, schmeckt genauso und doch besser.

Sie lacht.

– Deins auch.

Was soll so ein Dialog? Er fragt:

– Was ist das für eine Geschichte, in der wir hier stehen und Wasser trinken?

– Wir bewegen uns durch ein einziges Wahrnehmungsgestrüpp, eine wahre Wahrnehmungsmacchia, sagt Ilona und schaut zu den mannshohen Disteln, deren vertrocknete Umrisse überall aus dem Hang ragen. Dicht stehende Meinungen mit ineinander verflochtenen Vorurteilen und eingewobenen dorn- oder stachelbewehrten Lügen; dazwischen blühen die Klischees. Schwer zu durchqueren. Wie sollen wir da wissen, wie es weitergeht in unserer Geschichte?

– Genau, bestätigt HP. Es gibt kein Leben außerhalb des Klischees. Deshalb sind wir hier, darum fällt uns nichts Originelles zu unserer Geschichte ein, denn Originalität ist Lüge.

Er nimmt einen Schluck Wasser und einen grünen Augenblick.

118

- Wir können nur irgendein anderes Klischee bemühen, um uns aus diesem zu retten. Also aus der Kontemplation mit Wasserflaschen nach dem Verlassen der Dunkelheit und dem Hitzeschock hier draußen. Fühlt sich an wie vierzig Grad.

- Wie wäre es mit dem Klischee überraschender wilder Beschleunigung, unmittelbar ausbrechender Aktion, sagt sie, schnelle Schnitte, schnelle Schritte – und ab!

Ilona stürmt los, querfeldein den Abhang hinab durch Gestrüpp, über rutschenden Kies.

HP weiß gleich, das geht schief, noch so ein Klischee.

Ilona stürmt also los, den Reiseführer in der Hand, direkt den Hang hinunter, querfeldein die Berge hinunter Richtung Meer, auf kleinen Pfaden, die sich zwischen den Mauerresten der ehemaligen Stadtbefestigung hindurchschlängeln. Sind das überhaupt Pfade? Nein, nur Lücken im Gestrüpp. Springt und stürzt los über glühend heiße Steine, Kies und Schutt. HP, perplex, überblickt Gegend und Verhältnisse. Steil und rutschig.

Zwischen Disteln und niedrigen Steineichen rennt und stolpert Ilona den Hang hinab. Der Aufseher vom Eupalinos-Tunnel schüttelt den Kopf. Ein Motorboot rast auf dem Meer herum mit Gebrumm, ein Mountain-Biker kommt die Ufer-straße entlang in einem pinkfarbenen Kunstfaser-Anzug. Findet er sich schön? Findet er auch die Landschaft schön? Findet er die Kombination gelungen? Findet Ilona den Pfad? Was empfindet HP und weshalb?

Hinterherlaufen oder abwarten? Vielleicht ein paar Schritte, damit sie, falls sie sich umdreht, nicht den Eindruck hat, ihm gleichgültig zu sein. HP macht zwei Schritte. Die Stacheln dieser Disteln bohren sich hemmungslos in Arme, Finger,

Hosenbeine, wenn man sie nur streift. Ilona hält Tempo. Will sie allein sein? Ihn loswerden? Oder muss sie, wie manche Vogelschwärme, überschüssige Energie abbauen, um zur Ruhe zu kommen. Was heißt überschüssig? Überschuss ist Überfluss, überschießend-überfließend ist die Lust. Wunderbar, wie Ilona sich verausgabt. Aber auch Ekstasen verlangen Training.

Er sieht den Absturz voraus. Es ist ja HPs ständiges Bemühen, alles kommen zu sehen, damit nichts ihn überrascht und er sich gegebenenfalls ducken kann, bis es vorbei ist. Falls sich an diesem Nachmittag, gewissermaßen aus dramaturgischen Gründen, jemand wehtun muss, dann besser sie als er. Er läuft ihr nach. Beeilt sich. Ilona gerät ins Rutschen, fängt sich, steht still, sieht ihn hinterherstolpern. Standbild: Ilona auf Geröll mit Reiseführer. Sie winkt.

Winkt fröhlich, denkt HP, winkt mir zu, hat nichts gegen mich. Sie macht eine unverständliche Geste, möglicherweise ein Hinweis auf die karg-schöne Landschaft, die sie durch ihren Lauf bergab ganz unerwartet filmisch wahrnimmt ... Zwei Schmetterlinge flattern über dem staubigen Grün. Sie macht eine Geste, eine halbe Drehung und ...

Geröll gibt nach, ein abgerissener Schrei. Ilona sieht in Zeitlupe zu ihm, als ob er aus der Entfernung helfen könnte, betrachtet erstaunt den eigenen Fuß, der sich verdreht, sie schließt die Augen, begibt sich in die Horizontale. Reißt die grünen Augen weit auf. Begreift erst jetzt, was los ist, antizipiert den Aufschlag, versucht, den Körper unter Kontrolle zu bekommen – prallt auf.

Nix. Nix mehr. Bleibt liegen.

Dumme Ziege! denkt HP vor Schreck. Ob Reinhardt mich dafür verantwortlich machen wird?

Ilona liegt reglos einige Meter unter ihm im Schutt, den Rucksack, der beim Sturz von der Schulter gerutscht ist, fest umklammert. Ob etwas Ernsthaftes passiert ist? Man denkt sich ja einen Unfall nicht als reales Ereignis. Man kann sich nicht vorstellen, dass im eigenen Leben etwas Ernsthaftes wie Schmerz vorkommt und neigt zur gedanklichen Amputation des Gefühls vom Ereignis. HP weiß noch, wie er sich in der Gartenpforte den Finger zerquetscht hat; Nagel und Nagelbett hingen herunter und er dachte:
– Das kann unmöglich mein Finger sein.

Ilonas Bein hat sich in einem Strauch verfangen. Der Reiseführer liegt aufgeschlagen davor und wartet, dass in ihm geblättert wird. Ein Luftzug tut ihm den Gefallen.
– Kannst du nicht aufpassen?, schreit HP Ilona an.

Hofft, sie wird aufspringen, ihn beschimpfen und nichts ist passiert. Sie bleibt jedoch regungslos. Er schlittert durch rutschenden Kies zu ihr. Ganz friedlich liegt sie da ...
Quatsch, sie ist doch nicht tot.
– Hast du denn nicht gesehen, wie rutschig der Hang ist?

Vom Strand-Club des Hotels *Doryssa Bay* setzt stampfende Musik ein. Instant-Ekstase, Durchhalterhythmen all derer, die am Rande der Erschöpfung arbeiten, der Überbürdeten, fast schon Aufgeriebenen, sich noch Aufrechthaltenden, all dieser künftigen und gegenwärtigen Moralisten der Selbstoptimierung, die, schmächtig von Wuchs und spröde von Mitteln, durch Willensverzückung und kluge Verwaltung sich wenigstens eine Zeitlang das Gefühl von Größe abgewinnen, denkt HP.

Die Stimme des DJ schreit:
– C'mon, Baby, c'mon. No Angst in your pants!

Ilona lässt die blöde Flasche los und stöhnt. HP plumpst

neben sie auf den Boden. Sie öffnet die Augen. Sieht zum Anbeißen aus. Er küsst sie auf den Mund. Er küsst sie noch einmal. Die Musik im *Doryssa Bay* setzt aus.

– Der Knöchel!, stöhnt sie. Mir ist ganz übel vor Schmerz. *Doryssa Bay* wummert wieder. HP denkt an stabile Seitenlage. Hat er gelernt vor Jahrzehnten. Das eine Bein anwinkeln, unter dem anderen durchziehen, Hand an die Hüfte, Kopf in Nacken – da macht sich Ilonas Körper selbständig und rutscht noch einen Meter bergab.

Diesmal kann ich sie stützen, denkt HP. Unheil hilft über Sprachlosigkeit hinweg. Man kann sich einfach anfassen.

– Komm, ich helf dir hoch.

Ihr Gesicht verzerrt sich.

– Machst du das wegen Reinhardt?

Reinhardt, doppelt hart mit dt.

– Red keinen Unsinn.

Ilona legt einen Arm auf seine Schulter, HP umfasst ihre Taille; gemeinsam humpeln sie los. Er hakt seinen Daumen in ihre Gürtelschlaufe, als wären sie ein Liebespaar, das eng umschlungen spazieren geht. Mal verzerrt sich ihr Gesicht zu einer Grimasse, vermutlich tut der Knöchel teuflisch weh, mal lächelt sie ihn an, verzerrt, aber zufrieden.

– Ich wollte einfach einen Punkt machen!

– Na, das ist schon beinahe ein Ausrufezeichen.

Zwei weiße Pferde schauen herüber; Kitsch, denkt HP. Nach 25 Metern ist er erschöpft. Nach dreißig kann er aber wirklich nicht mehr. In diesem so kritischen Moment fährt der Bagger von vorhin ins Bild und stoppt. Ich hab's geahnt, denkt HP. So einer kommt nicht nur einmal vorbei.

– Her leg is broken or something.

– You're welcome!

Sie steigen in die große Baggerschaufel und schaukeln heim.

– Und das Beste ist, sagt Ilona, ich habe einen internationalen Krankenschein!

15|Ariadni und Dionysos

Ilona stöhnt nebenan. HP wartet vor der Tür des Behandlungszimmers. Ein schöner, ein warmer Abend. *Another Day in Paradise* steht auf dem Plakat an der Hauswand gegenüber. Leuchtreklamen und Laternen machen die Nacht zum Tag. Es wird dänisch gesprochen, englisch, schwedisch ... So genau weiß er das gar nicht. Er weiß nur, dass die Stimmen genau den Grad an sprachlicher Distanz versprechen, den er an so einem Abend erhofft.

Der Tag ist nicht schlecht gelaufen, dramaturgisch gesehen. Seit gestern in Taormina gab es nur Steigerungen, ständige Erwartung ohne Auflösung, ohne Höhepunkt. Ein beliebter Höhepunkt wäre Sex gewesen, ein anderer eine Leiche ... HP war noch nie der Krimi-Typ. So kam Ilonas Unfall genau richtig. Bedauerlich für sie natürlich. Für diesen Abend wünscht er sich einen entspannten Ausklang.

Vor der Praxis hält eine Radfahrerin. Sie beugt sich vor, noch weiter, HP wendet sich ab. Nein, denkt er, heute wende ich mich nicht ab. Er betrachtet ihre im Ausschnitt frei baumelnden Brüste. Er könnte die Frau ansprechen. Mühsam zerrt und drückt sie die Fahrradkette wieder auf den Zahnkranz. Viele Optionen stehen offen, denkt er. Sie verschmiert sich die Finger mit Kettenfett. Ich kann mich entscheiden, auf Ilona zu warten oder nicht. Die Frau schaut mich an. Wir alle sind uns nicht verpflichtet. HP reicht ihr zwei Erfrischungstücher, die er im Hotel in Taormina eingesteckt hat. Sie liest den italienischen Namen, lächelt. Sie reinigt sich die Hände, gibt die verschmutzten Tücher zurück, winkt und fährt davon, Teil einer anderen Erzählung. HP findet seinen Platz als Randnotiz. Auch schön.

– Da bin ich!, lacht Ilona und humpelt aus dem Behandlungszimmer. Kapselanriss mit Stützverband und Krücke. Und jetzt habe ich ü-ber-haupt keine Lust mehr, mir die Stimmung verderben zu lassen. Was glaubt der Kerl, wer er ist? Godot?

Sie hat sich also entschlossen, einen glücklichen Abend zu verbringen. Ob er was dagegen habe, glücklich zu sein?

– Öh ..., nee. Ich bin dabei.

Frauen kommen entgegen, Frauen überholen, Frauen gehen nebenher. Frauen mit und ohne Anschluss lassen sich durch den Abend treiben, Arm in Arm, Hand in Hand, allein. Männer? Ja, Männer gibt es auch, aber die interessieren nicht. Die Frauen suchen Wein und Dionysos, wähnen sich als Protagonisten einer Handlung, die es wert wäre, erzählt zu werden. Nicht den Leuten, die sie sowieso kennen, sondern denen, die sie gern kennenlernen würden, sie wissen nur nicht wie und wo. Lieben bedeutet, ein Publikum für die eigene Lebens-Erzählung zu finden, denkt HP. Und zwar eins, das einen nach dem Erzählen beurteilt und nicht nach der Vorgeschichte.

– Geht's dir gut?, fragt Ilona.

Zwei Hunde und ein Motorroller trödeln vorüber. Auf einem Leuchtschild steht: *Ariadni – Mediterranean Restaurant*. Mitten im Garten steht eine nackte, weiße *Ariadne auf dem Panther*, Diosnysos' Lieblingstier, Martin Dannecker nachempfunden. Er starrt auf ihre Brüste. Ihr Unterleib ist glatt geschlossen.

– Viel weiter schaff ich's mit der Krücke nicht, sagt Ilona.

– Kalispera!, tritt ein Ober aus dem Tor.

– Kalispera, antwortet Ilona.

Er deutet den Akzent richtig, schüttelt die Hände und sagt auf Deutsch:

– Einen wunderschönen guten Abend!

HP muss sich erst akklimatisieren. *Ariadne auf Panther* – warum nicht. Ein Mythos als Hintergrund. Seine Hand ruht noch immer in der schwitzigen des Begrüßungskellners, viel zu lange natürlich. Aber der ist das gewohnt.

– *Im dunklen Laub die Goldorangen glühn.* Ilona zeigt in die Krone über ihnen, wo viele kleine grüne und tatsächlich einige reife Orangen hängen. Und schau, die Kätzchen ...

In einer riesigen Amphore auf der Mauer dösen zwei kleine schwarze Mini-Panther.

– Den Tisch nehmen wir, neben den Kätzchen, unter dem Granatapfelbaum.

Sie humpelt vorweg. Man kann die Früchte schon erkennen; noch sind sie kaum größer als Weintrauben ... Kaum sitzt HP, bestellt Ilona. Der Kellner bringt einen kühl beschlagenen Glaskrug mit *red housewine* und schenkt ein.

– Auf uns!, ruft Ilona und hebt ihr Glas. Großes Wiedersehen! Wir tun so, als ob wir uns einst gekannt hätten und heute wiederträfen.

HP hebt sein Glas

– In der Schule oder an der Uni haben wir mal was miteinander gehabt, erklärt Ilona, Prüfungsangst und deinen ersten Oralverkehr. Dann haben wir andere geheiratet, ich aus Langeweile, du dreimal.

HP wird rot. Beide Gläser bleiben gehoben.

– Das Leben hat uns auseinandergebracht; du bist mal

wieder geschieden, ich zweifache Witwe. Nach 25 Jahren treffen wir uns zufällig auf dieser griechischen Insel in einem griechischen Restaurant bei griechischer Musik zu griechischem Essen. Verstehst du? Erstens der pure Zufall! Zweitens, Sex haben wir schon gehabt! Na, wenn das nicht Freiheit bedeutet ... Prost!

Sie stoßen an. Aus der Mitte des Orangenhaines prostet ihnen Dionysos mit einer *Kalyx* zu. Einer was? Einem antiken Kelch. Aha. Dargestellt ist er als reifer Mann mit Bauchansatz. Das Schamhaar ist zu kleinen Löckchen gedreht. Efeu bekränzt das Haupt, Weinlaub den erigierten Phallus, so steht er da, der Erfinder von Rausch und Theater und freut sich 'nen Ast.

Wie gut, dass HP die *Kalyx* eingefallen ist. So muss er nichts zu Ilonas Toast sagen. Stattdessen zitiert er etwas, denn Bildungsgut ist immer gut:

– An Dionysos *Seite senkt den liebetrunken Blick auf ihn die durch ihn gerettete, selige Ariadne. Ohne Kinder, in seligem Anschaun des Genusses feiern die Zwei ihr unzerstörbares Triumphleben, in welchem Dionysos selbst die Blüthe der Weiblichkeit in seiner Natur genießet.*

Ilona reagiert nicht. Sie widmet sich der Speisekarte. Dann kommt doch ein Satz:

– Das ist diese Geschichte mit Theseus und dem Faden, oder?

– Genau, sagt HP zufrieden, Theseus gibt erst den Helden, verdrückt sich dann aber. Ariadne bleibt allein. Zufällig kommt Dionysos vorbei – und so wird's was mit den beiden.

– Sag mal, du siehst dich nicht zufällig als Dionysos? Der Gott des Weines, na gut, aber, ohne dir zu nahe zu treten, so wahnsinnig ekstatisch wirkst du nicht.

127

Daran hat er wirklich nicht gedacht. Jetzt, nachdem sie es gesagt hat, fragt er sich, ob nicht etwas dran ist, sagt aber:

– Darum geht es doch gar nicht. Der Minotaurus lässt sich als Tribut regelmäßig Jungfrauen und Jungmänner zuführen, die er zum Fressen gern hat. Irgendwie besteht da eine Beziehung zwischen Sexualität und Menschenfresserei. Wie Novalis sagt: *Sollte die Sehnsucht nach fleischlicher Berührung ein versteckter Appetit auf Menschenfleisch sein?*

– Oder das Verlangen, verschlungen zu werden? Sexuelle Affekte als Aggression gegen kulturelle Normen? Vielleicht nehme ich Lamm. Oder doch lieber Salat?

– Wie dem auch sei, unterbricht HP, der eigentlich für derartige Bemerkungen zuständig ist, der Held Theseus betritt das Labyrinth.

– Hätte sich allerdings verirrt, wenn Ariadne nicht ..., nimmt Ilona den Faden auf.

– In einem Labyrinth kann man sich nicht verirren, es gibt keine Abzweigungen. Allerdings verliert man im Labyrinth leicht den Überblick und weiß nicht, wie weit es noch zum Ausgang ist, ob der ein glücklicher sein wird und überhaupt...

– Weißt du schon, was du nimmst?

– Nur eine Minute! Theseus hofft, zu Ariadne zurückzukehren, falls der Kampf mit dem Minotaurus schief geht. Sozusagen zurück auf Los. Das ist natürlich Unfug. Kein Mensch kann seinen Lebensweg noch einmal von vorn beginnen. Gesagt ist gesagt, getan ist getan, aus, vorbei. Im Nachhinein kann man die Erlebnisse lediglich mit dem roten Faden des Erzählens biographisch so verknüpfen, dass sie einen korrigierten Ablauf ergeben.

– Meinst du, ich sollte die Abläufe meines Lebens korrigieren? Die haben auch neue griechische Küche hier, hier z.B. Kalbsfilet mit Ouzo-Safran-Soße.

– Gleich. Theseus erschlägt den Minotaurus, also leistet gewissermaßen zivilisatorische Arbeit, indem er die tierhafte Seite der Männlichkeit diszipliniert. Dann aber kehrt er frevelhafterweise an Ariadnes Faden zurück zu ihr. Wie gesagt, das ist natürlich Unsinn; im Leben gibt es kein Zurück. Nach dieser Tat sind sie beide nicht mehr dieselben wie vorher. Sie befinden sich zwar im selben Kontext, aber nicht mehr im gemeinsamen Text. So verfehlen sie sich. Theseus reist heimlich ab, Ariadne bleibt allein auf Naxos, hier fast um die Ecke. Dionysos kommt vorbei, verliebt sich, sie sich auch.

– Soll das eine Anspielung sein?

HP weiß nicht, wovon sie redet, und lässt diese Chance ungenutzt verstreichen.

– Das ist fast ein Happy End, sagt er, denn nun haben sie neue Probleme und neue Probleme sind immer besser als die alten.

– Schön, bemerkt Ilona, es macht Spaß, dir zuzuhören. Wollen wir nun bestellen?

Ja, denkt er, nicht schlecht. Nur, wo bringt mich das hin? Zur Schriftstellerei? Zu Ilona? In ihr Herz? In ihr Zimmer? Und was ist mit dem Fuß? Im Stehen an der Balkonbrüstung könnten wir es nicht machen. Sie müsste sitzen oder liegen und wäre wohl ein wenig unbeweglich. Immerhin trägt sie Rock und nicht Hose, was das Ausziehen erleichtert.

– Woran denkst du?, fragt Ilona.

– An den Minotaurus, lügt HP.

Zwischen Dionysos und Ariadne sitzen Paare und einsame Herzen, tunken die Lippen in Wein. Frauen schieben Schenkel übereinander, dünsten nur Angenehmes aus. Ilona und HP mittendrin im Tavernen-Glück. Wie Gertrude Stein schreibt:

Es war wahr und es war nicht wahr und weil wir wussten, dass es das war, war es wahr, war wahr wahr.
– Als du vorhin durch die Luft geflogen bist ..., sagt HP.
– Na, und dein erschrockenes Gesicht hättest du sehen...
– Ich hab mir Sorgen gemacht ...
Sie drückt seine Hand und bestellt eine zweite Karaffe Wein. HP probiert Ilonas *Salat Ariadni*, Spinat, getrocknete Tomaten, Parmesanhobel, Senf-Honig-Dressing; sie nascht von seinem *Lamb Country Style* und findet alles großartig. Sie tätschelt seinen Oberschenkel und wird rot. HP auch. Er schaut auf ihre Ohrläppchen. Bei *Ohrläppchen* denkt er an *Schamlippen* und findet das naheliegend.

Inzwischen haben sie den ersten Liter Wein geleert, eine dritte Karaffe trifft ein. Ilona sucht in der Handtasche, vielleicht nach einem Taschentuch, einem Tampon, einer diamantverzierten Pistole, was weiß denn er. HP sieht nicht hin, wenn eine Frau in ihrer Tasche wühlt; das ist ihm zu intim. Ach, nur eine Schmerztablette. Sie schluckt sie mit etwas Wein, hebt dann ihr Glas und ruft, allzulaut, findet HP:
– Auf uns alte Studien- und Bettkameraden!
Hinter dem fröhlichen Dionysos sitzt eine ernste Dame mit freundlichen Augenbrauen und guckt pikiert. Ein wenig schlank, ein wenig füllig, bestimmt Mitte fünfzig, hat kein Problem mit ihrem Alter, solange man sie nicht zum Sport zwingt. Trägt ein leichtes Sommerkleid in navy-blau mit Ledergürtel. Taillierte Passform, ausgestellter Rockteil, edles Lochmuster in Spitzen-Optik. Der Tisch ist für zwei Personen gedeckt. Ihr Gesicht sieht aus, als warte sie schon länger.
– Guck hierher!, befiehlt Ilona. Wir trinken Brüderschaft!
Ihre Arme verschränken sich, sie trinken. HP verschluckt sich und schafft es fast, die Rotweinflecken auf seinem

130

Hemd zu ignorieren. Dann der Kuss. Ilona schmeckt nach Knoblauch und schiebt ihm die Zunge zwischen die Zähne. Sie lehnt sich an, streichelt die Innenseite seines Oberschenkels, erregt mich öffentlich durch Körperberührung an nichtöffentlichen Stellen, wenn auch im Dunkeln unter der Tischdecke, denkt er. Was soll ich bloß tun?

Da steht, wie aus dem Boden geschossen, ein wunderbarer Bühneneffekt, jemand direkt vor ihnen. HPs Lippen schmecken noch Ilona. Der Mann legt einige kleine Bücher, vielleicht zehnmal fünfzehn Zentimeter, und dicke Drehbleistifte auf ihren Tisch. Die Bücher strahlen farbig von innen; da müssen elektrische Leuchtmittel im Cover eingearbeitet sein. Die Umschläge zeigen rote und schwarze Figuren wie auf antiken Töpferwaren, Panther, Trauben und Geschlechtsverkehr. Die Bleistifte sind mit Zitaten berühmter Dichter verziert: *Nicht die Kunst und die Werke machen den Künstler, sondern der Sinn und die Begeisterung und der Trieb. – Friedrich Schlegel.* Mmh. *Es ist mein Körper auf Reisen, Und es ruhet mein Geist stets der Geliebten im Schoß. – Goethe* Was soll man damit anfangen?

Dazu ein laminiertes Stück Pappe:

Bin einkommenslos & suizidgefährdet! Und versuche mir auf diese Weise etwas Geld zu verdienen. – Ihr ambulanter Schriftsteller.

– Ich kannte mal einen Großschriftsteller, sagt HP, sind Sie ein Kleinschriftsteller?

– Ein Großschriftsteller ist keineswegs ein Schriftsteller von besonderer literarischer Qualität, sondern bedient das Marktsegment *Großindustrie des Geistes.* Wir ambulanten Schriftsteller sind zu Fuß unterwegs. Wir wenden uns direkt an unsere Leserinnen und Leser: *Man lege seine eigenen Ge-*

fühle in den Schrank, man werfe seine Wesensart über die Wäscheleine und lausche nur auf den Rhythmus der Wörter, so lange bis sie sich von selbst spannen, anmutig sich kräuseln und sich in Delirien winden, wie es der Augenblick verlangt ... Wir ambulanten Schriftsteller halten die Innovation des Erzählens in Gang. Vielleicht, dass ich eines Tages an den Tisch eines Regisseurs, Verlegers oder PR-Beraters trete und eine Geschichte zum Besten gebe, die er sie sofort notiert, mitnimmt, weiterverarbeitet ...

Dieser ambulante Schriftsteller ist das Gegenbild zu meinen bildungsbürgerlichen Träumen vom Großschriftsteller, denkt HP. Und wie entspannt er wirkt ...

HP nimmt eins der Bücher; die Farbe wechselt von Ziegelrot zu Neongrün, dann zu Violett. Neugierig schlägt er es auf.

– Da steht ja nichts drin! Nur ein Notizblock.

– Schreiben Sie was rein! Ich habe keine Zeit!

– Ich nehm eins, aber nur mit Widmung, sagt Ilona.

Er schreibt ein einziges Wort.

– Nur für Sie, sagt er.

Pfefferminzpastille! Merkwürdig. Der ambulante Schriftsteller nickt und stärkt sich dann an der Theke mit einem farblosen Schnaps. Schade, denkt HP, gerade waren wir so schön dabei, sexuelle Spannung aufzubauen, da kommt die Literatur dazwischen.

In diesem Moment, HP weiß nicht, wie er mit dem vorangegangenen zusammenhängt, betritt, wer hätte das gedacht, Reinhardt das Gartenlokal. Selbstbewusst-triumphierend, in leichter Rücklage, wie sie Männern mit Bauch eigen ist. Der Oberkellner eilt mit großartiger Geste heran, Umarmung, warme Worte zwischen Männern. Beim nackten Dionysos bleiben sie stehen, Reinhardt wirft einen Blick auf dessen Penis, macht eine Bemerkung. Lauthals lachen die Kellner.

Die Dame im blauen Sommerkleid mit Spitzenoptik springt auf und winkt. Reinhardt lacht, sie lacht. Dann entdeckt er Ilona und hört auf zu lachen. Reinhardt reißt Rumpf, Kopf und Beine herum, stürzt auf die Gasse und ist fort. Ilona hat nichts gemerkt; sie küsst HP auf den Hals.

– Als Kinder haben wir immer Knutschflecke gemacht ...

Warum soll HP ihr den Abend verderben? Die ratlose Dame vom Nebentisch steht verlassen im Raum. Sie schwankt. Sie schüttelt den Kopf. Sie setzt sich. Sie steht wieder auf, geht zum Tor, schaut die Gasse hinauf und hinab. Das kann ja nicht sein, denkt sie, stellt HP sich vor. Wieder setzt sie sich an ihren Tisch. Bevor sie in Tränen oder Krawall ausbrechen kann, servieren zwei Kellner einen großen *Samos-Brandy from the house* und den Vorspeisenteller.

– Ich glaub', sagt Ilona, wir müssen ins Bett.

Sie hätten längst gehen sollen. Mit dem Wechselgeld bringt der Kellner ein Tellerchen mit Pfefferminzpastillen. In ihrem Zimmer darf er sich erst wieder umdrehen, nachdem sie den Stützverband mit einem roten Tuch umwunden hat. Damit HP nun nicht die ganze Zeit aufs Fußgelenk starrt, schlingt sie sich ein weiteres, diesmal oranges Tuch mit weißen Tupfen um den Hals.

– Am liebsten mag ich Oralsex, sagt Ilona, mit dir und einer Pfefferminzpastille. Die macht dir kühlen Atem und mir ein irres Gefühl ...

16|Der Morgen danach

HP schläft. Er denkt: Ich schlafe. Tief und fest. Oder nicht? Ich schlafe. Mein Körper ruht. Mein Kopf ruht auf dem Kissen. Vor meinen Augen ist es absolut dunkel, denn ich habe ein schwarzes Handtuch, *bamboo luxus line*, zum Schlafen über sie gebreitet. Ich höre nichts, denn ich trage Ohrstöpsel. Es ist dunkel und still, ich gedenke, einen langen Schlaf zu tun.

In dem Moment, da er die Gedanken zusammensucht, die in den vorangegangenen Minuten sein Hirn durchkreuzt haben, um festzustellen, ob er schläft oder nicht (und da die Frage selbst schon stark auf eine negative Antwort hinzudeuten scheint), entdeckt er, als er das Handtuch beiseite zieht: über dem Mykale-Gebirge wird es in sanften Gelb-Rot-Orangetönen hell.

Davon wird man doch nicht wach! Gewiss nicht; es muss etwas anderes sein, möglicherweise dieses eigenartige Geräusch ... ein Klackern und Klickern, das, durch die Ohrstöpsel abgeschwächt, tief im Kopf sein Unwesen treibt. Wieder ... Er puhlt die kirschroten Silikonkügelchen aus den Ohren. Es klickert und klackert eindeutig auf seinem Balkon. Murmeln? Steine? Ob da jemand ... Bis zum dritten Stock? Das kann nicht sein. Oder? Vielleicht Ilona ... Ob sie mit kleinen Kieseln wirft. Wo hat sie die her? Aus dem Pflanzkübel auf ihrer Terrasse?

– Psst.

Er erinnert sich nicht genau, was in der vergangenen Nacht geschehen ist mit Ilona und dem Pfefferminz. Oder hat er sich da was ausgedacht?

– Psst.

– ?

– Psst.

HP blickt zum Reisewecker, Kaufhof Hamburg, 9,95.

– Och, Ilona ... es ist kurz vor halb sechs!

– *Komm! ins Offene, Freund!*

Von Jahr zu Jahr braucht HP länger, um sich von den Tagen zu erholen. Eines Morgens wird er für immer liegen bleiben. Es geht nicht um sieben, acht oder neun Stunden Schlaf, es geht um ein Lebensgefühl. *Unselige Geschäftigkeit verzehrt den himmlischen Anflug der Nacht ...*

Er legt sich ins Bett und zieht das schwarze Handtuch wieder über den Kopf.

– *Komm! ins Offene, Freund!*, kann es Ilona nicht lassen. *Zwar glänzt ein Weniges heute Nur herunter und eng schließet der Himmel uns ein. Trüb ists heut, es schlummern die Gäng und die Gassen und fast will Mir es scheinen, es sei, als in der bleiernen Zeit. Darum hoff ich sogar, es werde, wenn das Gewünschte Wir beginnen und erst unsere Zunge gelöst, Und gefunden das Wort, und aufgegangen das Herz ist, Und von trunkener Stirn höher Besinnen entspringt, Mit der unsern zugleich des Himmels Blüte beginnen, Und dem offenen Blick offen der Leuchtende sein.* – Weil ich nicht schlafen kann!

– Hey, what's going on up there? Please, shut up and go to bed!, lässt sich eine Stimme von unten hören.

– Sorry, flüstert Ilona, I don't want to wake you up!

Dank Ilona, Hölderlin und des Nachbarn ist HPs Schlaf endgültig verscheucht. Ich werde nicht mehr einschlafen, der

Tag ist verdorben, keine Chance, ich bin müde, bleibe müde, habe schlechte Laune, das Defizit ist nicht aufzuholen, der ganze Tag im Eimer, am besten wäre es, liegenzubleiben, aber dann gräme ich mich im Liegen, dass ich nicht schlafen kann, das hilft also auch nichts. Warum tut sie mir das an, warum tut die Welt das an, alle Welt? Das Leben wäre besser ohne Frühaufsteher.

– Entschuldige, sagt Ilona. Ich bin seit Stunden wach. Du kennst das bestimmt, erst eine alkoholinduzierte Bewusstlosigkeit, dann wacht man auf, sofort kommen die Gedanken. Zu viele Gedanken im Kopf, zu wenig Blut im Alkohol. Frühmorgens sage ich mir oft, ja aus mir hätte was werden können. Im Unterschied zu spät abends. Spät abends denke ich: Aus mir könnte was werden. Tagsüber denke ich manchmal: Aus mir ist geworden, was eben geworden ist. Aber früh morgens weiß ich nicht, was ich anfangen soll mit meinem Leben, damit es wirklich lebt und sich nicht belanglos bloß so vollzieht. Ein Haus pflanzen, einen Baum fällen, ein Kind kaufen oder irgendwas mit Aktien?

Sie lacht.

Eine Stunde lag sie wach oder zwei. Und die höhnische Krücke tat servil als ob nichts wäre.

– Please! Stop it!, schreit jemand von links unten.

– Und du hast alle meine Kleider ordentlich gefaltet auf den Stuhl gelegt, sogar meinen Slip. Ein Mann, der meinen Slip faltet, habe ich gedacht, den kann ich bestimmt bei Sonnenaufgang wecken, oder?

HP entscheidet, dass er mal wieder nicht nein sagen kann. Schon wegen der Nachbarn.

Sechs Uhr, draußen, Stille und Morgenkühle. Das Städtchen schläft. Keine Touristen, kein Verkehr, die Segelboote träumen vom weiten Ozean. Der Ort hatte seine Geschäftsgrundlage noch nicht gefunden. Keine Hausangestellten besprengen Blumen und Boden, niemand entfernt vertrocknete Blätter vom Hibiskus, nicht ein Lieferwagen lädt Nachschub ab. Mythische Beschriftungen bezeichnen menschenleere Versammlungsorte: *Mediterranean Restaurant* oder *Proton Supermarket*. Tische und Stühle, auf denen niemand sitzt. Nur die Einsamkeit und die Langeweile warten gähnend auf ihre Opfer.

Ilona möchte einen Hügel besteigen. Besser, als sich im muffigen Bett herumzuwälzen oder sinnlos von Balkon zu Balkon zu diskutieren. Der *Kastro*-Hügel steigt von der Landseite sanft an, auf der anderen Seite stürzt er fast senkrecht dreizehn Meter ins flache Wasser ab, aus dem um seinen Fuß Felsentrümmer ragen. Oben drauf erheben sich die Ruinen des *Kastro*, das sich die Verteidiger von Samos vor hundert Jahren auf und aus antiken Ruinen erbaut haben. Daneben soll der Palast des Polykrates gestanden haben. So vor 1500 Jahren. Später waren Antonius und Kleopatra als Touristen hier. Und dann ist da noch der moderne Friedhof.

– Ein Friedhof auf nüchternen Magen?

– Bitte. Allein schaffe ich es nicht. Ein kleiner Hügel nur, für jemanden mit Krücke ein Berg ... Außerdem, ein Friedhof ist zu jeder Tages- und Nachtzeit schön.

Jaja, denkt HP. *Geht Ihr in den Parkanlagen oder auf dem Lande spazieren und lasst mir als Promenaden die Friedhöfe.* Trotzdem ...

Worauf ein Müllwagen durchs Bild fährt, ein Kleinlaster, auf den ein Mann gefüllte Müllsäcke vom Straßenrand wirft.

– Hör mal, wegen gestern Abend ..., setzt HP an.

– Schon okay, sagt Ilona, ich fand's schön. Auch wenn ich den Schluss nicht richtig mitbekommen habe. Ich erinnere mich vor allem an meine beiden Halstücher, dass du Pfefferminz gelutscht hast, dann meine Klitoris und dann ...

– Jaja, sagt er.

– Guck mal, Bougainvillea! Überall! Und wie viel!

In der engen Gasse sind die Hotels dicht von Blumen und roten und violetten Blüten bedeckt. In kleinen Käfigen zwitschern überall kleine Vögel. Manche Veranden sind komplett überwachsen. Dort hängt zwischen den Blüten eine angerostet alte Sichel. Ilona stellt sich vor wie es wäre, wenn sie beide, HP und sie, jetzt dort verschlafen unter die Sichel träten als Bewohner dieses kleinen griechischen Inselortes, die ihr Leben in Deutschland hinter sich gelassen hätten, und sie sähen sich selbst vorbeihumpeln.

– Wir stünden unter Blumen, sähen uns den Hügel hinaufspazieren und stellten uns vor, was die wohl für eine Nacht zusammen verbracht hätten. Wie war's denn für dich? Also, fühl dich bitte nicht verpflichtet ...

Er fühlt sich lediglich dazu verpflichtet, das Erlebnis mit Ilona in seine Biographie einzupassen, es also zu bestimmen in seiner Bedeutung für die eigene Identität. Die größte Schwierigkeit beim sexuellen Akt besteht ja nicht im Vollzug, sondern in seiner anschließenden Bewertung. Warum habe ich mit Ilona gevögelt. Sexueller Notstand? Eher nicht. War ich neugierig auf einen fremden Körper und ein fremdes Leben? Diente der sexuelle Akt als ritueller Ausklang unseres ausschweifenden Abendessens? Oder bloß als Nachtisch? Habe ich einfach den Moment verpasst, mich gegen ein kulturelles Klischee zu wehren, das besagt, wenn ich mit einer Frau gemeinsam Essen gehe, dann ist das ein Vorspiel nur? Ich könnte romantische Liebe anführen, also einen utopisch grundierten Gegenentwurf zur bürgerlich-kapitalistischen Leistungs-Ideologie, à la Lass uns beide weit fortgehen. Oder bin ich gar dabei, den Sexualakt zum lebensgeschichtlichen Wendepunkt zu stilisieren? Oder schlage ich ihn kurzerhand der Unterhaltung zu, Stichwort Spaß und Pornographie? Wollten wir beide Reinhardt unsere Autonomie beweisen? Auch bei der Sexualität herrscht ja die Multioptionsgesellschaft.

– Keine Ahnung, antwortet HP, ich hab noch nicht drüber nachgedacht, wie's war ...

– Aber, ich meine, war's unangenehm, bereust du's ...? Das weiß man doch.

Eine einsame Badehose fliegt vorbei, ruht einen Moment auf dem Straßenpflaster, sagt aber nichts. Der Wind zieht sich die Hose an und setzt über die Mauer zur Pizzeria.

– Gestern Vormittag habe ich mich schrecklich verlassen gefühlt, sagt Ilona. Und gestern Abend war dann so ...

– Hast du die Badehose gesehen?

– Es geht nicht um Badehosen.

– Was willst du mir mitteilen?, fragt HP. Dass wir gevögelt haben, um das in dieser Gesellschaft strukturelle Defizit an geistiger, seelischer, körperlicher und emotionaler Zuwendung auszugleichen?

– Nun reg dich nicht auf!

– Ja, mir hat's gefallen, und ja, ich kann mir alles Mögliche mit uns vorstellen, aber ... ich weiß keinen Einwand außer Aber.

Atemlos hält ein Mann im Hemd bei ihnen. Ob sie nicht seine Badehose gesehen haben, dunkelblau mit einem weißen Streifen.

– Swimming trunks, ruft er, als sie nicht zu verstehen scheinen.

– On the other side of this wall!

– Thank you!

Er springt hinüber; sein Penis schlenkert. An der Stelle, wo der Badehosenmann auf der Suche nach seiner Teilgarderobe über die Mauer geklettert ist, erscheint eine Schlange, dünn, gut ein Meter lang, mit Zickzackmuster auf dem Rücken.

– Ich mach euch hier nicht das Symbol, sagt sie, überquert die Gasse und verschwindet in einem Haus mit vernagelten Fenstern.

– Bist du sauer?, fragt Ilona.

– Solche Gespräche bringen nichts.

Gegenüber einer idyllisch-verlassenen Restaurantruine mit verwitterter Mauer und Laubengängen führt die breite Treppe zu Friedhof, Kirche und *Kastro* hinauf. Rechte Hand am Geländer, links die Krücke – Ilona beginnt den Aufstieg.

Der Friedhof besteht aus rechteckigen, personengroßen Kisten, dicht an dicht, aus weißem Marmor, der wie frischgewaschen in der Sonne glitzert. Fotos der Verstorbenen stehen in Miniaturkapellen, von Glasscheiben geschützt auf den Gräbern. Die Verstorbenen, meist im besten Alter, manchmal nur im Alter, lächeln konventionell und bitten um Verzeihung wofür auch immer. Kunstblumen mit knallbunten Blüten liegen daneben, Öllämpchen brennen. Eine gespenstische Einfamilienhaus-Siedlung der Toten. Einige der weißen Kästen sind geöffnet; man sieht in die leere Grube darunter. In einer Grube liegt eine Badehose.

Da der Platz begrenzt ist, wird man wohl jedes Jahr einige Gräber ausräumen und frisch belegen. Dort, wo sich oben der Festungsrest turmhoch erhebt, sind im Unterbau zwei Türen eingelassen. Der Aufenthaltsraum der Friedhofsgärtner, eine Umkleidekabine für den Popen oder Toiletten für die Friedhofsbesucher? HP schaut hinein. Zwischen Fußboden und Betondecke stapeln sich Holzkisten mit Fotos und Namen. Letzte Überbleibsel. Davor ein brennendes Öllämpchen. Lagerraum für die Auferstehung.

Über dem Friedhof breitet sich der Himmel, dahinter das Meer. Sie treten an den Abhang. Auf halber Höhe liegen Mauerreste, zwei ausgeschüttete Säcke mit Bauschutt und leere Plastikflaschen. Ganz unten wogen die wilden Wogen, die an diesem Morgen tatsächlich wild wogen, weil der Wind sich gedreht hat. *Wie die Tiefe des Meers allezeit ruhig bleibt, die Oberfläche mag noch so wüten ...* Weshalb können sie nicht zwei nette Wochen zusammen verbringen? Dann führe ich nach Hamburg zurück, Ilona nach Potsdam und im nächsten Jahr träfen wir uns wieder hier auf der Insel.

– Lass uns die Zeit zusammen verbringen, sagt er.

– Du meinst, weil das gestern der Beginn einer wunderbaren Freundschaft gewesen ist?

Sicher, er könnte sie fragen, ob sie mit nach Hamburg käme. Andererseits ... Will er das? Vor allem will er eins nicht, sich in eine Geschichte hineindrängen, in der er am Ende doch wieder den Kürzeren zieht.

Sie öffnet ihren Rucksack, greift sich ein Buch, tritt ganz nach vorn an die Kante. Hinter einem Grab, wo er offenbar geschlafen hat, erhebt sich der ambulante Schriftsteller.

– Gute Reise, *Italienische Reise!*, ruft Ilona.

– Stopp!, brüllt der ambulante Schriftsteller.

Zu spät. In hohem Bogen fliegt das Buch ins Leere. Es stößt an Felsen, schliddert vom Abhang zum Abgang und schlägt auf die Wasseroberfläche, verschwindet im Meer auf Nimmerwiedersehen. Eine empfindsame Geste, findet HP, wenn es ihm auch um das Buch leid tut.

Der Schriftsteller weint:

– So etwas tut man Büchern nicht an!

Dann packt er seine Sache und verlässt den Friedhof.

HP will Ilona die Szene nicht verderben und schweigt.

– Jetzt zu uns, sagt sie.

Als HP einen Blick zurück zur Kirche wirft, steht da ein Mann. Nein, es ist nicht der ambulante Schriftsteller. Auch nicht der ohne Badehose. Ob er nun aus dem Innern des Gebäudes durch das hölzerne Tor hervorgetreten oder von außen unversehens heran, bleibt ungewiss. HP neigt zur ersteren Annahme. Erhobenen Hauptes, so dass an seinem fetten, dem losen Sporthemd entwachsenen Halse der Adamsapfel nackt hervortritt, blickt er mit farblosen, blässlich bewimperten Augen blinzelnd ins Sonnenlicht; seine Lippen scheinen zu kurz, sie sind völlig von den Zähnen zurückgezogen, dergestalt, dass diese, bis zum Zahnfleisch bloßgelegt, weiß und lang dazwischen hervorblecken.

– Guten Morgen, meine Lieben!, begrüßt sie Reinhardt.

17|Ladendiebstahl

Wir haben uns entschlossen ..., schreiben die beiden. Ach, entschlossen haben sie sich, gleich beide, *... einen kleinen Ausflug zu machen. ... wir wissen ja, wie gern du schläfst.* HP knüllt die Nachricht zusammen. *Bis heute Abend!* Totenstille hat sich im Hotel ausgebreitet. Blöder Zettel an der Rezeption: *Wir haben uns entschlossen. I & R.*

Wahrscheinlich brausen Ilona und Reinhardt mit einem Mietwagen über die Insel und gleichen ihre Lebensgeschichten ab. Ich gehör ja nur am Rand dazu. Sie stoppen an verschwiegenen Stränden, lassen sich in verschwiegenen kleinen Tavernen Fisch zubereiten, den sie selbst in der Küche aussuchen, Glupschauge für Glupschauge. Ilona lässt roten Wein aus ihrem Mund in seinen laufen; ich bekomme nicht mal ein Frühstück.

HP öffnet den Kühlschrank an der Rezeption. Kein Orangensaft, kein Wasser, kein Eiswürfelchen! Nur eine Schale, um welche zuzubereiten. Leer. Er trinkt einen Schluck Wasser aus der Leitung. Eine braungefleckte Katze beginnt zu schnurren. Niemand beaufsichtigt das Haus, niemand beaufsichtigt HP. Er könnte einfach auf Nimmerwiedersehen verschwinden. Schluss machen mit dieser unerfreulichen Geschichte. Aber das würde nicht dazu führen, dass er seine Ruhe hätte. Geschichten finden kein Ende; man kann ihnen nur eine andere Wendung geben und sie eines Tages vergessen, vielleicht. Doch das dauert seine Zeit. Die einzige Chance besteht darin, Ilona und Reinhardt eine langweilige, periphere Bedeutung zuzuschreiben.

HP entschließt sich, *einen kleinen Ausflug zu machen*. Er nimmt eine Ouzo-Flasche aus dem Glasschrank und legt sie auf die Theke. Er stuppst die Flasche an, die dreht sich im Kreise, fünfmal, sechsmal, und bleibt liegen. Der Hals zeigt nach links, also wendet sich HP nach links. Links geht es zu den Zimmern im Hochparterre. Links geht es, wenn er der Richtung des Flaschenhalses genau folgt, zur Tür mit der Nummer 6. Schon steht er davor. Selbstverständlich ist Ilona ein freier Mensch. Sie kann nachts mit mir ins Bett gehen, morgens mit ihm frühstücken und eine Woche später zur Tagesschau zurück in Potsdam sein. Ihr Mann wird lachen, ihre Freundin auch. HP drückt die Klinke. Verschlossen. Er kehrt zum Tresen zurück und lässt erneut die Flasche kreiseln. *Es gibt keine Zufälle. Eine Tür fällt zu, das ist alles.* HP weiß, beim ersten Mal klappt nie etwas im Leben; er rechnet seit langem nicht mehr damit. Dann steht er vor Nummer 7. Diese Tür lässt ihn ein.

Die halb geschlossenen Fensterläden erzeugen das angenehm halbdunkle Gefühl, unsichtbar zu sein. Ein bisschen ist es wie in diesen volkskundlichen Museen, wo sie Zimmer vergangener Jahrhunderte ausstellen, verlassen von ihren Bewohnern. *3-Sterne-Hotelzimmer, griechische Insel, 1. Hälfte des 21. Jahrhunderts.* Im ungemachten Bett liegt niemand, nur ein verknüllter Slip in Pfirsichfarbe.

HP öffnet den Kühlschrank. In einem Glasschälchen dunkle Kekse mit weißer Füllung. Eine Packung Kaffeepulver. Was sucht die im Kühlschrank? HP setzt einen kleinen Stieltopf auf die Elektroplatte. Der Kaffee kocht auf, aus einem silbernen Döschen, das er auf dem Tisch findet, fügt er eine Süßstoff-Tablette hinzu, *Greek Coffee*. Jetzt zurück zum Bett, dem Kristallisationspunkt einer neuen Erzählung, die in diesem Augenblick beginnt. Das Kopfkissen duftet nach Parfüm, ebenso das Buch, das darauf ruht. Dunkelblaues Leinen, Schutzumschlag, an den Kanten angestoßen, Novalis, *Werke, Tagebücher und Briefe Bd. 1.*

Statt in den Damen in den Büchern geblättert, wo hat er das gelesen? Bestimmt 18. Jahrhundert. Lieben und Lesen. Nicht länger mehr Proust, nicht länger mehr Ilona; soll Reinhardt mit beiden glücklich werden.

HP stellt die Kaffeetasse beiseite, entkrümelt die Finger und wirft sich mit dem Band aufs Bett. Ein Buch, ein Bett, ein Liebesleben, denkt er, herumlümmeln bis die Bewohnerin des Schlafzimmers heimkehrt und dann und dann und dann.

Damit Du mal siehst, was andere lesen ..., hat jemand mit einem Füllhalter auf den Vorsatz geschrieben. Unterschrift unleserlich. HP atmet Pfirsich, atmet schneller und liest: ... *die blaue Blume sehn' ich mich zu erblicken. Wir haben uns entschlossen ... Die blaue Blume liegt mir unaufhörlich im Sinn, und ich kann nichts anders dichten und denken. I & R.*

Vorsichtig trinkt er den letzten Schluck aus der Tasse. Bloß keinen Kaffeesatz zwischen die Zähne kriegen, der einem den ganzen Tag verbittert. Er schaut ins Buch, *sieht nichts als die blaue Blume, und betrachtet sie mit unnennbarer Zärtlichkeit.*

So bin ich am Ende mit meiner Geschichte, denkt HP. Reinhardt trifft ein und degradiert mich zur Nebenfigur. Allerdings muss ich anerkennen, Ilona von Potsdam nach Taormina kommen zu lassen, war dramaturgisch eine clevere Idee. Im letzten Moment mich ins Spiel zu bringen, war fast noch besser. Und Reinhardts Auftauchen ausgerechnet am Morgen, nachdem Ilona und ich die Nacht zusammen verbracht haben, das ist genial. Es ist eben viel einfacher, im Einklang mit abenteuerlichen Klischees zu handeln, als künftiges Handeln kritisch abzuwägen. *Ein unwiderstehliches Verlangen ergreift den Jüngling, sich zu baden, er entkleidet sich und steigt in das Becken ...* HP denkt an Ilonas Becken. Ob sie Reinhardt zwischen zwei gebratenen Sardinen von uns erzählt? Ahnt er nicht sowieso etwas? Der muss doch was ahnen. Ob er uns gestern Abend nachgeschlichen ist? Oder eine Kamera im Appartement installiert hat? Die Dinger sind ja derart klein heutzutage ... Hat frühmorgens die Aufzeichnungen durchgeguckt, uns beim Pfefferminzvögeln beobachtet und sich gedacht: So hab ich's mir gedacht!

Mit inniger Wollust streben unzählbare Gedanken in ihm sich zu vermischen und jede Welle des lieblichen Elements schmiegt sich wie ein zarter Busen an ihn. Die Flut scheint eine Auflösung reizender Mädchen, die an dem Jünglinge sich augenblicklich verkörpern.

Eine Kamera würde zu Reinhardt passen, oder? Würde er lieber im Unklaren bleiben und damit Spannung erzeugen? Schickt uns nach Samos, inszeniert ein Dreiecksverhältnis, das nicht offen angesprochen, sondern als Beziehungsgewürz benutzt wird. *Ich habe mich entschlossen, einen kleinen Ausflug zu machen.* Ilona hat sich vielleicht auch entschlossen, selbst ich hätte mich entschließen können, aber mal ehrlich, entschlossen hat sich nur Reinhardt. Und ich, denkt HP, komme schlecht dabei weg.

Seine Augen streifen noch einmal *ein unwiderstehliches Verlangen,* dann die *innige Wollust,* nehmen *eine Flut* zur

146

Kenntnis, *die eine Auflösung reizender Mädchen scheint*, erreichten *eine hohe, lichtblaue Blume. Damit Du mal siehst, was andere lesen*, Unterschrift unleserlich. Vor dem Fenster exekutiert eine Touristengruppe öffentlich ihre Langeweile und feuert Lachsalven ab. HP starrt ins Gesicht eines kräftigen jungen Mädchens mit Mopp:

– Sir?

– Oh, I don't want to ...

– I'm quite sure, Sir.

– I think, I've lost my room.

Er lächelt ihr zu, sie lächelt zurück, zusammen mit dem Buch verlässt er das Hotel.

Draußen warten samiotisches Licht und heißer Wind, der rötlichen Staub aus der Sahara in sich trägt. Er wendet sich zur Hauptstraße. Ein Blick auf die Auslagen. Einen Gürtel kaufen? Warum? Ein Portemonnaie? Für wen? Eine Rolex vom fliegenden Händler? Bestimmt gefälscht. Eine süße Schweinerei, honigtriefendes Baclava vom Konditor? Vielleicht später. Beim Mietwagenbüro sind die Türen weit geöffnet, frische Frauen blitzeln ins Licht und sprechen holländisch. Er benötigt keinen Mietwagen, um wohindenn zu fahren.

Vor dem Gemüseladen betastet HP Äpfel, entscheidet sich für Weintrauben, nimmt im letzten Moment doch eine Nektarine. Ein quengelndes Kleinkind würde lieber zu einem dösenden Straßenköter laufen, statt sich das neue T-Shirt überziehen zu lassen. *My Grandmother loves me very much and got me this T-Shirt from Samos, Greece.* Der Hund wedelt mit dem Schwanz. Dann gibt er auf und rührt kein Schlappohr mehr.

HP setzt sich in ein Kafenion, gleich neben der

Zigarettenbude. Um mal die Perspektive zu wechseln. Verschiedene Musikstücke dudeln durcheinander, es riecht zu früh am Tag nach Fleisch, Fett und gebratenem Fisch. Er bestellt a small Bottle of Water und noch einen Greek Coffee metrios, schlägt Novalis auf, um sich als Leser zu erleben. *Ein unwiderstehliches Verlangen zu lesen, um zu lesen* überkommt ihn. Ich imitiere Lesen als Erinnerung an die naive Tätigkeit, die ich einst geliebt habe. Lesen bis zur Weltvergessenheit, aus der man anders auftaucht als man hineingeglitten ist. *Ein unwiderstehliches Verlangen ergreift den Leser, sich gehen zu lassen, er steigt ins Buch und verliert sich allmählich in süßen Phantasien ...*

Nebenan jedoch im kleinen Stadtpark, zwei Bänke, ein Karpfen-Bassin, drei Palmen, macht sich eine Katze über Fischköpfe her. Er sieht nichts als die *blaue Blume* und die Fischköpfe und *betrachtet sie lange mit unnennbarer Zärtlichkeit.* Da sieht er, drei Jungs zielen mit einer Pistole auf die Katze; der Katze macht das nichts. Dann zielen sie auf den Koi im Becken, auch der ignoriert sie. Schließlich drücken sie den Lauf der Waffe an eine von zwei Apfelsinen. Wie Ilonas Brüste, denkt HP und schläft ein. Die Frucht zerplatzt, ohne dass er einen Knall hört. Vielleicht eine Schreckschusswaffe mit aufgebohrtem Lauf. Sollte nicht jemand etwas unternehmen? Nein, so eine gewalttätige Geschichte mag ich nicht, jetzt nicht, nicht hier im Schlaf, denn ich weiß ja, dass ich schlafe. Der Tod ist die Schwester des Schlafs, oder wie war das? Warum schreibe ich das? *Damit Du mal siehst, was andere lesen,* schreibt er auf den Vorsatz und ruckt erwachend auf. Was muss er für einen peinlichen Anblick geboten haben, übermüdeter älterer Mann, der schlafend bereits das Bild seines künftigen Todes abgibt!

Im halbdunklen Schnickschnackladen glänzen und glimmen Fingerringe, Kristallpyramiden, Glasdiamanten und der mit Strass besetzte *Deluxe-Silikon-Vibrator S3 mit Klitoris-Stimulation, Akkutechnologie*. Die Strass-Steine sind natürlich nur am Griff. HP tritt in diese Schatzhöhle preiswerter Glitzer-Dinge, die man zu Hause niemals kaufen würde, hier aber bieten sie das preiswerte Glück der Geldverschwendung. Leda mit dem Schwan. Leda mit Schwein wäre Schweinerei, mit Schwan ist es aber keine Schwanerei, auch keine Vögelei, sondern Mythos. Wer ist denn der? Tatsächlich, der ambulante Schriftsteller. Und da sind auch diese kleinen Notizblöcke in Buchform mit LED-Beleuchtung, die er abends in den Tavernen verkauft. Er nimmt eine der Buch-Attrappen in die Hand, schaltet das Licht an und aus, schlägt den Deckel auf und zu, überprüft den Papierblock. Er nimmt ein zweites Buch, untersucht ein drittes, stellt es fort, stößt dabei ein viertes an, das stürzt zwischen eine Gruppe von Leda mit Schwan. Der ambulante Schriftsteller bückt sich, im Nu sind zehn Bücher im Rucksack verschwunden. Warenbeschaffung zum Nulltarif, was soll man machen als armer Autor, der nicht schreibt? Anders dagegen Reinhardt, der Lebenskünstler. Er schreibt nicht, verdient nicht, er hat. Aber er hat keine Ruhe. Er gestaltet seine Beziehung zu Ilona zum Roman, eifert Proust nach, heraus kommt ein armseliger Mietwagenausflug.

Er winkt dem ambulanten Schriftsteller zu. Das hätte er lieber lassen sollen. Der Dichter schüttelt den Kopf, zu spät! Die Frau hinter der Kasse ist aufmerksam geworden und stellt sich ihm in den Weg.

– May I have a look in your backpacker?

Der ambulante Schriftsteller versucht, unauffällig zu werden. Heute klappt es nicht.

– Ladendiebstahl lohnt sich nicht, my darling, schade um die Tränen in der Nacht, summt HP.

Die Verkäuferin legt eine Hand an den Rucksack, die andere auf seinen Arm. Aus dieser Geste, denkt HP, könnte sich eine Liebesgeschichte ebenso wie ein Kriminalfall entwickeln. Sogar eine kriminelle Liebesgeschichte oder ein Krimi mit melodramatischen Zügen. Leider wird sie das langweiligste tun, das ich mir vorstellen kann, nämlich ihm die Bücher abknöpfen.

Er nimmt Novalis fest zwischen die Finger, nähert sich im Rücken der Verkäuferin, holt aus und – zack – trifft der Band das Glas mit kaltem Nescafé auf dem Verkaufstisch. In hohem Bogen fliegt es durch den Raum, der Kaffee kommt nicht hinterher und verteilt sich in Tropfen und Tröpfchen auf dem rotbetupften weißen Kleid der Verkäuferin. Die Frau zuckt zusammen, der Schriftsteller reißt den Rucksack weg und rennt. Ob die beiden je zusammenkommen? Das wär doch mal eine Liebesgeschichte.

– You bloody bastard!, brüllt sie ihm nach.

– Sorry, sagt HP und reicht ihr ein Papiertaschentuch.

Vor der Tür hält ein Mietwagen. Reinhardt kurbelt die Scheibe runter und weist auf den Band Novalis in HPs Hand:

– Ist das nicht belastend, immer nur so alten Kram zu lesen?

– Ich inhalier ja nicht.

18|Hummer am Hafen

– Heute Abend Hummer!, verkündet Reinhardt.

– O nee ...

– Hummer, mein Lieber, in jedem Fall! Den haben wir uns verdient.

Hat Ilona ihm von unserer Nacht erzählt? Ist Reinhardt auf dem Laufenden und zieht zum Ausgleich die Hummer-Show ab? Es ist nicht einfach, ein Schalentier zu essen, denkt er, wenn man nicht im Training ist. Wie leicht bespritzt man die eigene Hose oder die Bluse der Nachbarin mit Fett ... Wenn dann noch Haltungsnoten verteilt werden, geht gar nichts.

– Es gibt überhaupt nur zwei Dinge, bemerkt Reinhardt, über die es sich nachzudenken lohnt: das Schöne und den Tod. Dieser Hummer ist tot und schön.

– Na, wirft Ilona dazwischen. Was ist mit Liebe?

Liebe, denkt HP, bezeichnet das Schöne auf dem Gebiet des Sozialen. Wenn zwei sich begegnen in gegenseitigem interesselosem Wohlgefallen, dann ist das Liebe. Aber warum sollte ich dir das verraten? Er sagt:

– Ich nehm Gyros.

– Kommt nicht in Frage! Heute muss es Hummer sein.

– Nee, wirklich nicht.

– Als kultivierter Mensch können Sie sich die Gelegenheit nicht entgehen lassen! Sie lesen Proust, da müssen Sie auch Hummer essen. *Die eigentliche Leckerei ist eben nicht die Er-*

findung eines Hungrigen, sondern eine Folge des Nachdenkens
über einen gehabten Genuss, ein Bestreben der Vernunft, die
Begierde danach durch andre Sinne wieder zu reizen. Welchen Genuss jedoch vermag ein ordinäres Gyros Ihrem Gaumen zu schenken?

Warum habe ich seine Einladung zum Abendessen angenommen? fragt sich HP. Interessiert mich das narrative Potenzial der Situation?

– Ich weiß, was Sie denken, sagt Reinhardt. Hummer, ein Tier, das zu viele Beine hat. Erst liegt es hilflos auf dem Salat, wenn man sich ihm mit der Gabel nähert, strampelt es los wie Kafkas Ungeziefer und bedroht einen mit dem Hinterteil.

– Ein Hummer ist kein Skorpion, lacht Ilona. Nu hör aber auf!

– Ich möchte lieber nicht. (HP)

– Hum(m)er ist, wenn man trotzdem lacht, albert Reinhardt.

– Probieren geht über studieren. (Ilona)

– Kein Hummer ohne Kummer! (HP)

Was soll er ihr erzählen und wozu? Etwa: Die Steigerung der Kontingenz, also die Möglichkeit und gleichzeitige Nicht-Notwendigkeit von Liebesbeziehungen durch immer mehr Wettbewerb von Menschen und Meinungen, führt zu einer fortgesetzten Verwirrung auf dem Gebiet der Liebe. Was meinen wir, wenn wir von Liebe reden? Da widerstreiten sich unterschiedliche Ansichten. Der gelangweilte reiche Erbe, der gern ein fremdes Leben inszenieren möchte, die Frau mit DDR-Hintergrund, die raus will aus einem Standard-Lebenslaufes, meine karrierebewusste Schwester, die Aufsteigerin, – sie alle haben verschiedene Maßstäbe, Perspektiven, Konzepte und Redeweisen.

HP nimmt das Messer in die Hand.

– Hummer ist ein Zuhälteressen, sagt er.

Ilona legt ihre Hand auf seinen Unterarm; dabei hat er gar nicht vor, das Besteck als Waffe einzusetzen.

– Es ist entschieden!, verkündet Reinhardt. Hummer für alle!

– A really good choice, Sir. Der Kellner gibt die Bestellung in seinen elektronischen Block ein und geht.

– Das war ein wunderbarer Ausflug, schwärmt Ilona. Schade, dass du so lange schläfst. Wir haben eine verträumte Bucht gefunden. Ich konnte kaum glauben, dass es so etwas gibt, die Berge, die Palmen, das Meer. Wir waren ganz allein!

Hat sie es ihm verraten oder nicht? HP stellt sich ihren Ausflug vor. Die beiden schrauben sich mit dem Wagen die engen Serpentinen hinauf. Ilona starrt den Abhang hinunter. Sie hat Angst; verrutscht nur ein Buchstabe, dann wird aus dem Abhang ein Abgang.

– Du, ..., setzt sie zur Beichte an und kann den Blick nicht vom Abgrund wenden.

– Ich weiß!, sagt der und erhöht die Geschwindigkeit.

Der endlose Himmel, die jungen Pinien am Straßenrand, gepflanzt aus EU-Mitteln ... Im Innern des Wagens elegische Musik. Und plötzlich verreißt Reinhardt das Steuer. Das Vorderrad gerät von der Straße, Großaufnahme, das Auto schlingert aus der Spur und ab in die Tiefe. Überschlägt sich in Zeitlupe, doch noch bevor die beiden am Rande des schier endlosen Meeres in Flammen aufgehen, ruft Ilona:

– In welchen Film sind wir da geraten?

Schnitt.

– Du hast nicht wirklich was gegen Hummer?, fragt Ilona. Anders. Sie fahren durch die Berge. Sagt Ilona ganz sachlich:

– Ich war mit HP im Bett.

Reinhardt bremst abrupt, fragt:

– Was habt ihr getan?!

– Na, Nägel gekaut nicht.

– Unter diesen Umständen, ziehe ich selbstverständlich jedes Angebot zurück.

Er bittet sie auszusteigen, mitten in der Einsamkeit, ohne Umschweife, in aller Freundschaft, damit ihm wenigstens dies Schlussbild bleibt: Frau auf Krücke bleibt in der Wildnis zurück.

Kilometerweit schleppt sich Ilona über öde Hänge, durch dunkle Wälder, keiner kommt. Oder schlimmer, gerade wird es dunkel, da hält ein klappriger Ford mit einem Mann, der sagt:

– *Es ist schon spät, es wird schon kalt. Was irrst du einsam durch den Wald?*

Auf dem Beifahrersitz liegt eine Knarre ... Doch dann ... Das mag sich HP nicht ausmalen ...

Vielleicht noch anders: Reinhardt stoppt den Wagen, weigert sich auch nur einen gemeinsamen Kilometer weiterzufahren, steigt aus und verschwindet zwischen dunklen Bäumen. Sie ruft ihm nach: *Es ist schon spät, es wird schon kalt. Kommst nimmermehr aus diesem Wald!*

Oder sie haut ihm kurzerhand die Krücke über den Schädel. Das sind Geschichten! Darauf kommen weder Ilona noch Reinhardt! Aber HP weiß noch immer nicht, ob er den verflossenen, den betrogenen oder den geheimen Liebhaber spielen soll.

Reinhardt küsst Ilona auf die Wange, um sein Terrain zu markieren. HP schluckt seinen Speichel hinunter.

Der Wein wird gebracht. Ilona und HP tunken Brotstücke in Olivenmus und Kräuterbutter und schauen zu, wie Reinhardt die Flasche vors Licht hält, das Etikett liest, *Chardonnay Dionysos – a cristal clear wine, yellow gold with an attractive green hue bursting with ...*, einen Schluck nimmt, *peach and...*, kaut, *and green apple*. Er nickt.

– Very well, Sir ...

Der Kellner schenkt ein und zieht sich diskret zurück unter das weinlaubüberwucherte Dach vor der Küche. Reinhardt hebt das Glas:

– Ich erhebe mein Glas darauf, dass wir uns doch noch gefunden haben.

Natürlich könnte HP jetzt beginnen:

– Ilona hat es dir gewiss schon erzählt.

Oder:

– Hat Ilona es dir schon erzählt?

Was würde Reinhardt antworten?

– Schwamm drüber. Sowas passiert.

Oder:

– Ja, ja, in allen Einzelheiten. Sie sagt, du rammelst wie ein kleiner Osterhase.

Oder:

– Nein, erzähl! Wie ist sie denn?

HP könnte Ilona fragen:

– Er oder ich?

Was würde sie antworten? Sie sagt:

– Was geht's uns gut!

Sie stoßen an.

In der Gasse geht eine Frau vorüber. Sie wendet sich um, ob ihr jemand folgt, aber bis jetzt es ist nur HPs Blick. Es ist die Frau, die im *Dionysos* auf Reinhardt gewartet hat. Ob Reinhardt mit ihr vögelt? Wenn sie jetzt noch zwei Schritte

macht und den Kopf leicht nach rechts dreht, wird sie ihn entdecken. Der jedoch ist schneller!
– Ihr entschuldigt mich ...
Und springt auf.
– Was ist?, fragt Ilona.
– Eine andere Frau, antwortet HP.
– Du spinnst. Der ist verguckt in mich. Ob forever oder Lebensabschnitt ist mir egal, in jedem Fall hier und jetzt, was glaubst denn du?
– Und wir?
– Das ist eine andere Geschichte.
– Hast du sie ihm erzählt? Wenn ich sie ihm erzähle?
– Vielleicht hab ich sie längst erzählt. Frag ihn!
Reinhardt kehrt zurück:
– Nur mal eben Fingerwaschen.
HP fragt:
– Kann es sein, dass ich Sie neulich Abend auf einer Yacht hier im Hafen gesehen habe?
– Hier im Hafen? Ausgeschlossen. Oder ich habe einen Doppelgänger. Im Übrigen ... Selbst wenn, wäre es gar nicht schön, mich zu verpetzen.
Er lacht.
Der Hummer wird serviert. Ilona atmet tief und voller Vorfreude in ihrem auffälligen, sehr engen, sehr türkisen Top. Die Brüste beben, die Zunge fährt feucht zwischen den Lippen hervor. Surrealistische Abendmahldarstellung, denkt HP, weiblicher Christus in Türkis segnet Apostel mit erigiertem Hummer, Max Ernst, ca. 1925. Die Männer starren auf ihren Kelch, sie jedoch weist mit gekreuzten Zeige- und Mittelfingern auf das Tier.
Dann legt sie los, reißt und puhlt an ihrem Hummer, ent-

deckt immer neue Möglichkeiten, ins Innere vorzudringen, setzt die Finger ein, ohne dass es ihr peinlich wäre. Reinhardt dreht mit bewundernswerter Nonchalance zunächst die Scheren ab, hebelt dann so systematisch wie entspannt deren Inneres in einem Stück heraus.

HP dagegen hat sich fest vorgenommen, er wird den Hummer zerlegen, irgendwie auf dem Teller verteilen, aber kein Stück probieren. Er drückt und kratzt mit dem Messer am Panzer herum, rutscht ab, bricht ein, quetscht. Zack – schnippst ein Stück auf Ilonas Brüste. Sie nimmt es beiläufig ab, stopft es in den Mund.

– Soll ich ihn dir ausnehmen?

Sie, verständnisvoll, mit Blick auf den Hummerhaufen vor ihm. Sein nächstes Stück landet in ihrem Weinglas; auch das nimmt sie nicht übel. Schüttet einfach den Wein in die Blumen und lässt das Glas von Reinhardt frisch füllen.

HP sieht Reinhardts enormen Bauch wackeln. Der Mann hat keine Probleme mit Frauen, solange er sie mit Einladungen, Ausflügen und Fischmahlzeiten traktieren kann. Aber nachts?

– Ihr armer Hummer! Sieht aus wie unter 'ne Dampfwalze geraten, haha, witzelt Reinhardt.

HP schaut sich die beiden fröhlichen Menschen an. Sie zwingen ihn ein Tier zu ruinieren, ohne satt zu werden. Sie gieren danach, Fehler zu entdecken. Wenn, wer man ist, davon abhängt, mit wem man gerade umgeht, denkt HP, dann bin ich heute Abend eine Laus.

Identität und Persönlichkeit, hat er erst neulich seiner Schwester erklärt, drohen aus dem Gleichgewicht zu geraten, forciert durch die Projekthaftigkeit deiner Arbeits- und Lebensform als *IT Business Engineer*. Ein kohärentes Selbst kannst du unter diesen Bedingungen kaum mehr ausbilden. Wer du bist, hängt davon ab, mit wem du es gerade zu tun hast, etwa mit mir. Mir gegenüber bist du die aufmerksame Schwester. Ich sitze da, schon stabilisiert sich dein Selbst. Durch mich! Gern geschehen! Das ist natürlich keine Dauerlösung. Die Steigerung der Kontingenz, also die Möglichkeit und gleichzeitige Nicht-Notwendigkeit deines Lebens durch immer mehr Wettbewerb, führt schließlich zu einem Rückgang biographischer Selbststeuerung. Ergebnis: Eben bist du so und gleich ganz anders. Eine Frau ohne Eigenschaften!

Natürlich konnte sie die Wahrheit nicht ertragen:

– Sieh du lieber zu, dass ich zufrieden mit dir sein kann, dann bist du auch zufrieden mit mir und mit dir selbst. Na also!

– Identität und Persönlichkeit, setzt HP an, drohen aus dem Gleichgewicht zu geraten.

– Darauf trinken wir!, ruft Reinhardt.

Ungestüm greift HP zum Weinglas. Greift, das Glas kippt, seine Hand schnellt rasch hinterher, klasse Reaktion, aber anstatt es aufzufangen, gibt er dem vollen Glas auf seiner Flugbahn erst so richtig Schub. Zack! Blödes Top in Türkis!

Ilona kreischt auf, lacht dann aber.

– Nicht so schlimm, nur feucht!

Reinhardt schnipst mit den Fingern nach dem Kellner. Er winkt, zeigt auf den Tatort mit der Autorität des anspruchsvollen Verbrauchers. Sofort springen zwei Mann mit Geschirrtüchern und Servietten herbei. Ilona lacht heiter immer weiter, ein angenehmes Lachen, Reinhardt stimmt ein. Sie lachen nur über das Missgeschick, nicht über ihn. Trotzdem ...

158

– Nun lachen Sie auch mal!, sagt Reinhardt.

Eine Minute später ist der Tisch neu gedeckt mit Wein, Brandy und Kaffee. Ilona sitzt lachend da mit besudelter Bluse, Reinhardt lehnt sich unbefleckt lachend zurück und HP versteht, da wird ein Ferienerlebnis auf seine Kosten konstruiert. Weißt du noch, der Hummer, das Weinglas, was haben wir gelacht!

HP spürt plötzlich jede seiner Zahnkronen, so alt fühlt er sich.

In diesem für seine Selbstachtung so kritischen Moment muss etwas geschehen, wird etwas geschehen und es geschieht. Wieder fällt das Licht aus. Von eben zu jetzt stockfinstere Nacht. Nicht bloß im Lokal, auch drum herum, im ganzen Ort. Das Gespräch erstirbt, die Sternenwelt tritt hervor. HP schleicht sich davon. Das letzte, was er hört, ist die Stimme einer fröhlichen Kellnerin:

– Enjoy your meal, if you can find it.

19|Humboldt der Hahn

Dunkel war's, der Mond schien stille, als ein Mann mit einer Brille, schweigend ins Gespräch vertieft, lautlos sich zur Ordnung rief ...: Ich hätte so nicht gehen sollen! Er bleibt stehen. Alles falsch, immer falsch. Warum fallen ihm nicht mal im rechten Augenblick die richtigen Worte ein? Das Beste an diesem Abend ist der Stromausfall. Die Milchstraße lockt in aller Pracht. Man möchte sich in ihr verlieren, muss aber unten bleiben. Melancholie statt Lichtverschmutzung. Trotzdem kommt er nicht von dem Gedanken los: Ich hätte so nicht gehen sollen!

Ich kann mit euch nicht reden, hätte er sagen sollen. Ihr wollt Recht haben mit Tischsitten, Liebe und mit allem anderen auch. Reinhardt gibt den weltoffenen Bourgeois, Ilona den lustigen Mitmach-Michel, und mir fällt nichts ein.

Er stolpert über eine dösende Katze. Wenn ich in Ruhe aufgestanden wäre, einfach gesagt hätte: Ich gehe. Ohne weiteren Kommentar. Dann diskussionslos das Restaurant verlassen hätte, das wäre ein Abgang gewesen.

In den Bars werden Kerzen und Öllampen verteilt, grummelnd nimmt ein Notaggregat seine Arbeit auf. HP fühlte sich hilflos, Ilona und Reinhardt weideten sich an seiner Hilflosigkeit, das machte ihn noch hilfloser, aber er konnte doch nicht sagen, hört auf, mich hilflos zu machen. Das konnte er nicht. Sofort wären tausend Tipps zur Selbst-Optimierung auf ihn eingestürzt und grundloser Optimismus, so dass er sich nie wieder getraut hätte, die eigene Hilflosigkeit einzugestehen. Naja, er hat sich ja nicht getraut. Von Hilflosigkeit will keiner wissen. Hilflosigkeit – nein danke!

Lieber hätte ich ihnen eine Geschichte vorflunkern sollen. Fiktionales Erzählen um die eigene Hilflosigkeit zu verhüllen. Stattdessen enthüllen, ich bin Alkoholiker, bankrott, leide an Depressionen, habe einen durch und durch zerrütteten Charakter und vor allem einen kaputten, aber in sich stimmigen Lebenslauf. Ich eigne mich als Thema und Objekt eurer Konversation.

Wieder liegt da eine Katze. Er weicht aus. Sie rührt sich nicht. War nur ein Tau.

Vor Jahren hat er in einem Literarischen Kabarett eine Anekdote gehört: *Kommt Kafka zum Arzt: Herr Doktor, Herr Doktor, heute geht's mir gar nicht gut! – O, antwortet der Arzt, ich glaub, Sie haben 'ne Biographie ...*

Damals hat er gelacht. Biographie als Krankheit. Eine Krankheit, denkt er heute, die man sich zulegt, um mitreden zu können. Die Geschichte eines Lebens, das nur so und nicht anders kommen konnte und musste. Egal was einer ursprünglich wollte, am Ende hat er ein Schicksal. Punkt, aus. Von seinem Schicksal hätte er reden sollen. Leute lieben es, wenn jemand zugibt, Objekt höherer Mächte zu sein. Das fällt ihm zu spät ein. Jetzt will er sich verkriechen wie seine Katze, kurz bevor sie starb. Was sind das nur für lange Einsamkeiten, hier, wo am Ende der Hafenpromenade der Ort *mit letzten Häusern seinen Gast entlässt ...*

Rechtzeitig, bevor die lyrische Stimmung in Prätention und Selbstzweifel umschlägt, meldet sich eine Stimme. Nicht in seinem Kopf, nein, wirklich, von draußen:

– Ah, da ist ja mein Retter!

Im flackernden Licht einer qualmenden Fackel sitzt der ambulante Schriftsteller unter einem bunt bemalten Schild mit Leuchtturm und der Aufschrift *Faros.*

– Darf ich Sie zu einem *Mythos* einladen?

HP setzt sich. Warum nicht. Zwei verlassene Männer und glücklose Erzähler betrinken sich gemeinsam in einer Hafenkneipe.

– *Der Mythos,* setzt der ambulante Schriftsteller im *Faros* an, *stellt eine der wichtigsten Formen der Reduktion dar, mit der die Komplexität der modernen Welt, ihre Dynamik und Unübersichtlichkeit, begreifbar gemacht werden kann.* Sie sind verwirrt, also brauchen Sie einen Mythos. *Wie ein Filter wird er der realen Welt vorgeschaltet und verleiht den Objekten Form, Farbe und Charakter* ...

Ein Kellner im kurzärmligen Hemd serviert frisch gezapftes *Mythos*-Bier. Sie stoßen an.

– Haben Sie mal gemerkt, wie die Farben sich ändern unter Alkoholeinfluss?, fragt der ambulante Schriftsteller dann. Aber, wenn das Bier *Mythos* heißt, wie heißt dann der Ouzo?

– Der heißt dann *Logos*!, sagt HP, wie sonst? Two *Logos*-Ouzo, please.

– Logos, Sir? fragt der Kellner, bringt jedoch zwei ortstypische *Hera*-Ouzo.

Sie stoßen an und kippen den Schnaps.

– Two more!, ruft HP.

– Ich komme eben von meiner Kneipenrunde nach Hause, erzählt der ambulante Schriftsteller, Sie glauben's nicht, da sind die Schlösser ausgewechselt. Was sagt man! Meine Reisetasche steht gepackt vor der Tür mit Rasierzeug, Wechselwäsche und einem schönen Gruß von meiner Frau: *Lieber Sokratis*, schreibt sie, *es ist nicht wegen der Kinder, wir haben ja keine. Es ist nur, dass ich keine Lust mehr habe auf Literatur. Ich liebe lieber Panagiotis, den Elektriker. Der hat auch kein Talent, aber bei ihm merkt es niemand außer mir. Alles Gute für deinen weiteren Werdegang wünscht Effie.* Kein Talent? Was weiß denn die!

– Kennen Sie den? Kommt Kafka ...

– Den mit der Biographie? Kafka wollte sein Leben lang dichten, aber nicht Dichter sein mit 'ner Dichterbiographie. Und was hat er erreicht? Über ihn gibt es mehr Biographien als über sonst wen, oder?!

– Warum schreiben Sie die Geschichte mit ihrer Frau nicht auf?

– Die ist so trivial, die würde ich nie schreiben. *Wer Großes will, muss sich zusammenraffen,* aber da ist weit und breit nichts Großes, bloß Ignoranz und Missverständnisse. Ich weiß schon, weshalb ich nicht schreibe, schon gar nicht meine Lebensgeschichte. Der Mythos Lebensgeschichte ... – Er bekommt noch ein *Mythos* serviert. – ... besagt, dass sich das Leben als Geschichte auf ein Ziel hin bewege. Total Telos, total fixiert! Die komplizierte und komplexe Wechselwirkung zwischen sozialer Schichtung, Politik und Psyche weicht einer Reduktion auf eine primitiv lineare, stringente Handlung. Ich meine, das ist Courths-Mahler und nicht Kafka! Sie sehen blass aus.

HP will etwas über Hummer sagen, von Ilona erzählen, von Reinhardt und wie ihm heute Abend die Milchstraße erschienen ist, da ist der andere schon weiter.

– *Man reist ja nicht, um anzukommen,* sagt er, und *man schreibt ja nicht, um fertigzuwerden.*

– Oh, sagt HP, ich ...

– *Wer dichten kann, ist Dichtersmann.* Ist Ihnen das klar? Nicht, wer schreibt! Weshalb sollte sich die Existenz als Schriftsteller über das Produkt und den Markt als Ziel seiner Arbeit definieren? *Es gibt einen Satz, der unangreifbar ist, nämlich der, dass man Dichter sein kann, ohne auch irgendjemals ein Wort geschrieben oder gesprochen zu haben. Vorbedingung ist aber der mehr oder minder gefühlte Wunsch, poetisch handeln zu wollen.*

– Okay, sagt HP, ich bin deprimiert und selber schuld.

– Man ist nie deprimiert aus eigener Schuld. Humboldt zum Beispiel war oft deprimiert. Deprimiert bis zur Depression. Aber war er schuld?

– Welcher Humboldt?

– Alle beide. Der Humboldt an sich. Der Humboldt in uns allen. Kurz: Der Humboldt, den ich als Beispiel benötige. Mann, stellen Sie Fragen! Humboldts also wurden ständig mit Biographie bedroht. Ja, welcher war denn nun schwul und weshalb der andere nicht? Nicht zum Aushalten! Also wurde Alexander Reisender in den Anden, sein Bruder Wilhelm in den Gebirgen der Sprache. Und was hat es ihnen gebracht? Jede Menge Biographien. Ist das nicht furchtbar? Und Sie? Sind Sie schwul oder wollen mir sonst ein Geheimnis mitteilen?

Er wartet; HP ist bockig.

– Recht so! Vergessen wir Geheimnisse und Biographien. Das Leben ist wie es ist. *Wer es auf eine Biographie reduziert, nimmt dem Menschen das Gesicht, die Haut, den Körper, die Seele, den Eros. Der, dem das geschieht, wird immer hinfälliger. Er leidet an Gedankenflucht, an Herzschwäche und verwandelt sich im Augenblick, in dem der Biograph (oder die Biographin) die fertige Geschichte, schön gebunden, mit selbstgefälligem Schutzumschlag, vor sich auf den Schreibtisch legt, in totes, bedrucktes Papier.*

Der redet, als ob er sonst keine Zuhörer fände, denkt HP. Aber recht hat er. Ich bin gerade noch entronnen. Biographie mit Hummer und Ilona, meint Reinhardt. Biographie mit Schwester, stellt sich meine Schwester vor. Biographie einer Zweitbesetzung, überlegt Ilona. Sie alle reduzieren mich auf einen sogenannten Charakter, den ich dann darstellen soll. Nee, nee. Ich bin zwar immer HP, die Hauptperson, mit Novalis am Straßenrand, mit Hummer am Tisch, mit Ilona im Bett, aber doch nicht konstant derselbe Mensch.

– Manchmal ..., sagt er.

Aber der andere ist schneller:

– Wer eine Biographie hat, lebt nicht mehr, sondern ist Hauptperson einer im Grunde ihm längst fremden Geschichte. Man bräuchte Geschichten, die wie das Leben sind, widersprüchlich und immer anders. Der Hang der Leser zur Biographie hat mir das Genick gebrochen. Niemand will Geschichten lesen mit Hauptpersonen, die nicht wissen, woher, wohin, wozu und was das soll. Wenn meine Frau mich verlässt, das ist eine klare Geschichte. Sowas wollen die Leser, aber sowas schreibe ich nicht! Ich schreibe überhaupt nix mehr! Wenn ich behaupte, mich auf Samos vor der CIA zu verstecken. Das kommt an. Schwer zu glauben, aber abenteuerlich. Okay, sage ich, ich schreibe die Geschichte zwar nicht, aber ich erzähle sie Ihnen exklusiv, heut Nacht, in Ihrem Bett.

Wirklich ein ziemlicher Angeber. Ob HP von ihm was lesen würde, falls er schriebe? Eher nicht.

– Was geht's uns gut. Stimme eines Mannes.

– Ja, uns geht's wirklich gut! Stimme einer Frau.

Die am Nachbartisch sind offenbar mit sich und ihrer Biographie zufrieden.

HP wendet sich um und starrt in humorlose Augen, verbitterte Nasenlöcher. Die Frau raucht eine Zigarette und balanciert die Asche solange, bis sie von allein runterfällt.

– Vielleicht ist sie Politesse, flüstert der ambulante Schriftsteller. Ich meine, so wie sie guckt. Und der Mann …

– Steuerprüfer, schlägt HP vor, Hauptsteuerprüfer oder Obersteuerprüfassistenten-Ausbilder. Sie dagegen könnte auch Zahnärztin sein.

– Oder er ist Oberbefehlshaber a. D.

– Jedenfalls haben sie sich kennengelernt auf einem Parkplatz vor REWE in Bad Bentheim.

– Kennen Sie Bad Bentheim?

– Harald, sagt die nebenan.

– Gudrun, sagt der nebenan.

– … auf unser Leben!

– Sie haben sich vor kurzem kennengelernt, fabelt der Schriftsteller weiter. In Bad Bentheim beim Einparken. Sie ist Politesse, er steuert das Auto. Er fährt ihr über die Füße, küsst den leichtverletzten Spann, und sie verzeiht ihm im Krankenhaus.

HP lacht, plötzlich schmeckt das Bier nach Alkohol. Am besten werfe ich zwei Aspirin ein und steige auf Mineralwasser um. Oder ich greife zu Höherprozentigem.

– *Logos*, please!

Der ambulante Schriftsteller und HP stoßen an; der Ouzo schwappt über den Rand.

– Hören Sie, Sie Doppel-Biographie!, ruft der ambulante Schriftsteller. Kommt Kafka zum Arzt und sagt: *Ich würde ganz gern – warum denn nicht – einen Ausflug mit einer Ge-*

sellschaft von lauter Niemand machen. Natürlich ins Gebirge, wohin denn sonst? Versteht sich, dass alle in Frack sind. Wir gehen so lala, der Wind fährt durch die Lücken, die wir und unsere Gliedmaßen offen lassen. – Sagt der Arzt: *Die Hälse werden im Gebirge frei! Es ist ein Wunder, dass Sie nicht singen.*

– *Ich wollt', ich wär' ein Huhn,* singt HP.

Die zwei am Nebentisch gucken sich nach Hilfe um.

– *Ich wollt', ich wär' ein Hahn, dann würde nichts getan. Ich legte überhaupt kein Ei und wär' die ganze Woche frei...*

– Lassen Sie uns bitte zufrieden!

– Zufriedenheit ist die Droge der Idioten, lacht HP, Sie altes Geflügel!

Endlich fühlt er sich als Hauptperson.

– Sie sind ja betrunken!

HP springt auf und schlägt mit den Flügeln:

– Tok-tok-tok-tok-tooak!

– Go out, immediatly!, ruft ein Kellner mit zum Kampf geballten Fäusten.

Im letzten Moment geht eine fremde Gestalt dazwischen.

– Hallo, flüstert Humboldt, der Hahn, und drückt HP in seinen Korbsessel. Kennst du mich denn nicht?

– Du bist Humboldt, der Hahn.

– Wer?

– Humboldt, der Hahn!

– Wer?

– Mensch, Eva! Was macht dein ... Gynäkologe?

– Zahnarzt!

20|Mücken und Melancholie oder Bettgeschichte

Die schönsten Geschichten sind Bettgeschichten.
Heiliger Schlaf – beglücke zu selten nicht der Nacht Geweihte
... Nur die Thoren fühlen dich nicht in der goldnen Flut der
Trauben – in des Mandelbaums Wunderöl, und dem braunen
Safte des Mohns. Sie wissen nicht, daß du es bist der des zarten
Mädchens Busen umschwebt und zum Himmel den Schoß
macht ...
HP liegt wach. Ich bin in eine neue Geschichte umgestiegen, denkt er. In seinem Kopf redet es von Liebe, Freiheit, Eigensinn, von Lieben und Leben, Liebespfand, von Aufbruch, Vorwand, Lieblosigkeit, von diesem und jenem, das einem zu diesem Thema einfallen mag. Liebe ist kein Gefühl, sondern romantische Erzählung von einem Gefühl! Liebe ist ein Experimentalroman. Aber wie schreibt man ihn?

Er dreht sich auf die andere Seite und will wieder einschlafen. Er atmet ruhig und tief. Er imitiert Schlafen, um den Schlaf herbeizulocken. Er drückt das schwarze Handtuch eng ans Gesicht, damit es vollkommen dunkel ist. Er will jetzt nicht über den Roman seiner Liebe nachdenken, sondern im himmlischen Schoß entschlafen. Er zählt seine Atemzüge, eins, zwei, eins, zwei ... Er zählt immer langsamer. Beinahe ist er soweit. Mein Leben, denkt HP, besteht aus vielen Geschichten, mit meiner Schwester, mit Ilona, mit

Reinhardt, mit ... Keine ist die richtige. Es ist auch keine ganz falsch. Jede der Geschichten wird ja aus einer anderen Perspektive erzählt, die ich von Eltern, Fernsehen, Internet übernommen habe. Geschichten und soziale Schichten ... Kein Satz ist neutral.

Ist die Geschichte mit Eva eine Alternative zu der mit Ilona? Ist die Wideraufnahme einer vergangenen Erzählung, in der ich bereits einmal Hauptperson war, vielleicht sogar besser?

Anders als Ilona gibt es mit Eva kein Morgen, sondern ein Sich-Verkriechen im Heute vor dem Heute.

Wie still es ist. Weshalb läuft die Air Condition nicht? Er schiebt das Handtuch von den Augen. Die Tür zum Balkon steht weit offen. Dadurch hat sich die Klimaanlage ausgeschaltet. Eva braucht Luft; deshalb ist sie für Klimaschutz. Eva schläft neben ihm. Ihn juckt der Fuß. Lass jucken! Ich entspanne mich, denke an Eva, das Jucken vergeht. Mensch Eva, nicht aus dem Paradies, sondern aus einem Baptisten-Haushalt. Er weiß zwar nicht genau, was Baptisten erziehungspraktisch treiben, in Evas Fall führte es dazu, dass ihr Mund stets ein bisschen geöffnet ist und ein kleiner Speicheltropfen in ihrem Mundwinkel glitzert. Eva, die linguistische Anfängerin, sitzt speichelnd im Tutorium und unwillkürlich speichelt er auch. *Heiliger Schlaf ... die Thoren ... wissen nicht, daß du es bist der des zarten Mädchens Busen umschwebt und zum Himmel den Schoß macht ...*

Jetzt juckt seine Hand. Nicht dran denken. Evas Nachname klang so wie Klingsor. *Es ist mein trefflicher Freund Klingsor, der Dichter ... Er hat eine schöne Tochter ...*

Klingsor klingt so viel besser als Huckenduppel oder Muggenpuhl oder wie immer ihr Gynäkologe heißt. Wenn Frauen mehr auf ihren Namen achten würden, bliebe ihnen manches biographische Desaster erspart.

Durch die Ohrstöpsel hört er ein aggressives Sirren und Surren. Blutsauger im Anflug. Wenn sie wenigstens zufrieden wären, einen in aller Stille anzuzapfen. Er schlägt ins Leere. Eva und er auf der Soziologenfete. Mit dieser Erinnerung müsste er doch einschlafen können. Die berühmten Soziologenfeten finden im *Elchkeller* statt. Am Eingang begrüßt ihn ein Plakat. Vor einem Prospekt mit Berglandschaft sind fünf Elche in Wintermänteln und Hüten zum grinsenden Gruppenfoto aufgebaut: *Die schärfsten Kritiker der Elche, waren früher selber welche.* In einer dunklen Ecke steht ein Sofa vom Sperrmüll. Jemand zündet sich einen Joint an; er erblickt Eva.

Sie sitzt mit ihrem schmalen Hintern auf der Lehne, die Füße auf der Sitzfläche, klein, mit traurig lächelndem Gesicht und kugelrunden Murmel-Augen. Ihr Speicheltropfen glitzert im Licht blinkender Disco-Lights.

– Na, sagt sie, harte Zeiten für Melancholiker, was?

– Wieso für Melancholiker?

– Fete und gute Laune.

HP wischt das Speicheltröpfchen mit dem Finger fort; sie ergreift seine Hand und streichelt ihre Wange.

Was haben die Eva im *Elchkeller* und die Eva im Bett neben ihm miteinander zu tun? Ist es die gleiche Eva?

– Die Intellektuellen, erklärt sie ihm auf der Soziologenfete eines vergangenen Jahrhunderts, sind die Hofnarren der bürgerlichen Gesellschaft. Deshalb sind sie melancholisch, korrupt oder saufen.

Sie lacht. Dann läuft *Eisbär* von Grauzone: *Ich möchte ein Eisbär sein Im kalten Polar Dann müsste ich nicht mehr schrein Alles wär so klar. Eisbärn müssen nie weinen.*

Warum habe ich nicht die Mückenschutzmilch benutzt? Weil Eva den Geruch nicht mag. Sie schläft zufrieden und ich bin wach. Den Rest der Nacht werde ich kein Auge zu tun, *heiliger Schlaf* – von wegen. Unausstehlich müde werde ich sein, überreizt. Morgen Abend werde ich mit dem Gefühl ins Bett gehen, ich kann sowieso wieder nicht schlafen. Wenn man erst mal drin ist im negativen Flow ...

– Eisbären sind die wahren Melancholiker, sagt Eva damals, als sie in ihrer Wohnung ankommen.

Das antiquierte, schmale Schlafsofa passt wunderbar schlecht zu den Birkenfurniermöbeln aus ihrem Jugendzimmer. Liebe heißt, das Disparate lieben, behauptet sie. Im Regal stehen zwischen alten Bilderbüchern schmale Bände mit Dada-Texten: *Wie erlangt man die ewige Seligkeit? Indem man Dada sagt. Wie wird man berühmt? Indem man Dada sagt ... Dada m'dada, Dada mhm'dada, Dada Hue, Dada Tza.*

– Die Befreiung der Sprache aus den Mustern sozialer Herkunft, verlangt Eva, indem diese Muster systematisch gestört werden. Ich meine, man wird sie ja nicht los.

Aha, denkt er, sie versucht, sich interessant zu machen, und küsst sie auf die Augen.

– *Thou art from the back as from the front: E – V – E,* zitiert HP. *Eve Blossom, thou drippy beast, I love thine!*

Dann rutscht er zu ihr unters Deckbett.

– Dieser Beischlaf wird weder zu unserer Identität, noch zur sozialen Integration beitragen, verkündet sie und küsst, als ob sie ihn verschlingen möchte. Wir sind nicht miteinander im Bett, um eine Familie oder eine Beziehung zu gründen. Auch nicht für den Weltfrieden oder wegen der seelischen Hygiene oder zum Spaß.

– Sondern?

– Etwas geschieht, weil es geschieht.

Er kommt sich vor wie unter Wasser, als ob die Zeiten über sie hinwegflössen, *des ganzen langen Lebens kurze Freuden und vergebliche Hoffnungen* ... Mit ihr bräuchte er keine Biographie; sie würden sich ihr Leben immer wieder neu erzählen, erzählen und erzählen. Sein linker Arm steckt unter ihren Hinterbacken, der rechte rudert überm Abgrund. *In Liebeskampf? In Todeskampf gesunken? Ob Atem noch von ihren Lippen fließt? Ob ihr der Krampf den kleinen Mund verschließt?*

Sein Bein verkrampft, er stürzt aus dem Bett.

– Was für ein Höhepunkt, lacht sie.

Da lacht auch er, das einzige Mal beim Sex. Dann macht er einen Gedankenstrich und ist zurück auf Samos. Sein kleiner Finger schwillt an. Weshalb wird immer er gestochen, nie die Frau neben ihm?

Er atmet einmal tief durch, zweimal tief durch, richtet sich auf und schüttelt den Kopf. Wieder sucht er in seiner Erinnerung. Fünf Monate nach ihrer *Elchkeller*-Nacht heiratet sie einen anderen mit der Begründung:

– Das ist jetzt einfach dran.

Er schlägt zu, die Mücke entkommt.

– Was'n los?

Eva wacht auf:

– Musst du so einen Tanz aufführen?

– Mensch, Eva ... Die Mücken ...

– Wegen einer kleinen Mücke?

– Dich sticht sie ja nicht.

– Wenn dich das beruhigt, mich hat sie auch gestochen.

– Aber bei mir schwillt gleich der Finger dick an, die ganze Hand!

– Konkurrenz im Leiden? Das meinst du nicht.

Eva knipst die kleine LED-Leseleuchte an und schaut in den Spiegel gegenüber. Sie streichelt seine Schulter:

– Wir zwei sehen ganz schön verlebt aus …

Er schaltet die Leuchte aus und geht auf den Balkon. Ein frischer Luftzug trocknete den Schweiß von der Haut. Regelmäßig blinken die Bojen an der Hafeneinfahrt. Sonst ist noch immer alles dunkel. Samos, Stromausfall und Sternenmeer. Er öffnet den Verschluss der Anti-Moskito-Milch. Eva tritt neben ihn und verzieht die Nase.

– Mensch, Eva! Was machst du hier?

– Etwas geschieht, weil es geschieht. Außerdem pass ich ganz gut in deine Geschichte.

Auf der leeren Mole flammen einsame Straßenlampen auf, deren Form an Hammer und Sichel erinnert. Oder nein, sie sehen eher aus wie altertümliche Füllfederhalter, die man mit dem hinteren Ende in den Boden gerammt hat. Über der spitzen Feder schwebt allerdings eine Sichel, seltsam, sehr seltsam. An der hängt die Leuchte.

– Mein Liebhaber ist gestorben; jetzt mach ich Urlaub mit meinem Mann.

Wie spät mag es sein? Vielleicht vier, die ruhigste Zeit. Eva war schon immer eigensinnig. Sicher nicht einfach, mit ihr verheiratet zu sein, denkt HP gut, dass ich's nicht bin.

Auf den Masten von Segelbooten sitzen kleine Leuchtpunkte wie gefesselte Sterne. In einem Fenster flackert der Fernseher. Noch jemand, der nicht schlafen kann. Vom Hotelgarten her scheint diffuses Licht herauf. Eva hat eins seiner dunkelblauen Hemden übergestreift; vorn steht es offen. Er schaut das Hemd an, das glitzernde Tröpfchen im Winkel der Lippen. Streichelt ihren Bauchnabel.

– Du hast ganz schön getankt gestern Abend, sagt sie.

HP streift das Hemd ein wenig herunter, küsst ihre nackte Schulter, unten raucht jemand eine Zigarette. Ihr Ehemann?

– Mensch, Eva ... Hatten wir was miteinander?

– Heute noch nicht.

Sie leckt mit ihrer Zunge sein Ohr. Dann schweigen sie. Liebe in mediterraner Nacht, denkt er, nicht schlecht. Auf seinen Handrücken ignoriert eine Mücke Moskito-Milch und Romantik. Sie pumpt sich voll. Zack! HPs Blut spritzt ins Freie.

– Eva, was ist das mit deinem Liebhaber?

21|Am Fähranleger

Die große Mole, *26m tief und 300m lang*, steht im Reiseführer, *schon Herodot hat sie bewundert* und jetzt könnte auch HP sie bewundern. Warum nicht, denkt er, ich neige nicht zum Bewundern, aber ich kann ja mal hingehen. Tourismus hilft dagegen, sich überflüssig zu fühlen, warum nicht auch mir? Man schaut sich was Bedeutendes an und fühlt sich selbst bedeutend. Einfach mal nichts Originelles denken, ganz normal blöde sein, beruhigt und blöde, problemlos entspannt. Das ist also die berühmte Mole. Nicht viel zu sehen. Der aufregende Unterbau liegt ja unter Wasser. Links ruht das Hafenbecken, rechts hinter der Mauer wogt das Meer.

Was soll er noch auf Samos? *Gib einem Mann eine Aufgabe und er wird zum Helden!* Wer hat das geschrieben? Egal, vorbei.

Ich mache mal ein paar Schritte zum Leuchtturm vorn auf der Spitze! Ob man von dort das türkische Festland klarer sieht? Ich könnte in die Türkei reisen, überlegt er. Allerdings: ich bin nicht seefest.

Ein graues Marine-Schnellboot ankert im Hafen, keine Matrosen zu sehen. Schön langweilig. Langweilen tut mir gut. Über dem weißen Container nebenan steht *Tickets*. Darunter: *Closed*. Langweilig und schön. Einmal am Tag verkehren Fähren in die Türkei oder nach Patmos, entnimmt er dem Fahrplanausdruck, der an der Scheibe klebt. Sonst passiert nichts, und deshalb passiert mir auch nichts.

Unter einem Tonnendach aus gewelltem Hartkunststoff, eine Art Wartehäuschen ohne Wände, stehen Bänke. So Bänke eben, wichtig nur, wenn einer davon redet. Bedeutungsvoll allein in Großaufnahme. Nebenan rosten eine Fähre und ein altes Frachtschiff, was weiß denn ich, was die hier sollen. Und die Bänke? Ach, lass mich mit den Bänken in Ruhe! Das sonnengelbe Flying-Dolphin-Tragflügelboot hat heute frei und plätschert vor sich hin. Das ist schön, aber auf den Bänken unterm Tonnendach? Da kauert doch jemand. HP schaut einfach nicht mehr hin. Der Kopf ist von hinten kaum zu sehen, so tief hängt er nach vorn. Trotzdem erkennt HP das Kleid, beige mit dunkelgrünen Blumen, in jeder Blüte ein kleines rotes Fruchtblatt.

Da muss man doch drüber hinwegsehen können! Oder? Ein paar Schritte weiter sitzt eine schweigsame Griechin auf einem klapprigen Stuhl. Na, das ist mal ein Idyll. Die Füße auf einen Poller gelegt hält sie eine Nylonschnur ins Hafenbecken. Er könnte zu dieser Anglerin treten und ins Wasser starren, als ob er sich für Fische interessiere.

– Ich weiß nicht, wo ich anfangen soll, sagt Ilona, als er sich zu ihr setzt.

Sie hält den Kopf in den Händen. Will sie heulen? Hat sie geheult? Hat sie auf ihn gewartet, um zu heulen, oder heult sie später?

– Versteh ich, sagt HP.

Was kommt für eine Geschichte?

Zwischen den beiden auf der Bank landet ein kleiner Vogel und tschilpt. Wie nett.

– Tja, sagt sie, wie fängt man an?

– Fang einfach an ...
– Wie geht es dir?
– Alles in Ordnung. Und dir?
– Frag nicht! Es ist so ... Nee, weiß nicht, ob ..., ob ..., ob ...
Oder ganz anders. Frag mich nicht, mir fehlen die Worte.
Diese Frau ist voller Klischees, warum sagt ihr das niemand?
– Erst, sagt sie, aber dann ...
Soll das eine Bettgeschichte werden? Er sollte gehen, das
wäre eben gegangen, aber jetzt geht Gehen gar nicht mehr.
– Dreckskerl!, ruft Ilona. Dreckskerl! Dreckskerl! Dreckskerl!
Der Spatz flattert erschrocken auf. Was denkt er sich in
seinem Spatzenhirn? Ilonas linkes Auge ist zugeschwollen.
– Sieht brutal aus, nicht?, fragt sie.
HP guckt sich um.
– Vielleicht kannst du dir vorstellen ..., sagt sie.
Nein, denkt er, kann ich nicht, muss ich nicht, ist nicht
mein Job. Da drüben ragt ein Rohr aus dem Boden. Das ist
interessant.
– Stell dir vor ...
Oben auf dem Rohr befindet sich ein schlichter Absperrhahn, so ein Ding, das auf Baustellen verwendet wird. Dort
zwitschern fünf Kumpel des Spatzen so laut, dass sich die
Anglerin zu ihnen umdreht.
– Nee, ich schaff's nicht, seufzt Ilona.
Die kleinen Vögel hüpfen und toben derart auf dem Absperrhebel herum, dass der Hahn tatsächlich zu tropfen
beginnt. Sie zwitschern und quatschen und haben Spaß.
– Erst lief es ganz gut ...
Ja, ist denn das zu glauben, da haben die kleinen Vögel es tat-

sächlich geschafft. Kühl und klar sprudelt Wasser aus dem Hahn. Mit großem Gezirpe trinkt und badet der ganze Schwarm.

– Guck mal, die Spatzen!, versucht HP Ilona auf ein schöneres Thema zu bringen.

– Nein, sagt Ilona, ich werde dir nichts erzählen. Es ist zu peinlich.

Die Anglerin tritt zum Hahn, die Vögel schwirren auseinander. Entschlossen sperrt sie ab. Kaum sitzt sie wieder auf ihrem Stühlchen, versammeln sich alle Spatzen am Hahn.

So, entscheidet HP, die Show ist vorbei. Ich geh. Da legt Ilona los:

– Erst war's schön gestern Abend. Nach dem Hummer sind wir am Hafen bummeln gegangen. Die visuellen Einheiten einzelner heller Sterne am Himmel, erklärt Reinhardt, zusammengefasst zu Gruppen von etwa fünf bis zwanzig Sternen, werden als Sternbilder bezeichnet. Wusstest du das? Nö, sag ich. Er weiter: Seit der Antike werden solche Gruppen einer mythologischen Figur, einem Tier oder einem Gegenstand zugeordnet. Wo sind wir?, frage ich. Da sieht er mich mitleidig an. Ich denke: Wäre ich ohne ihn aus Potsdam je rausgekommen? Mein Leben Teil 2, dafür kann ich Reinhardt nur danken.

Und mir? fragt sich HP.

– Egal was draus wird, habe ich überlegt, mit Reinhardt ziehe ich den Schlussstrich unter meine bisherige Existenz. Viermal sind wir die Promenade auf und ab spaziert. Okay, dachte ich, kultivierte Menschen fallen nicht gleich nach dem Abendessen übereinander her.

Sie versucht mich in eine Geschichte hineinziehen, ahnt HP, von der ich nicht will, dass sie existiert, außer vielleicht im Kino.

– Es hätte auch gut gehen können. (Ilona)

– Selbstverständlich, stimmt HP zu, der noch nicht weiß, was schlecht gegangen ist.

Was erzählt sie da? Und vor allem, wie? Sie folgt dem Modell des Entwicklungsromans aus dem 18. Jahrhundert. Zu Beginn der Handlung ist alles im Fluss. Die Protagonisten habe eine Identität. Die eigentliche Hauptperson ist die Erzählstimme. Was auch passiert, wer hat's berichtet? Sie hat's berichtet, exklusiv, mit Überblick!

Nur weshalb so umständlich? Will Ilona die Konstruiertheit der Erzählung betonen, etwa im Sinne postmodernen Erzählens, das sich der vorschnellen Fixierung des Sinns verweigert? Sich also gegen die autoritäre Übermacht abgelagerter Bedeutungsmuster wehrt. Soll das eine experimentelle Montage werden? Weshalb redet sie nicht weiter? Um das Schweigen wirken zu lassen? Um mich neugierig zu machen? Oder weiß sie wirklich nicht, was sie sagen soll? Muss ich dieses Spielchen mitmachen?

Er fixiert ihr Veilchen. Da hat Reinhardt ganz schön zugelangt. Sowas erlebt man nicht alle Tage. Sex und Gewalt, na klar, da hat man was zu erzählen.

– Ich fange noch einmal anders an, unterbricht sie seinen Gedankengang.

Okay, es fällt ihr schwer, von sich zu reden. Sie hat's lange nicht versucht, also Trainingsrückstand. Hat schlechte Erfahrung mit Zuhörern gemacht. Entweder sagen sie: Kenn ich! Dann braucht man nicht weiterzureden. Oder sie sagen: Du spinnst! Dann braucht man auch nicht weiterzureden. HP kennt das alles.

– Verstehe!, sagt er, ohne ihr mitzuteilen, was, denn sie würde es doch nicht verstehen.

– Oben in unserem *Studio* öffnet Reinhardt die Tür zur Terrasse und verkündet: Was für eine samtige Nachtluft!

– Und die Mücken?, fragt HP.

– Was für Mücken? Nee, Mücken waren da nicht. Da leuchteten rote Blüten im Licht der Nacht. O du mein Augenstern, habe ich gedacht, aber nicht gesagt. Reinhardt lacht verlegen und zitiert ein Gedicht: *Von erster Sonne schimmerte der Haarschaum der weiten Wogenscham, an deren Rand das Mädchen aufstand, weiß, verwirrt und feucht.* Naja, sag ich. Sagt er: Rilke.

Lyrik statt Leidenschaft. Das passt zu ihm. Gegenüber zieht sich der kleine Ort vom Hafen den Hang hinauf, ein Haus dicht am anderen, alle voll mit Menschen, die nicht einmal ahnen, dass es sie beide gibt.

– Jetzt kommt der schwierigste Teil der Erzählung. Ich frage mich, was das da drüben für ein Baum ist, sagt Reinhardt, da, zwischen den beiden Häuschen mit den lila Fenstereinfassungen, der so ein bisschen wie eine Tanne aussieht, aber mit so eigenartig gezackten Blättern. Araukarie, sage ich, aber darum geht es nicht. Reinhardt und ich haben gestern Nacht miteinander geschlafen.

Eine triviale Geschichte. Hoffentlich erwartet sie nicht, dass HP Reinhardt zur Verantwortung zieht. Oder zieht sie gar ihn zur Verantwortung, weil er sie hergebracht und ausgeliefert hat? Erwartet sie eine Eifersuchtsszene, eine Liebeserklärung? Will sie Vergebung?

– Jaaa, sagt HP, aha.

Nur so als Rückmeldung, damit sie weiß, er ist noch dabei.

– Der Dreckskerl benimmt sich wie ... 'n Dreckskerl, und ich hab ein blaues Auge!

Sie heult. Das hat HP kommen sehen. Das Rohr mit den

Spatzen ragt noch immer aus dem Boden. Soll er sie in den Arm nehmen?

– Nimm mich in den Arm, sagt Ilona.

Nicht einmal das darf er frei entscheiden. Sie sucht ein Taschentuch, findet keins und boxt vor Wut ihre Handtasche. HP reicht ihr seine Packung. Wortlos grapscht sie eins heraus, so dass die anderen neun auf den Boden fallen.

– Entschuldigung.

– Schon gut.

Er sammelt die Taschentücher ein, stopft sie lose in die Hosentasche und nimmt Ilona wieder in den Arm. Nicht, dass er das nicht gern tut ... Vielleicht nimmt sie an, ich mach das uneigennützig.

– Es tut mir leid, sagt sie. Du findest mich bestimmt ganz unmöglich ... Lass mich lieber los ...

– Nein, nein, das ist schon okay.

– Wir ... Naja, es war nicht eben ekstatisch, flüstert Ilona.

Bestimmt war alles, wie es sein soll, stellt HP sich vor, Mund trocken, Vulva feucht. Er entfernt Reinhardt aus dem Bild und sieht Ilona allein im Bett.

– Also, wir machten es. Sie wird immer leiser. Wir machten es ohne einzustöpseln. Guck mich nicht so an. Herrgott, wie soll ich es denn sagen?

Wenn ich dir vorsagen soll, dann lass doch mich die Geschichte erzählen, denkt HP. Ich könnte das bestimmt besser. Sofern du mir die Details lieferst. Kurz, knapp, sachlich. Ich würde dir mal zeigen, wie man eine Geschichte erzählt! Ein narratives Geflecht statt dieses Gezutzels mit einem roten Faden, der auch noch dauernd abreißt.

– Vielleicht ist es wegen Aids, habe ich gedacht, oder aus Angst vor Fortpflanzung? Ich habe Kondome dabei, sag ich.

Will er nicht. Also Fingerspiel und Zungentanz.

Der Wasserhahn drüben tröpfelt wieder.

– Ist dir auch so heiß?

– Nö. Ja.

Sie nimmt dann doch seine Wasserflasche und den Faden wieder auf.

– Also, ich weiß nicht, wieso, irgendwas überkommt mich, Übermut, Leichtsinn, ich will es wissen ... Ich stöpsle ein. Zuckt Reinhardt hoch wie 'ne Rakete, stößt mich weg, knallt mir eine, klatsch aufs Auge. Und noch eine. Der macht mich fertig! habe ich gedacht.

Ilona windet sich aus HPs Armen los und heult laut. Die Anglerin wendet den Kopf. Die Spatzen haben es wieder geschafft.

– Ich greife meine Klamotten, und raus! Auf der Treppe ruft Reinhardt hinter mir her. Mit so einer albernen, piepsigen Stimme. Damit bloß keiner aufwacht. Es tue ihm leid, er habe es nicht so gemeint, schon gar nicht gewollt, er fühle sich ganz mies, man könne doch reden.

Ilona lässt sich wieder in HPs Arme sinken. Dicke Tränen stürzen ihr aus den Augen; sein Hemd ist an der Schulter schon ganz nass. Sie presst ihre Wange an seine, küsst einige Male seine Augenbrauen. Was soll denn das? fragt sich HP. Da stößt sie ihn weg.

– Reinhardt müsste sich doch bemühen!, ruft sie. Es ist ja nicht nur wichtig, was geschieht, sondern auch, wie man hinterher darüber redet.

Keine fünf Schritte kann ich machen, ohne zu denken, gleich kommt er um die Ecke und dann gibt's was in die Fresse.

Sie heult ein letztes Mal auf, kurz, aggressiv.

– Der meldet sich nicht!

Eine halbe Stunde später betritt HP das *Studio,* um Ilonas Koffer zu packen. Reinhardt ist nicht da. Auf dem Bett eine Nachricht. Er wohnt jetzt im *Kentauros.*

22|Das Kloster zur schönen Aussicht

– Visionäre Villenarchitektur, ins Leben übersetzt, mein Lieber, erklärt Reinhardt als sie aus dem Auto steigen. Kunsthistorisch von keinerlei Wert, jedoch ... Das Kloster *Panagia Spiliani*. Oase des Rückzugs und der Ruhe ...

– Man möchte glatt Mönch werden, sagt Reinhardt, wenn nicht die Religion wäre. Und die Sache mit den Frauen. Schade. Der Mönch als Prototyp abendländischer Individualität ... Ordnung, Identität, Distanz. Leider eingeschränkt durch die Gemeinschaft der Heiligen und derer, die heilig werden wollen.

Zwei weiße, orientalisch anmutende Wohngebäude, eine kleine orthodoxe Kapelle, ein offener Glockenturm, der HP spanisch oder mexikanisch vorkommt. Ja, auch der Italo-Western hat Einfluss auf seine Bildvorräte. Malerisch verteilte Orangenbäume, Pinien, Zypressen; im Hintergrund öffnet sich eine Grotte.

– Hier könnte ich wohnen!, schwärmt Reinhardt. Nicht wirklich, sondern in der Vorstellung. Leben als Ausdruck der Fiktionalisierung eigener Identität, falls Sie verstehen. Ich säße hier und fühlte mich als Dichter. Oder als Maler. Ich hatte von jeher ein Faible für die Kunst. Allein das Schöne vermag das Leben zu rechtfertigen, oder? Na, ist das ein Ausblick?!

Klar ist das ein Ausblick. Die Ruine des *Kastro* und die einzige aufrechte Säule des Hera-Tempels grüßen als kulturgeschichtliche Artefakte, die *Glifada*-Seen glitzern schläfrig in der Sonne, Berge und Meer sind auch da ..., also jede Menge Weite. Über allem startet ein Flugzeug zurück ins flache Leben. Klar ist das ein Ausblick, HP kennt ihn schon aus dem zwölften Kapitel. Falls der letzte Mönch als Fußballtrainer nach Andorra ginge, könnte HP die Gebäude nach eigenen Vorstellungen umgestalten lassen, Schlafzimmer und Bibliothek in einem ... Dazu bräuchte er allerdings das nötige Kleingeld, und wahrscheinlich ertrüge er es gar nicht, hier immer nur herumzusitzen.

Reinhardt klopft seine Hemdtasche ab, seine Hose.

– Was suchen Sie?

– Ich hab sie sonst immer im Hemd ... Meine Kreditkarte. Aber was ich sagen wollte: Von hier kann man übers Land schauen wie über den Roman des eigenen Lebens.

– Sie wollen einen Roman schreiben?

– *Niemand lebt wirklich, über den nicht gut geschrieben worden ist*, formuliert Gertrude Stein. Am besten, man macht es selbst. Aber leider kein Talent und keine Geduld. Der ambulante Schriftsteller hat es glatt abgelehnt, über mich zu schreiben, obwohl ich gut bezahlt hätte. Nein, sagt er mir ins Gesicht, er schreibe nicht für altgewordene Bürgersöhnchen, bei denen es nicht zum Künstler reiche. Ich bin *Lebenskünstler*, sage ich. Das ist keine Kunst, behauptet er, sondern eine Ausrede, um anderen mit seinen Einfällen und seinem Geld auf die Nerven zu gehen. Okay, entgegne ich, Schreiben wird sowieso überbewertet. Man kann sein Leben auch anders fiktionalisieren.

– Sie wollen Ihr Leben mit Ilona fiktionalisieren?

– Tja, mein Lieber, das wäre reizvoll. Aber ich befürchte, Ilona und ich bewegen uns nicht in der gleichen Erzählung. Zweifellos bewegen wir uns im gleichen Raum, jedoch vor einem vollkommen unterschiedlichen Erfahrungshorizont. Ilona wollte aus Potsdam raus. Aufbruch oder Ausbruch. Ist ja nichts gegen zu sagen. Ich hingegen möchte nicht raus, wo heraus denn? Sondern hier und jetzt mein Leben nach ästhetischen Maßstäben gestalten. Glauben Sie ernsthaft, Ilona könnte auch nur zehn Minuten ruhig sitzen und mir ihren Anblick in dieser Kulisse gönnen? Sie würde einen Kaffee wollen, unter Leute wollen, überhaupt irgendetwas wollen. Ilona, sag ich, du musst dich der Situation hingeben, wozu habe ich sie sonst herbeigeführt? Da wird sie zickig und verlangt Mitspracherecht. Wozu? Ich habe sie eingeladen, damit sie ein Leben in Schönheit führt, wenigstens für ein paar Tage. Da gibt es nichts zu diskutieren.

Ein Paar mit Nachwuchs schlendert vorbei. Die kleine Tochter leckt am Eis. Hmmm.

– Heute Morgen beim Einchecken habe ich die Karte noch auf den Tresen gelegt, nein, stimmt nicht, der Mann sagte, das können wir später erledigen ...

Das Paar bewundert die Orangenbäume im Privatgarten des Popen. Der kommt hervorgeschossen, zieht das Mädchen auf den Schoß und ruft:

–Please. You can take a picture.

Das Kind starrt mit weitaufgerissenen Augen den bärtigen Herrn mit dem Haarknoten an und verzichtet aufs Weinen. Die Eltern machen ein Foto; später werden sie es ins Netz stellen.

– You're welcome!, lächelt der Pope.

186

– Manchmal denke ich, sagt Reinhardt, ich hätte Geistlicher werden sollen. Wie Liszt. Oder Pianist wie Liszt. Nicht, um Klavier zu spielen, sondern um in bequemer Kleidung unter Orangenbäumen am Flügel zu sitzen und aus dem wohltuenden Schatten ins grelle Licht des Tages zu blinzeln. Dann in Noten blättern, einen Ton anschlagen oder auch zwei, am gekühlten Wein nippen. Einfach Pianist sein ohne Drang, zu spielen oder gar eine Bühne zu betreten. In einer weißen Villa mit weitem Blick den mühelosen Tod erwarten. Für die Gemeindearbeit nimmt man sich einen Hilfspopen, die Regenzeit verbringt man in Paris. Ach, das sind so Träume ...

Gefällt mir, was der sich da zusammenspinnt, denkt HP. Aber ich würde mich nicht ans Klavier setzen, sondern dicke Bücher lesen. Andererseits, man braucht ja Ansprache ab und zu. In keinem Fall meine Schwester. Eva? Den Zahnarzt kann ich ihr nicht verzeihen. Eva, denkt er, ich brauch dich, aber ich ertrag dich nicht.

– Liebe ich Ilona?, fragt sich Reinhardt laut. Liebt sie mich? Was ist Liebe? Eine Gabe? Eine Begegnung? Ein Weltzugang? Fürsorge, sozialer Kontakt oder Kulturvariable? Aus Ilona und mir kann nur etwas werden, sofern es mir gelingt, unsere Beziehung zu einer interessanten Erzählung zu formen. Soll ich Ihnen mal erzählen, was letzte Nacht los war?

Besser nicht, denkt HP.

– Soll ich Ihnen das mal erzählen?

– Ich weiß nicht ...

– Doch, doch, ab und zu braucht man einen Zuhörer, um die Wirkung der eigenen Geschichte zu überprüfen. Ich bin nicht so ein Dichter und Denker, der am Schreibtisch klebt. Ich schau Ihnen ins Gesicht und entwerfe meine Leben. Wenn Sie mit den Wimpern zucken, denke ich, oha, das muss ich besser formulieren. Meistens jedoch: das hat er nicht verstanden. Wenn Sie lange genug nicht verstehen, mache ich eine Pause und setze neu an. Wenn Sie lächeln, steigere ich die Reflexionshöhe. Wenn alles nichts nutzt, verfluche ich Sie und suche mir ein neues Publikum. Aber was rede ich da? Sie sind der ideale Zuhörer, das habe ich gleich gemerkt. Schon in Taormina. Sensibel, intelligent, aufmerksam. Zuhören ist eine Gabe!

Schleimer!

– Also, es war so ...

Ein Paar setzt sich auf die niedrige Mauer direkt vor ihnen. Mitten ins Bild. Die beiden jungen Frauen küssen sich.

– Lassen Sie uns weitergehen, sagt Reinhardt. Denen möchte ich nichts erzählen.

Sie strecken ihm die Zungen raus; dann knutschen sie weiter.

Auf den Stufen zum Glockenturm schnauft er:

– Tja, es ist nicht so einfach ... Wenn's einfach wäre, dann wär's nicht interessant. Man muss einen Einstieg finden, eine Sprache finden und sie abdichten gegen die alltäglichen Störungen durch Unkundige und Unwürdige. Das ist das Wichtigste!

Eine patente deutsche Hausfrauenstimme erklingt:

– Da vorn sind Plätze im Schatten!

Sofort lässt sich Reinhardt auf beide Stühle fallen und atmet schwer und laut. Zwei Frauen biegen um die Ecke, zucken zurück.

– Tja ... Was hat Ilona Ihnen denn erzählt?

– Och, nichts.

– Haben Sie zufällig darauf geachtet, ob ich meine Kreditkarte beim Autoverleih gelassen habe? Wissen Sie, ich mach mir nicht so sehr Sorgen wegen der Karte selbst … Aber Ilona neigt dazu, das Problem auf sexuelle Praxis zu reduzieren; habe ich recht? Haben Sie mal fünf Euro? Danke.

Der Pope, der nebenbei einen kleinen Laden für Ikonen, Speiseeis, Postkarten und anderes betreibt, reicht ihnen zwei Mokkatässchen.

– You're welcome!

– Dabei beginnt unsere Geschichte nicht mit Ilona und mir, erzählt Reinhardt und nimmt einen Schluck, sondern mit dem Tod meiner Eltern, gestorben, aber nicht tot. Ja, mein Lieber, Tod bedeutet nicht tot, man schreibt es ja auch anders. Ich höre noch immer ihre Stimmen. Die meines Vaters raunt etwas von *Bringschuld* und *Unternehmenskultur*. Die meiner Mutter von *Spiritualität* und *Darmflora*. Beide lieben Substantive. Substantive stabilisieren das Weltbild, Verben weisen auf uneindeutige Subjekte hin. Meine Eltern befürworteten die Liebe, aber sie liebten nicht. Sie gaben und nahmen Küsse, aber sie küssten nicht. Sie hatten Träume, aber träumten nicht. Ihr seid ja überhaupt nicht tot!, schreit Reinhardt in die Landschaft.

– Warum schreit der?, fragt die Frauenstimme.

– Ich formuliere doch nicht zu komplex für Sie? Mit zwölf erwog ich, Dichter zu werden, mit fünfzehn, lesender Eremit. Mit fünfundzwanzig wollte ich mir einen Lehrstuhl für Literatur kaufen. Es half nichts. Von den Stimmen meiner Eltern verfolgt irrte ich durch den Park von Sanssouci und flüchtete schließlich in die Orangerie zu Ilona. Als ich in Potsdam vor den Kupferstichen der ungebauten Villen stand und Ilona mir von ihrem überaus toten Leben erzählte, überkam mich das Verlangen, etwas aus ihr zu machen. Ich mache sie lebendig, dachte ich, und mich gleich mit. Das

Ilona-Projekt! Liebe ist ja eine kulturelle Errungenschaft. Wie Sie wissen, wird der Begriff *Kultur*, der ursprünglich die Fruchtbarmachung des Bodens meinte, schon bei Cicero auf die Veredelung und Vervollkommnung der menschlichen Anlage übertragen: *wie ein Acker, auch wenn er fruchtbar ist, ohne Pflege keine Frucht tragen kann, so auch die Seele nicht ohne Belehrung. Jedes ist ohne das andere wirkungslos.* Das ist mehr als so ein bisschen Geschlechtsverkehr. Solange das kulturelle Referenzsystem nicht klar ist, geht bei mir sexuell gar nichts. Sie wissen nicht wirklich, wovon ich rede, oder?

Taormina sei natürlich ein Fehler gewesen:

– Von Anfang an war ich nervös, weil ich nicht wusste, ob ich mich dort gegen meine untoten Eltern durchsetzen könnte.

Auf Samos ist er noch nervöser, weil nun die Feinarbeit beginnt.

Der Pope bringt zwei Flaschen Wasser.

– From the house. You're welcome!

– Efkaristo! Gestern Abend, Sie erinnern sich, war der ganze Ort stockduster. Nur Sternenlicht.

Während des Bummels am Hafen kamen ihm Zweifel. Ilona erzählte Anekdoten von ihrem Mann. Trivialitäten, die aus dem einen banalen Jedermann machten und aus ihr selbst die Jederfrau.

– Wie soll ich mit einer Frau, die bei der Auswahl ihres Ehemannes so einen schlechten Geschmack bewiesen hat, den Roman meines Lebens inszenieren? Nein, dachte ich, unser kulturelles Referenzsystem ist zu unterschiedlich.

– Versteht sie überhaupt, worum es Ihnen geht?

Reinhardt schüttelt den Kopf.

– Haben Sie versucht, es ihr zu erklären?

190

– Selbstverständlich. Aber ob sie das begriffen hat …

Die Sonne hat nun auch den letzten Rest Schatten vertrieben. Reinhardt ist ganz rot im Gesicht.

– Lassen Sie uns in die Grotte steigen! Da ist es kühler.

Beim Aufstehen schurren die Stühle über den Boden. Auf dies Signal hin erscheinen die beiden Frauen von vorhin, lassen sich auf die freien Plätze fallen.

– Frisuren wie ein Mopp!, flüstert Reinhardt, sagt aber:

– Entschuldigen Sie, meine Damen, ein kleines Schwindelgefühl …

– Bestimmt die Hitze, lächeln die.

Erst dann bemerken sie, dass der Schatten weitergewandert ist und die Stühle in der prallen Sonne stehen. Wenigstens eine Minute lang bleiben sie sitzen. Aus Prinzip.

– Um jedoch auf Ilonas Überbetonung des Sexuellen zurückzukommen … Eine sexuelle Beziehung kann einem einen Schub verpassen, sein Selbst umzugestalten. Aber will ich ein verwandeltes Selbst? Mit siebzehn reicht der nackte Akt, wer fragt da schon nach tieferer Bedeutung? In meinem Alter dagegen kann man, muss aber nicht. Ich glaube übrigens nicht, dass Ilona meine Kreditkarte einstecken würde. In meinem Alter ist man nicht mehr Objekt von Trieben und Gelegenheit. Sex und Liebe nicht als bloßer Vollzug, sondern als performatives Ereignis, verstehst du?, habe ich gestern Ilona erklärt. Als Oszillieren zwischen Präsenz- und Sinneffekten. Der Geschlechtsverkehr als Dreiakter: Prolog, Dialog, Epilog! *Das* ist romantisch! Sagt sie: Klar! Und die Hose ziehen wir jetzt aus! – Vielleicht ist mir da die Kreditkarte aus der Tasche gerutscht.

23|Grotte

– Sprechen Sie mit ihr!, sagt Reinhard und schneidet eine Grimasse.

Durch die große Öffnung im Berg führt der Weg in die feuchte, dunkle Grotte. Trübe elektrische Funzeln und flackernde Kerzen lassen die Ausdehnung kaum erahnen. Wasser tropft, auf dem Boden stehen Pfützen.

– Mit mir redet Ilona ja nicht. Was letzte Nacht geschehen ist, ist ein tragisches Missverständnis.

Soll sich HP überhaupt noch für Ilona interessieren? Ilona wer? Sidekick, Episodenfigur, die man rausschreibt, wenn niemand sie mehr mag.

Als er heute Morgen erwachte, war Eva verschwunden. Er muss also doch wieder eingeschlafen sein. War ziemlich retro, die Nacht. Und zu kurz. Obwohl, vielleicht besser, dass Eva ohne viel Aufhebens verschwunden ist. Eva nimmt sich ihr Abenteuer, im Moment heißt es HP. Soll er sich deswegen grämen? Das Kopfkissen duftete nach ihrem Parfüm und er dachte: ich bin fürs Alleinleben ebenso wenig gemacht wie für die Zweisamkeit.

– Ich bitte Sie, nervt Reinhardt, legen Sie bei Ilona ein gutes Wort für mich ein!

– Lassen Sie mich da raus, sagt HP.

Vielleicht wartet Eva heute Abend auf ihn.

– Ich kenne Ihre Pläne nicht, meldet sich der hartnäckige

192

Reinhardt, ob Sie schon an die Rückreise denken, noch bleiben oder einen Abstecher nach Athen planen. Der lohnt sich unbedingt. In jedem Fall könnte ich Ihnen unter die Arme greifen, Sie verstehen?

HP stellt sich vor, wie Eva sich unterm dünnen weißen Laken räkelt, den blauen Band Novalis im Arm: *An einem Sommermorgen ward ich jung Da fühlt ich meines eignen Lebens Puls Zum erstenmal – und wie die Liebe sich In tiefere Entzückungen verlohr, Erwacht' ich immer mehr und das Verlangen Nach innigerer gänzlicher Vermischung Ward dringender mit jedem Augenblick.* Wenn er an Eva denkt, kann er sich auf etwas freuen.

– Erklären Sie Ilona, was los war!

– Was soll ich denn erklären?

– Ich erklär's Ihnen.

– Ich will's nicht hören.

– Sie müssen! Wie sollen Sie ihr sonst glaubhaft erklären, was ich ihr gestern Nacht erklären wollte. Aber sie ist ja weggerannt. Dabei begann der Abend hoffnungsvoll. Als wir am Hafen spazieren gingen, war uns beiden klar, was jetzt dran war. Man reist doch nicht wegen einer Bettgeschichte. Ich bitte Sie! Auch Ilona nicht. Noch am Nachmittag hat sie mir erklärt, es gehe um einen Neustart ihres Lebens. Wir werden nicht einfach Sex haben, dachte ich. Wir lassen uns darauf ein, ohne naiv daran zu glauben. Sex im Ironie-Modus sozusagen. Wir Lebenskünstler geben ihm eine Form. Ein berühmter Regisseur, Peymann, Castorf oder noch ein anderer, hat einmal formuliert: *Theater ist Sex mit dem Publikum.* Und Sex ist Theater! Der Geschlechtsakt als Aufführung. Jeder ist zugleich Akteur und Co-Akteur, Darsteller und Publikum. Theatertheoretisch: *Eine Aufführung entsteht aus der Inter-*

aktion aller Teilnehmer, d.h., aus der Begegnung von Akteuren und Zuschauern, von mir und Ilona, Ilona und mir.

Reinhardt lässt Ilona anreisen, um sich wie ein Held vorzukommen. Scheitert bereits im ersten Akt. Erklärt mir jetzt elaboriert und theatralisch, dass in Wirklichkeit Ilona alles kaputt gemacht hat. Damit ich ihm seine Inszenierung rette.

– Sie müssen sie überzeugen. Wie soll sie mich verstehen, wenn Sie mich nicht verstehen. Im sexuellen Akt zeigt sich etwas Einmaliges, Unwiederholbares. Klar? Was ist jenes Unwiederholbare, das zwischen zwei Menschen beim Akt so einmalig in Erscheinung tritt?

Eine Büchse mit Euro-Zeichen bittet auf Deutsch um Spenden für *elektrische Erleuchtung.* Reinhardt leiht sich zwei Münzen, wirft sie ein und entzündet eine lange dünne Kerze.

– Vielleicht hilft's, meint er. Ich will mir hinterher nicht vorwerfen, ich hätte es nicht versucht.

Der feuchte Docht zischt und knistert.

– Ich habe heute Abend schon etwas vor, wehrt sich HP.

– Verschieben! Bitte, verschieben Sie es. Oder gehen Sie vorher bei Ilona vorbei. Oder nachher. Wie auch immer. Ich zähle auf Sie.

– Nee, wissen Sie ...

HP denkt daran, sich zu Eva ins Bett zu legen, die auf ihn wartet, aber Reinhardt lässt ihn nicht:

– Ich fasse zusammen. 1.) Sex ist ein theatralischer Akt. 2.) Dieser Akt bringt Intimität zur Erscheinung, lateinisch *intimus*, wörtlich *dem Rand am fernsten, am weitesten innen.* Seit romantischen Zeiten nutzen Liebende ihre Sexualität, um sich auf besondere Weise gegenüber der gesellschaftlichen Realität zur Geltung zu bringen. Auf der Bühne des

Bettes zeigen sie, wir vegetieren nicht nur, wir stellen auch was dar, nämlich unsere Vereinigung. Wer jedoch etwas darstellt, ist ein eigenständiges Individuum.

– Haben Sie das Ilona erklärt?

– Die hat gar nicht zugehört. Das ist es ja. Schon am Hafen war sie fürchterlich aufgekratzt. Wollte immer nur hören, wie toll alles ist, dass ich sie liebe, dass ich völlig aus dem Häuschen gerate, wenn sie in meiner Nähe ist. In der Art. Jedenfalls hat sie das alles mir gesagt. Was für ein Abenteuer! sagte sie ein ums andere Mal. Was für ein Abenteuer! – Wo bleibt da mein Abenteuer?

Sie erreichen die unterirdische Kapelle. Weiß getünchte Wände mit Spuren herabrinnenden Wassers. Hier und da hat sich Moos angesiedelt. Auf dem Boden stehen Pfützen, in einer Nische brennt ein Öllämpchen. Was für ein Heiligtum soll das sein? Für Amphibien? Für Frösche? Warum nicht? Vielleicht pilgerten einst Frauen in heißen Sommernächten hier her und beteten für ein erfülltes Sexualleben.

Im Kerzenleuchter flackern Glühbirnen.

– Wir waren kaum im Zimmer, da wurde Ilona zudringlich. Lass uns Zeit, sage ich. Der Höhepunkt ist der Feind der Aufführung. Intimität beginnt, wenn wir von uns erzählen! Ich hätte merken müssen, dass sie nichts begriff.

In einem sandbedeckten Teller glimmen Räucherfäden.

– Wir schauten uns in die Augen, und es war klar, wir mussten etwas Persönliches sagen, etwas, das uns tief im Innern bewegt. Also, mir jedenfalls war das klar.

Eine Dame mit freundlichen Augenbrauen betritt die Kapelle. HP erkennt sie wieder. Vor ein paar Tagen wartete sie im *Ariadni* auf Reinhardt. Heute trägt sie ein weißes Kleid mit eleganter Häkelspitze, das in der Dunkelheit zu leuchten scheint!

Reinhardt tackert sich ein humoristisches Lächeln ins Gesicht:

– Was für eine angenehme Überraschung!

– Ich habe ein Seufzgebet für uns gesprochen, erklärt sie.

– Was ist das, meine Liebe?

– Man zündet eine Kerze an, mein Lieber. Und seufzt.

– Was seufzt man denn?

– Man seufzt. Punkt.

– Entschuldige, sagt Reinhardt, mein Freund ... Männergespräche, Du verstehst ...

Sie küsst ihn und geht. Er hätte sie ruhig vorstellen können. Jetzt sagt Reinhardt:

– Eine Freundin von mir. Ja und? Mit ihr kann ich nun wirklich nicht über Ilona reden. Außerdem, meine Geschichte mit Ilona heißt doch nicht, dass ich keine anderen Geschichten pflege, mit anderen Highlights und anderen Herausforderungen. Jawohl, ich führe ein multiples, flexibles Leben. Sie denken wohl, Sie hätten mich erwischt? Kein bisschen! Selbstverständlich ist sie ein wenig älter als ich. Und? Sie denken, Ödipus reloaded? Was soll's. Sie hat eine Yacht, sie hat Kultur und Umgangsformen. Kultur und Umgangsformen! Warum soll ich mich dagegen wehren?

– Und?

– Um ehrlich zu sein ... Die Koordination ist manchmal etwas schwierig. Ich saß in Taormina und wusste, dass sie mit ihrer Yacht hier auf Samos wartete. Wenn Sie nicht aufgetaucht wären, hätte ich auf Ilona gewartet und wäre zu spät nach Samos gekommen. Oder ich hätte nicht gewartet, dann wäre mir Ilona durch die Lappen gegangen. Das wäre ärgerlich gewesen, sehr ärgerlich. Verstehen Sie, ich brauche soliden Applaus.

– Sie meinen: kultivierter Kreise.

– So in etwa.

Auf einigen Steinplatten entdeckt HP Reste einer Mandorla. Gesichter und Körper der Göttin Maria sind längst fortgeküsst.

– Aber um auf das Wichtigste zurückzukommen …

– Na hören Sie mal …

– Na hören Sie mal, was? Hab ich Ihnen was verschwiegen? Ich hab Ihnen nichts verschwiegen, höchstens Ilona habe ich etwas verschwiegen, das nicht zu unserer gemeinsamen postpotsdamer Geschichte gehört. Das verstehen Sie ja wohl. Gestern Abend hätte ich es gern gehabt, dass Ilona etwas von sich erzählt. Was sie tief im Inneren denkt und fühlt. Ich hab natürlich nicht erwartet, dass da wirklich viel wäre. Fragen wie *Wer bist du?* wollen ja nicht beantwortet werden. Sie dienen als Aufforderung, Intimität zu inszenieren. Ist ja klar. Ilona interessiert das nicht. Lass uns nicht von mir reden, sagt sie. Da beginne ich zu erzählen. Ilona, ich bin kein Machthaber wie mein Vater, ich bin ein Liebhaber. Prima, sagt sie. Liebhaber des Schönen, sag ich. Prima, sagt sie. Das liegt an meinem Vater. Ach? Der hat mich Abscheu gelehrt vor seinem Katzenstreu- und Mottenpulver-Universum. Ich habe mich zurückgezogen in die Welt des Schönen. Verstehe, sagt sie, das macht einsam. Ich bin ein gebildeter Mensch, Ilona, ein Schöngeist, aber auch einsam. Soso, sagt sie und fummelt an meinem Gürtel. Mach halblang!, warne ich. Ich hab wirklich gewarnt! Mehrfach! Ich will dir erst noch mehr von mir erzählen. Sex ist Theater, Ilona, hast du schon einmal darüber nachgedacht. Au ja, sagt sie, aber für die Pause ist es noch zu früh.

HP tupft mit dem Finger ein wenig Wasser von der Wand, leckt daran. Schmeckt wie Wasser.

– Um die Stimmung zu entkrampfen, habe ich in höchster Not Clemens Brentano zitiert: *So öffne alle Adern deines weißen Leibes, dass das heiße schäumende Blut aus tausend wonnigen Springbrunnen spritze, so will ich dich sehen, und trinken aus den tausend Quellen, trinken, bis ich berauscht bin, und deinen Tod mit jauchzender Raserei beweinen kann, weinen wieder in dich all dein Blut, und das meine in Tränen, bis sich dein Herz wieder hebt* ... Ilona, rufe ich, *so will ich dich sehen, trinken aus deinen tausend Quellen bis ich berauscht bin mit jauchzender Raserei* ... Mein Vater war übermächtig, ich habe gelernt, mich in mich selbst zurückzuziehen. *So wie die Tiefe des Meers allezeit ruhig bleibt, die Oberfläche mag noch so wüten,* ebenso zeige mein Ausdruck bei allen Leidenschaften eine große und gesetzte Leere. Ach, du Armer, sagt Ilona, und ihrer Bluse entströmt ein Hauch orientalischen Parfüms. Sie macht gemeinsame Sache mit meinem Körper. Streichelt meine Oberschenkel. Hör auf!, sage ich. Höher rauf?, lacht sie und verwandelt mein Kammerspiel in Boulevard-Theater.

Deshalb hat er sie geschlagen? Oder hat sie sein Gemächt ergriffen und gesagt: Das ist jetzt meins?

– Ich sah mich plötzlich mit Ilona im Bett. Von außen. Aber es war gar nicht ich, der mit ihr dort lag. Es war, pigmentlos, weiß, ein Grottenolm ... Im Augenblick des Ergusses, das war klar, würde ich mich in meinen Vater verwandeln! Da habe ich Ilona eine geknallt. Erklären Sie ihr das!

24|Hippies am Hafen

Shu-bi-do-ah Shu-bi-do-ah.
Jetzt vergessen wir mal diese ganze Geschichte!
Shu-bi-do-ah Shu-bi-do-ah.
Soll Ilona nach Hause fahren, Reinhardt sich ins Kloster
zurückziehen, egal, alles egal, sowas brauche ich nicht. *Shu-bi-do-ah.*
HP wippt vor der Umkleidekabine der *Retro-Boutique* mit
dem Fuß. *Shu-bi-do-ah.*
Glasperlen klimpern, Schlabbershirts tanzen in der Brise eines Ventilators. *Shu-bi-do-ah.*
Vielleicht hat Reinhardt jahrelang darauf gewartet, endlich
einmal eine Frau ins Gesicht zu schlagen, wie er's aus dem Kino oder von der Bühne kennt. Da hat Ilona ihm den Anlass
geliefert. Ich brauch das nicht.
Shu-bi-do-ah.
Das geht mich nichts an.
Die junge Verkäuferin trägt ein Op-Art-Minikleid. Ihre
weichen Wildleder-Stiefeletten gehen bis zum Knie, sind über
den Zehen jedoch als Sandale gearbeitet. Violette Blitze zucken durch eine durchsichtige Glaskugel, die mit einer
Mischung von Argon, Neon und Stickstoff gefüllt ist. Er legt
seine Hand an die Plasmalampe, die Entladungen verstärken
sich an den Fingerspitzen. Strom fließt durch die Haut zu Boden. *Shu-bi-do-ah.*

Ja, es war blöd, sich von Reinhardt zu dem Telefonanruf überreden zu lassen. Sie stiegen aus der Grotte, da sagt der doch: Rufen Sie sie an! Sagen Sie nichts von mir, nur, dass ich meine Kreditkarte vermisse. Aber ... Ein allerletztes Mal, bitte. Okay.

Ilona nimmt an:

– Wenn es wegen Reinhardt ist, vergiss es!

– Hast du seine Kreditkarte?

– Und wenn?

– Mmh.

– Ich hab keinen Kreditkartenbetrug vor oder sowas, falls du das denkst. Ich habe sie nur eingesteckt, um ihn zu beunruhigen. Hast du schon gemerkt, wie nervös der wird, wenn seine Ordnung durcheinanderkommt? Sag ihm nichts, ich schmeiß das Ding ins Meer.

Sie schaltet ab, HP sagt zu Reinhardt:

– Sie hat die Karte nicht.

Shu-bi-do-ah.

Draußen fällt die Nacht ein, und das elektrische Licht verwandelt den Hafen in eine Filmkulisse.

Put some love in your heart
Like you put the ink in the inkpot.

Eva reißt den Vorhang auf ...

Shu-bi-do-ah Shu-bi-do-ah.

– Na?

Ein dünnes, ärmelloses Unterkleid aus dunkelblauem Satin!

Learn it and you will enjoy it baby
To put the ink in the inkpot.

– Muss man da nicht was drüberziehen?

Offenbar will sie wirklich so in Unterwäsche auf die Straße.

Der immerwährend raunende Erzähler in ihrem Kopf schlägt vor, Hippie zu spielen! Das eröffnet einen Bildvorrat; fehlt noch die dazugehörige Fabel, eine Kurzgeschichte oder eine Kussgeschichte in bunten Farben, mit Hautkontakt.

– Hippies kenne ich nur aus dem Film, sagt Eva. *Alice's Restaurant* fällt mir ein, und Plattencover von *Jefferson Airplane*. Wie die Musiker auf der Rückseite von *Surrealistic Pillow* in die Kamera gucken, vor allem die Typen mit den Sonnenbrillen. Ich habe mir als Kind solche Leute mit langen Haaren, weiten Hemden und coolen Konturen immer nur vorgestellt, aber nie welche kennengelernt. Für mich waren das phantastische Wesen aus einem anderen, kunstvollen Leben. Nicht ganz echt. Glücklicherweise. Ich meine, darauf kommt es an. Solange die nicht authentisch sind, haben sie alle Freiheit, wer anders zu sein. Hippies spielen immer die Hauptrolle in ihrer eigenen Erzählung, habe ich gedacht.

Eva lacht mit feuchtem Mundwinkel, zieht HP zu sich heran, umarmt ihn so fest, dass er nicht weiterweiß.

– Weißt du was? Es ist zu schön hier, um wahr zu sein, und das ist wirklich das Schönste!

– Ja, antwortet er, dass wir uns hier getroffen haben, ist ein wundersamer Zufall.

– Es gibt keine Zufälle. Nur eine Tür fällt zu. Alles andere geschieht, und wir entscheiden, ob und wie wir es in unser Leben einbauen.

Sie drückt ihn fest an sich; er weiß nicht wohin mit den Händen.

– Du bist wunderbar, sagt sie und küsst ihn auf die Wange.

– Naja ...

– Halt den Mund!

– Ich ...

- Nee! Halt den Mund!
- Okay.
- Psst.

Vielleicht zehn, zwanzig Sekunden steht sie an ihn geschmiegt in der Boutique, ihm kommt es sehr lang vor, er weiß nicht wohin mit den Händen, dann drückt sie ihn noch einmal und macht sich los.

Das Kleid behält sie an, schnappt sich eine dunkle Brille, unpraktisch, weil Nacht ist, passt aber zum Hippie-Outfit. HP starrt ihr nach und denkt das Wort *Negligé*. Er schmeckt das Wort *Negligé*. Es duftet. Schon haben sich Menschen zwischen ihn und das *Negligé* geschoben. Nun aber hinterher.

Griechische Familien kommen entgegen, mit Eis leckenden Kindern. Was erzählen die sich für Geschichten? Alle erzählen doch sich und ihrer Umgebung welche. Pausenlos. Auch wenn sie nicht reden. Wenn die Kinder Fangen spielen, erzählen sie von Lebensfreude oder Lebensangst. Pubertierende fassen sich um die spindeldürren Schultern, posieren als Paar und proben schon mal den Roman ihres Lebens. Oder Unordnung und frühes Leid? Ihre Mütter und großen Schwestern entwerfen bereits das Finale. Diese Erzählungen *müssen nicht wahr sein, die müssen nur stimmen.* Solange sie stimmen, kann man sich dran festhalten, egal, was passiert. Nein, nicht egal, was. Man braucht Geld, erst dann helfen einem die Geschichten. HP hat kein Geld und schon längst keine Geschichte mehr. Je älter er wird, desto weniger kann er sich vorstellen, einst Höhepunkt der Liebesgeschichte seiner Eltern gewesen zu sein.

- Da bist du ja wieder, freut sich Eva, als er ihren Arm berührt.
- Siehst du etwas durch die Sonnenbrille?

– Ich werd nicht gleich ins Hafenbecken fallen. Außerdem ..., sie hakt sich bei ihm ein, ... passt du ja auf mich auf. Schön, wenn man gebraucht wird, denkt HP. Meistens braucht Eva keinen Mann an ihrer Seite. Zwar hat sie einen geheiratet, aber sie lässt ihn nicht an ihre Seite. Ein magersüchtiger Hippie-Darsteller mit langen blonden Haaren bietet selbstgebastelten oder nicht selbstgebastelten Schmuck feil. *All natural!* steht auf einem Schild. HP entdeckt rotlackierte Haarspangen, Silberreifen, Indianerkettchen mit Federn in Neonfarben und ...

– In Plastikringe eingegossene Augäpfel?

Eva nimmt die Sonnenbrille ab.

– Das sind Blüten! Sag mal, flüstert sie, ob der echt ist? Ein Übriggebliebener, der in einer Höhle am Strand oder in den Bergen haust? Wenigstens im Sommer? Aber nein, dann wäre er längst im Rentenalter oder tot. Wahrscheinlich finanziert der mit dem Schmuck seinen Urlaub. Oder es macht ihm Spaß, den Hippie zu spielen, ausnahmsweise, gerade heute mal, wie uns. Den Rest des Jahres ist er Subunternehmer eines Möbelhauses in Bad Nenndorf. Das wäre eine Geschichte.

Dann sagt sie laut:

– Als Kind wollte ich Hippie werden.

Sagt sie das, um den ins Spiel einzubeziehen?

– Lass uns weitergehen, schlägt HP vor.

Der Schmuckmann lächelt Eva an; sie sagt:

– Ich habe Hippies immer bewundert.

Er strahlt.

– I love such stories.

Schwätzer.

– Als ich dreizehn war, behauptet Eva und lässt den Hippie nicht aus den Augen, ging ich zu den Gothics. Saß nachts mit schwarz verschatteten Augen an Gräbern unbekannter Toter und diskutierte mit lila Lippen politisch-ästhetische Fragen: Ist Kultur nicht nur ein Sammelbegriff für Dinge, die wir praktizieren, ohne an sie zu glauben? Und ist das nicht das Beste daran?

– Oh, no, protestiert der Hippie, act naturally!

– Lass uns gehen, sagt Eva und setzt die Sonnenbrille wieder auf, der hat keine Ahnung.

Tja, man muss zuhören können, denkt HP. Ich bin ein Zuhörer. Zwar denke ich mir viel, spreche aber selten etwas aus. Das soll mir erst einmal jemand nachmachen. So ein alter Hippie nicht. Reinhardt nicht. Ilona nicht. Ich habe jahrzehntelang trainiert. Seit er denken kann, hört er seiner Schwester zu. Egal wie trivial oder komplex ihre Geschichten sind, er versteht sie immer. Er versteht nicht, warum manche Erzählungen derart dümmlich sind, aber er versteht zuzuhören.

Sie passieren geröstete Maiskolben, imitierte Rolex-Uhren und Wegelagerer mit Speisekarten. Ein kleiner Junge rast auf einem Tretroller heran. Mit einer Hand hält er sich am Lenker fest, mit der anderen zieht er einen langen dünnen Kaugummifaden aus dem Mund. Eva lächelt ihn an. Beim Fahren blitzen im Innern der Räder Lichter. Sie lächelt, er lacht. Eva kauft ihm einen glitzernden Ballon in Form eines Lippenpaares. Der Kleine bindet ihn an den Lenker, lacht noch einmal, rast los. Der Ballon hinterher.

Vom Leuchtfeuer am Ende der Mole schauen Eva und HP zum Hafen zurück. Eine Yacht liegt neben der anderen, hellerleuchtet mit Menschen an Deck. Geisterhaft groß und gespenstisch nahe rauscht das Schiff direkt an ihnen vorbei, auf dem er Reinhardt gesehen hatte. Aber nur seine ältere Freundin steht an der Reling und ruft:

– Ich hoffe, Ihr Männergespräch war erfolgreich ...
Sie lacht und ist vorbei. Die Yacht fährt hinaus aufs offene
Meer.
– Wer ist das?, fragt Eva.
– Das ist eine andere Geschichte, sagt HP.
– Wie interessant.
– Sie geht mich nichts an.
– Muss ja nicht. Aber es ist eine Fähigkeit, vielleicht ein Pri-
vileg, sich Geschichten vorzustellen, an denen man beteiligt
sein könnte, aber es nicht ist. Als Jugendliche wachte ich
morgens auf und langweilte mich zu Tode. Tagein tagaus die
Wiederkehr des Immergleichen in anderer Verpackung. Mach
keine Geschichten, mahnte mich meine Mutter, aber
selbstverständlich habe ich welche gemacht. Als ich zum
dritten Mal nachts von der Polizei nach Hause gebracht wurde, zogen meine Eltern einen Psychologen hinzu. Das Urteil
lautete: *hochbegabt.*
– Kenn ich, setzt HP an, bei mir ...
– Tut mir leid, du bist nicht dran. Meinen Eltern war die
Diagnose unheimlich. Wie sollten sie herausbekommen, was
ich unzeitgemäßes Kind dachte und über sie dachte? Meine
Mitschüler gingen auf Distanz, die Lehrer wollten fördern
und fordern, aber wozu und wohin? *Hochbegabt,* aber keine
Lust auf Leistung, das ging nicht. Ich wurde vom schwer er-
ziehbaren zum vernachlässigten Kind. Was ist?
– Nichts.
Ist aber doch was. In einer Hafenbar, zwischen zwei nackten
Kouroi mit archaischem Lächeln, denen irgendwer Blumen-
kränze aufgesetzt hat, sitzt Ilona mit Reinhardt. Klar, die
andere ist soeben aus dem Hafen gesegelt. Sie essen frischgeba-
ckene Waffeln mit Eis. Ilona sagt zu Reinhardt:

– Ich habe geheiratet, um eine Zukunft zu haben, ich habe meinen Mann verlassen, um eine Zukunft zu haben. Ich frage mich, was ist mit dir?

Reinhardt sagt:

– Meine Liebe ...

Ich hätte Reinhardt ins Gesicht lachen sollen, denkt HP. Ihm an den Kopf werfen: In dieser Grotte erzählen Sie mir, dass Sie sich in Ilonas Grotte in einen Grottenolm verwandeln? Das ist doch grottendämlich! Hinterher weiß man immer, was man hätte sagen sollen.

– Weißt du, warum ich geheiratet habe?, fragt Eva HP und zieht ihn mit sich. Na? Um meine Unabhängigkeit zu sichern. Liegen bleiben, wenn man liegenbleiben möchte, aufstehen, wenn man Lust dazu hat, mit jemandem reden, wenn man einsam ist – und dafür wird man auch noch bezahlt. Ich fand, das wäre eine interessante Perspektive.

HP kann kein Wort mehr von Ilona und Reinhardt verstehen.

– Leider stand mein Mann morgens früh auf, erklärt Eva, schlich sich jedoch nicht auf leisen Sohlen aus der Wohnung, wie ich es mir in meiner Naivität vorgestellt hatte. Lieber mimte er den treusorgenden Gatten. Kochte Kaffee, deckte den Frühstückstisch für zwei, weckte mich mit einem Kuss. Ich wollte liegenbleiben!

HP wendet den Kopf zurück. Pack schlägt sich, Pack verträgt sich. Liebt Ilona den Grottenolm? Ist sie scharf auf sein Geld? Oder verfolgt sie einen Racheplan? Und wo hat sie die Kreditkarte gelassen?

– Weißt du, sagt Eva, er will, dass ich glücklich lächle wie die Frauen seiner Freunde und Bekannten, egal, wie's mir oder denen dabei geht.

Am anderen Ende der Promenade drehen sie um. Wieder

kommen sie an Ilona und Reinhardt vorbei. Die frischen Waffeln schwimmen schlabbrig in geschmolzenem Eis.

– Eines Tages erkläre ich meinem Mann, sagt Eva, ich habe dich geheiratet, damit ich liegenbleiben und nachdenken kann! Worüber? fragt er. Pass mal auf, sage ich: *Das Reich der Freiheit beginnt erst, wenn das Arbeiten, das durch Not und äußere Zweckmäßigkeit bestimmt ist, aufhört.* Die Frauen meiner Kollegen lächeln glücklich, greint er, da muss ich mir wie ein Versager vorkommen. Warum kannst nicht wenigstens zufrieden schmunzeln. Wenn du zufrieden wärst, könnte ich es auch sein. Du bist also unzufrieden, stelle ich fest, weil ich nicht zufrieden bin. Aber wie soll ich zufrieden sein, wenn du mir dauernd damit in den Ohren liegst? Nur ein bisschen, schlägt er vor. Zufriedenheit ist die Droge der Spießer!, rufe ich ihm zu. Da schreit er auf und rennt raus. Kann ich auch, schreie ich ihm nach und renne ebenfalls raus. Auf der Treppe fragt die Nachbarin: Was ist denn bei Ihnen los?!

In diesem Moment erheben sich plötzlich Ilona, ihre Krücke und Reinhardt und kommen direkt auf HP zu. Der möchte nicht sehen und nicht gesehen werden. Er lässt Eva los, wendet sich zur Seite, gerade noch rechtzeitig, damit sie ihn nicht entdecken. Eva schreitet blind und forsch voran, macht zwei Schritte, drei Schritte, sucht den helfenden Arm. Dreht sich um.

– HP?

Dreht sich wieder nach vorn, kommt nicht auf die einfache Idee, die dunkle Brille abzunehmen. Noch ein Schritt, dann prallt sie führungslos auf einen Laternenpfahl. Plonk! Der Kopf knallt, die Brille bricht, die Nase zeigt eine üble Schramme, Blut quillt hervor.

– Warum?!, heult Eva blass vor Leid und Empörung.

Warum kann er nicht ein Mal auf einen anderen Menschen aufpassen! HP reißt Eva die Brillenreste aus der Hand und schleudert sie ins Hafenbecken.

– Das ist Umweltverschmutzung, schnieft sie.

Er reicht ihr ein Papiertaschentuch. Wenigstens das.

25|Bar Phosphorus

Eva drückt ein Taschentuch an die blutende Nase, legt den Kopf in den Nacken und starrt mit ihren Murmelaugen zum Dachbalken hinauf: *Ich wurde geboren, ohne es zu wollen,* steht da. *Ich werde sterben, ohne es zu wollen. Lasst mich wenigstens trinken so viel ich will.*

Das *Phosphorus* besteht, wie die meisten Lokale hier, aus einer großen, überdachten Terrasse. In der Ecke steht eine hohe goldene Amphore, der eine Feuerlilie entspringt. Die Bedienung schaltet eine freundlich flackernde Elektrokerze auf dem Tisch an:

– Was darf's sein? Tampons und ein *Kurzer* auf Kosten des Hauses?

We are situation drinkers!!! liest HP am Balken.

– Ich nehm den Kurzen, haucht Eva. Einen großen Kurzen.

– Unterwegs.

HP schaut zu Eva. Die sagt:

– Guck mich nicht an! Ich bin hässlich. Dumm und hässlich und niemand mag mich. Du bist dumm und hässlich und niemand mag dich! hat meine Mutter zu mir als Kind gesagt. Kannst du dir das vorstellen? Das sagt die einfach, nicht, weil sie böse ist, sondern weil ich böse war. Ich weiß genau, was die Leute denken, die jetzt meine Nase sehen: Das kommt davon, wenn man sich so benimmt. Was haben die nur alle gegen ein bisschen Verrücktheit?

HP sagt am besten nichts. Sonst kommt sie noch auf die Idee, er wäre schuld, er hätte aufpassen müssen.

– Manchmal mag ich nicht mehr, flüstert Eva.

There are more than 50 ways to love your liver. Die Bedienung stellt zwei Gläser auf den Tisch.

– Für besondere Gelegenheiten. Mein Lieblings-Tsipouro, ein Tresterschnaps.

Eva kippt ihr Glas und bestellt noch eins. Sie nimmt das Taschentuch von der Nase, Blut tropft aufs neue Kleid.

– Einmal spiele ich Hippie am Hafen! – Schon hol ich mir eine blutige Nase.

Meine Liebesgeschichte mit Eva scheitert als Hippie-Geschichte, denkt HP. Genauso gut könnte ich jetzt ein Buch lesen, aber sowas tut man nicht.

– Ich mag nicht mehr, erklärt sie, ich mag solche Abende nicht, mich nicht, aber was soll ich denn tun? Als Zahnarztgattin vegetieren? Das kann's nicht sein. Freie Existenz? Ja, als was denn? Die Gesellschaft braucht mich nicht. Ich bin ein reines Luxusgeschöpf, das hab ich nicht gewollt, aber das ist die Wahrheit, große Klappe, peng, kommt ein Laternenpfahl, dann ist das Geheule groß.

Sie bricht ab, atmet durch, sagt ganz ruhig:

– In drei Tagen fliegen wir.

– Wieso?

– Weil wir Tickets haben.

Noch drei Tage! *Today is not your day,* liest HP. *Tomorrow doesn't look good either.*

– Warum hast du das nicht früher gesagt?

– Ich mag mein Leben nicht vom Ende her denken!

Eva schnieft; Tränen, Speichel. HP ahnt, jetzt muss was

210

raus. Wer weiß, wie lange ihr schon keiner mehr zugehört hat.

– Es reicht, wenn mein Mann sein Leben von vornherein so plant, dass es retrospektiv als biographischer Zusammenhang darstellbar wird. Bei allem, was er tut, stellt er sich schon heute vor, wie er morgen seinen Freunden davon erzählt und die ihm auf die Schulter klopfen. In seiner Biographie spielt niemand den Hippie. Höchstens ich. Dafür bin ich da. Die Hausexzentrikerin. So eine wie mich haben die anderen nicht. Das bringt Anerkennung. Er würde das niemals zugeben, aber was glaubst du wohl, weshalb er sich nicht längst von mir getrennt hat? Gewohnheit? Nee, nee, ich spiele für seinen Gefühlshaushalt eine wichtige Rolle und mehr noch für seine Biographie. Die Biographie eines gequälten Mannes, der nur das Beste will. Was mir heute Abend passiert ist, wird von ihm sofort rumerzählt: Weißt du, auf Samos hatte Eva diesen Unfall. Rennt gegen einen Laternenpfahl. Ihr wisst ja, wie sie ist. Hört nie zu und treibt sich abends rum. Da kommt sie also nach Hause mit gebrochener Nase ...

– Deine Nase ist nicht gebrochen; sie sieht ganz gerade aus.

– Na, dann wird er es anders formulieren. Er möchte, dass sich in seinem Leben mit mir schlussendlich alles schlüssig schließt. Ich bin seine Garantie, kein x-beliebiger Zahnarzt zu sein. Exzess statt Abszess sozusagen. Und eines Tages, ganz am Ende, stellt er sich vor, wird er sein bereinigtes Leben präsentieren, alles Überschüssige abgeschnitten, jeder lockere Faden vernäht. Nein, nein, ich mag mein Leben nicht vom Ende her denken. Glaubst du, der hätte je von einem offenen Schluss gehört? Andererseits, wenn ich ihn höre, komme ich mir weniger beschränkt vor. Im Vergleich zu ihm bin ich ein echter Freigeist, bürgerlich, aber nicht so bürgerlich wie er, bohème, ohne finanzielle Probleme.

Eva kippt auch das zweite Glas Tsipouro in einem Zug. Sie schmeckt mit der Zunge nach und sagt:

– Was bin ich für ein Versager.

– Mmh, sagt HP.

– Natürlich bin ich kein Versager, brüllt Eva, sag das nicht!

– Natürlich bist du kein Versager. Ich sag doch gar nichts.

– Mann!, ruft sie.

Unter dem Taschentuch an der Nase quillt ein dünnes Rinnsal Blut hervor. HP nimmt eine Serviette und tupft es ab.

– Ist dir schwindlig?

– Olaf arbeitet ständig vom Ende her am Sinn seines Lebens. Ich dagegen, kannst du dir das vorstellen, ich brauche zwei parallele Leben, *eins, wohin ich gehöre, und eins, in dem ich wirklich lebe. Das zweite ist romantisch, es ist nicht wirklich, aber es ist wirklich da.* Mein wirkliches Leben ist getrennt von der Wirklichkeit. Verstehst du, ein Leben lang versuche ich, zwei Leben zu führen, eins, wie es sich gehört, und ein fiktives, das nicht so würdevoll und eitel ist. Romantisches Leben? Dauernd geht was schief. Mal trifft's die Nase, mal den Liebhaber. Ich habe dir doch erzählt, dass er tot ist?

HP nickt. Schon wieder dieser Liebhaber. Warum erzählt sie die Geschichte nicht endlich.

Strange brew, kill what's inside of you ... dröhnt es aus den Lautsprechern. Der Song war schon alt, als HP jung war. *She's a witch of trouble in electric blue.* Ob Reinhardt auch von einem parallelen Leben träumte, als er Ilona einlud? Aber nein, Ilona

212

ist die Liebe, mit der man aufbricht, utopische Liebe. Eva ist die Liebe, mit der man sich wehrt gegen die Reduktion auf die üblichen Alltagsnarrative indem man ein paralleles Leben führt.

– Wie sieht meine Nase aus?, fragt Eva mit dem parallelen Leben und nimmt das Taschentuch vom Gesicht.

– Nur ein bisschen verkratzt.

If you can read this … I think you can drink more! liest er über ihrem Kopf. HP umspült seine Zähne mit Tsipouro, schluckt und ordert den nächsten.

– Eines Tages fragt Olaf: Was bist du bloß für eine Frau? Wie soll sie das wissen?, antworte ich.

– Stimmt, sagt HP, wie sollst du das wissen? Wenn die Wirklichkeit sich ändert, und das tut sie in jeder Sekunde, ändern sich die Subjekte und ihre Vorstellungen von sich selbst. Weshalb ein romantischer Mensch immer halb woanders lebt, nicht nur hier und jetzt, sondern auch da und dort.

– Hör mal, antwortet Olaf, ich weiß, wer ich bin! Das denkst du bloß, entgegne ich. Wir sind alle in ständiger Veränderung. Wenn du denkst, ach, das bin ich, bist du längst ein anderer! Ich habe einen Beruf, sagt er, ich habe dich, mehr brauche ich nicht. Ich dagegen habe ein wundervoll gepflegtes Gebiss, sage ich, und ein gesichertes Auskommen, aber keinen Glamour im Leben. Und im Übrigen: Wer keine Identitätsprobleme hat, ist nur zu faul zum Suchen!

Schön, dass es mit ihrer Stimmung aufwärts geht.

– Ich brauche nun mal mein Doppelleben, um nicht zu verblöden! Danach begann ich, nachts durch Straßen zu spazieren wie durch fremde Erzählungen. Im Stadtpark wusste ich bald, wo sich die Kaninchen zum Rammeln trafen. Und dann und wann ein roter Elefant … Nein, kein Elefant, ein roter Nachtbus selbstverständlich. Ich merkte mir, in welchen Zimmern in welchen Häusern morgens um drei Licht brannte. Im dritten Einfamilienhaus hinter der Post saß ein älterer Herr in einem schweren Ohrensessel und las *Der Mann ohne Eigenschaften*. Jede Nacht, wochenlang. Einmal jedoch lässt er sein Buch plötzlich sinken, schaut mir mitten ins Gesicht und fragt durchs geöffnete Fenster: Können Sie auch nicht schlafen? Naja, dachte ich, der stellt sich vor, Ehekrise oder sonstige Krise – Tröster gesucht oder stellt sich gar nichts vor. Jedenfalls, so ging's los. Oben im Haus lebte seine Frau, also sind wir viel spazieren gegangen, nachts durch die beleuchteten Straßen.

Evas Nase blutet nicht mehr.

– Selbstverständlich wollten wir dann auch zusammen ins Bett. Weniger wegen Sex, einfach um zu erleben, wie's wäre. Ein Sexualleben, das nicht der Notwendigkeit gehorcht, sondern ausschließlich seinen eigenen Gesetzen. Hotel kam nicht in Frage, also mietet er ein Appartement. Wie soll ich's denn einrichten?, fragt er. Denk dir was aus, sage ich, Tapeten, Möbel, Bücher, Filme, Musik ... Hauptsache, nichts von mir, nichts nach meinem Geschmack! Sonst wäre es ja langweilig.

Die Bedienung bringt ein Schälchen mit Erdnüssen und füllt Tsipouro nach.

– An Heiligabend fand ich das Päckchen im Briefkasten. Schneller als mein Mann gucken konnte, ließ ich es in der Tasche verschwinden. Es waren Schlüssel und Adresse! Am 1. Weihnachtstag erzählte ich Olaf, ich muss dringend eine Freundin besuchen, Gloria ... Kenn ich gar nicht, bemerkte er misstrauisch. Ihr Mann hat sie verlassen ... Mensch, meinte meiner, ausgerechnet zu Weihnachten! Ja, wann denn sonst?

HP setzt das leere Glas an die Lippen und wartet, bis der einsame letzte Tropfen seine Zunge findet.

– Vom Appartement aus rief ich bei Olaf an und erzählte, Gloria geht's schlechter als gedacht, ich bleibe bei ihr. Er fragt bis heute manchmal nach Gloria. Vergiss Gloria, sage ich, Gloria ist 'ne dumme Kuh, *in excelsis deo*, das ist aber auch alles.

HP lässt eine Erdnuss zu Boden fallen. Als er sie aufheben will, tritt Eva drauf und zerquetscht sie. Sie möchte beim Erzählen nicht gestört werden.

– Im Bad fand ich eine Notiz der Putzfrau: Es ist kein WC-Reiniger da. Soll ich welchen kaufen? Ich schrieb: Bittedanke! Im Weihnachtsprogramm lief dieser Film mit Rock Hudson, zehn Jahre jünger als Jane Wyman, die unglücklich in einer amerikanischen Kleinstadt lebt. Die Nachbarn zerreißen sich's Maul, die beiden sitzen umschlungen vorm Kamin. Draußen vor den beschlagenen Scheiben schneit es, ein Rehkitz kommt vorbei und schaut ins Zimmer. Es schneite auf dem Bildschirm, es schneite in den Straßen ... Als das Reh – oder war's ein Damhirsch? – vor dem Fenster stand, hab ich vor Rührung geheult!

Ilona und Reinhardt flanieren vorbei, friedlich Hand in Hand. Das ist HP jetzt egal. Ob sie ihm die Kreditkarte zurückgegeben hat? Als Reinhardt HP einen Gruß zuwinkt, betrachtet Ilona den fetten Kerl an ihrer Seite und ihr Gesicht verzerrt sich zu einer hasserfüllten Fratze. Was sie wohl vorhat? Reinhardt ausplündern? Ihn kastrieren? Schon wird ihr Gesicht wieder freundlich. Sie lächelt HP zu und legt den Finger auf die Lippen. Ich bin immer noch Teil ihrer Geschichte, begreift er. Da meldet sich Eva wieder:

– Mein Liebhaber kam nicht. Ich wartete die ganze Nacht.

Auch die folgenden Tage keine Nachricht. Er saß nie mehr mit seinem Buch im Sessel. Seine Frau packte Bücher in Kartons. Nach vier Wochen war das Schloss ausgewechselt und ein anderer Name stand an der Tür. Auf dem Markt sprach mich die Putzfrau an: Ja, im Fahrstuhl. Vom Tod überrascht! Das Herz. Er ist Weihnachten direkt nebenan gestorben, während das Reh durchs Fenster schaute, und ich habe nichts gemerkt.

– Ich ...

– Ach, du ...

Sie nimmt HPs Hand.

Interessante Geschichte, findet HP, aber weshalb abreisen? Dann ist unsere Geschichte auch zu Ende. Vielleicht sollte ich über eine Zukunft mit ihr nachdenken ...

Jedoch Olaf betritt die Bar. Er bemerkt die verschrammte Nase seiner Frau, sieht sie Hand in Hand mit ihrem ehemaligen Liebhaber sitzen, beide trinken hochprozentigen Alkohol. Man weiß, wohin das führt.

– Bloß ein kleiner Unfall, begrüßt ihn Eva. Du kannst beruhigt nach Hause gehen.

Olaf zupft am Ohrläppchen, reibt an der Nase. Eva ordert noch einen Tsipouro. Olaf sagt nichts. Er überlegt. Was überlegt er wohl?, fragt sich HP. Vielleicht: Weshalb muss ich so eine Frau haben? Umtausch ausgeschlossen, ich liebe sie ja. Überschlägt er die Schuld seiner Frau? Gedenkt er der allgemeinen sittlichen Verwahrlosung und der der Medien? Erinnert er sich der Krankenkassen, die den Zahnärzten einen angemessenen Gewinn versagen? Das sind alles gute Gründe, sich aufzuregen. Aber aus dem Stand? Wie soll er beginnen? Autoritär wie er ist, hat er große Angst, die Selbstkontrolle zu verlieren. Daher verfügt er über einen Trainingsrückstand, was den gezielten und effektiven Einsatz von Aggressionen betrifft. Vielleicht sollte er eine Fortbildung besuchen.

– Meinst du, Tsipouro ist eine gute Idee?, fragt er.

Eva nickt und niest. Blut sprüht aus der Nase. Olaf denkt: Na siehst du!

Wo die Hauptstraße auf die Hafenpromenade mündet, wartet ein Bus, um Hotelgäste nach Hause zu bringen. Der Fahrer lässt den Motor im Leerlauf rülpsen, hupt, weil ihm ein Taxi im Weg steht. Darin sitzen Ilona und Reinhardt.

Als HP sich wieder Eva und ihrem Zahnarzt zuwendet, sind die verschwunden.

Soll sie doch, denkt er, dann ist auch das vorbei.

26|Der tote Punkt

– Lust auf Fahrrad? Eva *schlüpft an.* Wir könnten zum Heraion radeln.

Heraion? HP weiß natürlich Bescheid. *Archaisches Heiligtum, unbekannte Muttergottheit, später Hera, Gattin des Zeus, extrem wichtig für die Griechen, einer der größten Tempel, heute Fundamente und die berühmte einzig aufrechte Säule…* Das alles interessiert ihn nur mäßig, aber er hat Lust auf Eva.

– Was macht dein Zahnarzt?

– Sitzt am Hafen und fühlt sich versöhnt.

– Vier, fünf Kilometer, erklärt die freundliche Holländerin im Fahrrad- und Autoverleih. Folgen Sie einfach der Küstenlinie.

Eva schwingt sich auf und legt einen Blitzstart vor. HP sieht ihr nach. Zwei Tage noch, denkt er. Und tritt in die Pedale. Die Kettenschaltung klackert; Eva wird aus seinem Leben verschwinden, ist bereits jetzt dreißig Meter vor ihm. HP überlegt, anzuhalten, umzukehren. Die Kettenschaltung klackert. Ob er nun den Ausflug macht oder nicht, sie wird abreisen. Rechts erheben sich friedliche Berge im Sonnenschein. Da oben ist er gewandert, mit Ilona. Jetzt wandert sie durch eine andere Geschichte. Die Kettenschaltung klackert. Auch er wird abreisen. Zurück zu seiner Schwester. Vor der Feuerwehrstation kläfft ein Hund. Er hat drei Beine und ist angekettet. HP wird in sein altes Leben mit seiner Schwester zurückkehren. Die Feuerwehr, der Kettenhund, die Gangschaltung. Das Ende dieser Geschichte ist absehbar. Hinterher ist alles wie vorher, nur anders. Er hat sich während der Reise vorgestellt, dass sein Leben künftig anders verlaufen könnte. Nach den schönen, aufregenden und friedlichen Ereignissen in Taormina und auf Samos wird das ehemalige Leben hässlich erscheinen, zweifelhaft, öde und leer. Was denn nun genau? Egal. Wer etwas Schönes erlebt hat, der kehrt zurück und ist auf neue Weise unglücklich, denkt HP.

Die Kettenschaltung klackert. Ich könnte bis zum nächsten Sommer hierbleiben. Das Geld von Reinhardt würde vielleicht reichen. Aber man kann das Paradies nicht bewohnen. Jetzt fängt er schon an, die Gegend zu verklären. Gewiss, denkt er, es ist nicht alles gut hier, aber es lässt Platz für Phantasien. Zu Hause müssen die Gedanken nützlich sein, verwertbar. Schreib doch ein Buch, fordert seine Schwester, aber eins, das sich verkaufen lässt. Oder eins, das dich therapiert. Na, jedenfalls eins, das einen Sinn hat. Sie meint, den üblichen Sinn, den angeblich alle teilen, jedenfalls alle, die vernünftig und normal sind. Ach, jetzt geht das wieder los, dabei ist er noch gar nicht zurück.

Die Kettenschaltung klackert stärker.

– Wenn's knackt, hat die Frau im Verleih erklärt, ruhig und regelmäßig weitertreten.

Ich bin am toten Punkt, denkt HP. In jedem Abenteuer kommt der tote Punkt. In jedem Buch, in jedem Film, in jedem Leben – in allen Abläufen, die sich erzählen lassen, erreicht man kurz vorm Ende den toten Punkt. Die Hauptfigur schaut ins Leere, man weiß nicht, fällt ihr grad der Text nicht ein, ist ihr der Plot egal oder hat sie sich selbst vergessen?

Die Handlung ist so gut wie vorbei, Eva fährt in zwei Tagen. Ich weiß, wie's ausgeht. Ich werde allein bleiben, na und? Gern könnte die Handlung noch ein bisschen weitergehen oder sich im Kreis bewegen, jetzt, wo man sich an sie gewöhnt hat, wo man die Protagonisten kennt, ihre Verhaltensmuster und Wahrnehmungsweisen. Jedoch eine gewisse Scheu stellt sich ein, den Faden fortzuspinnen. Wer ein Buch schreibt oder liest, einen Film dreht oder sieht, ein Theaterstück inszeniert oder anschaut, eine Liebe lebt oder erträumt, weiß nie, was anschließend passiert. Denn am Ende ist keineswegs alles vorbei. Vielleicht lacht jemand über meine Geschichte mit Ilona. Vielleicht lache ich selbst, wenn ich sie in zwanzig Jahren lese. Was andere mit meinen Geschichten machen, Eva oder ihr Zahnarzt, ja, was mein eigenes Unbewusstes damit anstellt, habe ich nicht im Griff.

Die Kettenschaltung klackert melancholisch.

Wie oft wünscht man sich am toten Punkt, die Geschichte möge bereits vorbei sein.

Ach, denkt HP, es ist angenehm am toten Punkt zu radeln. Die narrative Disziplin lockert sich, man entdeckt im Vorübergleiten Leerstellen am Wegesrand und im eigenen Kopf, die einem zu denken geben oder nicht.

Ilona ist ihm fast egal, Eva ebenso. Hinter der Hotelanlage *Doryssa Bay* geht es links ab.

Am toten Punkt ignoriert der Finanzmakler die Gewinnerwartung, verspielt Hannover 96 zwei Minuten vor Spielende den sicher geglaubten Sieg und steigt aus der Bundesliga ab, nach sechsundzwanzig Kapiteln und zehn Jahren Arbeit wirft der Autor seinen Roman in den Müll. Weg damit! Der Druck lässt nach, HP entspannt.

Am toten Punkt überlegt man, wie und wohin man die

Geschichte hätte auch führen können. Mit einem Mal ist die Lust am erzählerischen Spiel viel wichtiger, als irgendwo anzukommen.

Um die am toten Punkt drohende Disziplinlosigkeit abzuwehren, wurde das sogenannte *Finale* erfunden. Der tote Punkt wird zum retardierenden Moment umgedeutet, zur kurzen Pause, bevor die Handlung unter Anspannung letzter Kräfte mit bewusstlosem Krawall aufs Ende zustürzt, das alles Vorige verdrängt.

Eva reist in zwei Tagen ab und wird ihre Liebelei mit HP beenden. *LIEBELEI, feminin,* denkt HP, *das Liebeln, flüchtiges Liebesverhältnis, das seinen Zweck in sich selbst findet, vgl. Achim v. Arnim: ... und lachte, dasz dieser Sommer zwischen uns nicht ohne Liebelei ausgehen würde.*

Armer toter Punkt! Was ist so schlimm an dir? Vielleicht, dass man ahnt, Geschichten gehen nicht zu Ende, Sie gehen über in neue Geschichten und immer neue Geschichten, sie laufen von uns fort und wir sind nicht mehr dabei. Es ist die unangenehme Nähe des Todes, die den toten Punkt verdächtig macht. Aber das ist mir egal. Der tote Punkt erinnert ans Ende, aber er hält es auch auf. Ich verlasse den Resonanzraum meiner Erfahrung, bewege mich hinaus ins *intellektuelle Brachland,* zu den *terrains vagues intellectuels.* Entrinne den sozialen, sexuellen, finanziellen, narrativen Zwängen. *Ich bin nicht länger Herr meiner selbst, so sehr spüre ich meine Freiheit.*

Auch eine kleine Flügelmutter spürt die Freiheit. Sie war schon vorher ziemlich abgedreht, aber jetzt, noch eine kleine Pirouette ... HP schaut hinterher, als sie auf die Straße hüpft. Ist die von ihm? Mit einem Ruck knallt die Sattelstange ins Gestänge. Ungebremst schlägt der Hintern auf, die Hoden hadern mit der Welt. Das ist jetzt wirklich ein toter Punkt.

– O, sagt die freundliche Holländerin, als er zu Fuß zurückkehrt, ich sehe schon ... Suchen Sie sich ein anderes Rad aus. HP bricht zum zweiten Mal auf. Laut ruft er das Wort *LIEBELEI* in die Landschaft. Leute schauen ihm nach, begreifen nicht. Er könnte sich glatt ins Wort *LIEBELEI* verlieben und versucht, sich mit jeder Pedalumdrehung mehr in den passivsten oder den rezeptivsten Zustand zu versetzen, dessen er fähig ist. Er sieht ab von Eva, von seiner Genialität, von seinen Talenten und der Straßenverkehrsordnung. Er tritt in die Pedale ohne vorgefasstes Thema, schnell genug, um nichts im Auge zu behalten, um nicht versucht zu sein, über das nachzudenken, was am Straßenrand steht ... Vier, fünf Kilometer, hat die freundliche Holländerin im Büro des Fahrradverleihs behauptet. Es stimmt wirklich, dass bei jedem Kilometer, bei jedem Meter und Zentimeter in unserem Bewusstsein ein unbekannter Satz existiert, der nur darauf wartet, Hallo zu sagen. Wörter und Sätze ohne semantische Überprotektion. Schon wartet da wieder der dreibeinige Kläffer; *Freiwillige Feuerwehr Uelzen* steht an dem roten Feuerwehrfahrzeug. Von Uelzen kommt HP auf Zucker, von Zucker auf Zimt, freut sich, in seine Kindheit einzutauchen, biegt zu Ilona ab, ersetzt sie durch Eva, ersetzt die durch *Oh Du Geliebte meiner 27 Sinne* ... Links zieht sich der Strand hin, manch einer zieht sich aus oder an und dahinter zieht sich das strahlende Meer. Über seinem Kopf hebt ein Flugzeug ab. Dann ist auch die Einflugschneise vorüber.

Schwemmland, denkt er, Schwemmland, es geht über Schwemmland ... Man muss die Wörter auf der Zunge zergehen lassen, mit den Lippen nippen, wie Küsse schlürfen. Schwemmland, eben dies Schwemmland, durch das sich ein Fluss wand'.

222

Die berühmte letzte Säule des Heraion kommt in Sicht. Sieht genau aus wie auf den Postkarten, aber doch ganz anders. HP rutscht durch Sand und Kies, versucht es mit dem Rücktritt. Es gibt keinen Rücktritt. Ungebremst schlingert das Rad dem Eingang des archäologischen Parks zu. Er presst die Handbremsen, das Hinterrad verreißt ...

In einer anderen Version dieser Geschichte rast an dieser Stelle Evas Zahnarzt mit hoher Geschwindigkeit in einem roten BMW-Cabrio heran. *Rot liebe ich Dir.* Voller Eifersucht, weil Evas Männergeschichten sich seiner Biographie entziehen, hält er mit Vollgas auf HP zu. Der bleibt stehen, er weiß ja, wie's weitergeht. Da steht nämlich ein Säulenstumpf, wie sie hier überall herumstehen. Manchmal erheben sie sich mitten im Weg wie jetzt. Olaf, natürlich nicht angeschnallt, wird durch die Windschutzscheibe geschleudert, und seine Zähne purzeln über die Motorhaube.

Oder anders. Reinhardt kommt um die Ecke gebraust auf der Suche nach seiner Kreditkarte, deren Verlust ihm das Leben vergällt. Hält direkt auf HP zu, wieder steht der Säulenstumpf im Weg, Reinhardt jedoch ist angeschnallt. Im Nu bläst sich der Airbag auf, trotzdem Schleudertrauma und irgendetwas mit der rechten Kniescheibe. Reinhardt wird wochenlang in einer griechischen Klinik dahinsiechen.

Offenbar ist auch mir der innere Drang zum blutigen Finale eigen, überlegt HP. Das Rad ist abgestellt, er betritt, *Froh empfind ich mich nun auf klassischem Boden begeistert,* das antike Pflaster. Der Nullpunkt hat keine Ausdehnung, keine Dauer, nichts wächst, nichts vergeht, er ist nur da. *Saget, Steine, mir an, o sprecht, ihr hohen Paläste! Straßen, redet ein Wort!* denkt HP und lauscht. Kein Ton. *Die Heilige Straße führte 6 Kilometer weit von der antiken Stadt zum*

Tempel und war auf beiden Seiten von Weihegeschenken und Inschriftensteinen gesäumt, behauptet der Reiseführer. Dann steht HP vor den Resten des berühmten Riesentempels. *Die 78 Meter lange Cella war von einem doppelten Säulenring umgeben. Vor ihrer Ost-Seite lag ein tiefer Pronaos mit 2 Säulenreihen. So entstand an der Eingangsseite ein Säulenwald.* HP sieht den Wald von lauter Säulen nicht. Schön, denkt er, so ähnlich habe ich mir das gedacht. Er lässt sich im Schatten des Lygos nieder, dem Zentrum des toten Punktes. Kleine Fliegen, die aussehen wie gewöhnliche Stubenfliegen, stechen durch die Strümpfe hindurch. Auch am toten Punkt wird man nicht allen Ärger los! HP sitzt und simuliert. *Simulieren = nachsinnen, sich bedenken, grübeln (daneben sinnieren). Vgl. Schöpf 674, Kehrrein 377, Spiesz 234, Frischbier 341a ... Gelegentlich auch in der Literatursprache, etwa im Faust I: Du weißt, das Bergvolk denkt und simuliert, Ist in Natur- und Felsenschrift studiert.*

Leider gehört HP zu den Leuten, deren Leben in der westlichen Großstadt weitgehend bruchlos verläuft, bis ihre Freiheit von Steuererklärung, Arbeitsmarktrealität, Liebesbeziehungen und der eigenen Bedeutungslosigkeit aufgerieben wird.

Gräser rascheln, Sträucher trocknen, der Gesang der Zikaden schwillt an und ab. HP öffnet seine Wasserflasche. Schluckweise lässt er die Flüssigkeit seine Kehle hinunterrinnen. An der Innenfläche seiner linken Hand zieht sich die Haut zusammen. Er streicht Sonnenmilch darauf und begreift, dass Sterben einfach Austrocknen bedeutet.

– Wo hast du gesteckt?, ruft Eva. Ich hab mir schon Sorgen gemacht. Schade, dass du so spät kommst. Jetzt muss ich los.

27|Nachts am Strand

Hinter ihm raschelt etwas im trockenen Gras. Eine Schlange? Eine Karawane schwarzer Pillendreher? Ist das am Himmel der große Bär? Sieht so ein großer Bär aus? Ilonas kleiner Bär wartet einsam im Hotelzimmer.

Ich muss mich abfinden, die Geschichte ist so gut wie vorbei, aber sie wird nicht eher aufhören, bis ich Abschied genommen habe.

HP starrt aufs Wasser.

Breite Wellen ... Wie sie daherkommen und zerschellen, daherkommen und zerschellen, eine nach der anderen, endlos, zwecklos ...

Die zarten Blätter der Tamarisken zittern zart im sanften Wind; die Dunkelheit ist warm und salzig.

Wie sie daherkommen und zerschellen, daherkommen und zerschellen, eine nach der anderen, endlos, zwecklos, öde und irr ...

Ein kleiner Ausflugskutter tuckert vorbei, beleuchtet mit bunten Lichterketten. Bouzouki aus Lautsprechern, Lachsalven hallen übers Meer. Akustische Landnahme. HP hockt verlassen am Strand, da drüben lachen sie aggressiv, zwischen ihnen zerschellen die Wellen.

Was für Menschen es wohl sind, die der Monotonie des Meeres den Vorzug geben?

Wahrscheinlich sind jetzt die anderen am Hafen und vermissen ihn nicht mal.

Solche, die zu lange und tief in die Verwicklungen der innerlichen Dinge hineingesehen haben?
– Ich habe keine Lust, hinzugehen, denkt er. Keine Lust, mit denen zu reden. Das bringt heute so wenig wie an jedem anderen Abend. Ich habe keine Lust, zum Hafen zu gehen, wo all die anderen auf mich warten. Die wollen nur hören, dass alles in Ordnung ist und wieder gut. Niemand interessiert sich dafür, was ich erlebt hab und welche Rolle das fortan in meinem Leben spielt. Keinen interessiert wirklich mein Abschied vom Abenteuer.

Noch ein Ausflugskutter tuckert vorbei. Kommt von einem Ausflug zur kleinen Insel Samiopoula, mit frischem Fisch vom Grill, Wein und Gesang. *For he's a jolly good fellow ...*

Wie sie daherkommen und zerschellen, daherkommen und zerschellen ...

Der ambulante Schriftsteller, in Bermuda-Shorts und T-Shirt, Aufschrift: *Tomorrow never comes*, kippt eine kleine Holzsteige voller Steine aus, die er am Strand gesammelt hat.

– Produktiv sein, ohne zu schreiben!, verkündet er. Einfach eine Mauer bauen.

Im Licht der Sterne erkennt HP sieben niedrige Mäuerchen aus lose aufeinander geschichteten Steinen, locker über den Strand verteilt. Jede gerade so breit, dass zwei davorsitzende Menschen sich bequem anlehnen können.

– Im Winter holt sich das Meer die meisten Steine zurück. Was soll's, nur Dichter arbeiten für die Ewigkeit. Und auch das bedeutet nicht, dass ihr Werk unendliche Zeiten überdauert, sondern lediglich, dass es aus der Zeit heraustritt und sich auf eigene Gesetze und Maßstäbe beruft.

Der ambulante Schriftsteller zieht seine Arbeitshandschuhe aus, und lässt sich neben HP im Kies nieder und nimmt einen

großen Schluck Wasser:
– Probleme oder so?
HP nickt.
– Einsam oder so?
HP nickt.
– Na denn ...
Was soll das? Will der nicht weiterfragen?
– Nun erzählen Sie schon.
Sehr gut.
– Ich würde gern zum Hafen gehen und den anderen von meinen Reise-Erlebnissen erzählen. Eigentlich rede ich gern mit anderen Menschen. Man will ja geliebt werden und nicht immer einsam in seiner Ecke hocken. Jedes Mal sage ich mir, eines Tages werden wir richtig miteinander reden. Werden wir uns erzählen, worüber wir in den vergangenen Wochen nachgedacht haben, welchen Träumen wir nachhängen, ob wir Hoffnungen verloren oder gewonnen haben, ob wir unseren Spielraum erweitert haben oder nicht, wo wir die Chance sehen, dem Üblichen zu entkommen. Kurzum, wir werden unsere Erlebnisse austauschen und dabei über die notwendigen Fiktionen sprechen, die unserem Handeln erst seine spezifische Bedeutung verleihen. Wenn ich beispielsweise zusammen mit Ilona nach ... sagen wir Weimar ginge, um dort eine Gartenwirtschaft zu betreiben ...
– Wieso Weimar und wieso eine Gartenwirtschaft?
– Es handelt sich um ein Beispiel.
– Na, mein Lieber ...
Jetzt redet der schon wie Reinhardt.
– ... dass Ihnen in dem Zusammenhang Weimar einfällt ...
– Von mir aus. Die Frage ist doch vielmehr, welche notwendige Fiktion verbirgt sich hinter beziehungsweise in dieser

Entscheidung? Inwiefern würde sich mein Verhältnis zur Gesellschaft, zu meinem Leben, zur Erotik, zu Ilona und, von mir aus, zur Kultur ändern durch diese Entscheidung? Und selbst wenn ich sie nicht träfe, mal davon abgesehen, was Ilona sagt – welche Perspektive verbindet sich für mich mit dieser Liebe? Es geht doch in Geschichten, sofern sie etwas taugen, immer um Abweichung vom Gewohnten, um eine Neueinschätzung der Machtverhältnisse, also ob es mir gelingt, Ilona gegen den Widerstand eines Mannes aus der Oberschicht zu einem Ausbruch zu verführen, der uns nicht ins nächste Reihenendhaus führt.

Oder Eva? Mit Eva ein heimliches Leben im Abseits führen hinter dem Rücken ihres Zahnarztes, der nicht zuletzt die unangenehm kleinbürgerliche Seite autoritärer Gesundheits- und sicher auch Altersvorsorge verkörpert, so eine Art verdrossenes, schwaches Gesellschafts-Über-Ich. Ich meine, das könnte ein enormer Zugewinn an Freiheit sein. Sofern meine Schwester mir eine Rente aussetzt, Eva genug von ihrem Haushaltsgeld abzweigt oder ich einen Job finde, von dem ich nicht weiß, wie er aussehen soll. Wir könnten natürlich auch einen klassischen Ehebruch hinlegen. Wenn zwei Menschen Sex miteinander haben, so ist das nicht der Rede wert, es sei denn, eine Erzählung gibt dem Ereignis eine Bedeutung. Wie wunderbar ist so ein breit ausgeführter Ehebruch bei Flaubert oder Fontane? Weil er von Freiheit spricht. Vom Verlangen auszubrechen, abzuweichen. Erzählungen, die etwas taugen, thematisieren immer Machtverhältnisse, sogar in der Sprache: *Breite Wellen ... Wie sie daherkommen und zerschellen, daherkommen und zerschellen, eine nach der anderen, endlos, zwecklos ...*

Andererseits ... Da brezelt jemand ein paar Wellen auf zur

existenziellen Metapher, bloß, weil ihm keiner zuhört. – Und geht es mir nicht ebenso?

– Ich mag die *Buddenbrooks* auch nicht, sagt der Schriftsteller. Ein Buch für Leute, die sich für *Auf der Suche nach der verlorenen Zeit* keine Zeit nehmen.

– Und, mal ehrlich, ist nicht jeder vollständige deutsche Hauptsatz auch Ausdruck von beherrschter Sprache oder Herrschaftssprache?

– Naja ... Sie wechseln ziemlich rasch die Ebene.

– Anderes Beispiel: Ich erinnere mich einer Szene von vor Jahren ... Eva stand endlos heulend vor mir. Sie stand da, und die Tränen liefen herunter. Ich hatte ihr gesagt, dass ich mit einer anderen in Urlaub fahren würde. Sie heulte, ich ließ sie heulen bis sie ohne Abschied ging. Wäre ich nicht besser weich geworden? Ich mein, die Geschichte ist vergangen, aber doch nicht vorbei. Die könnte ich doch erzählen. Nur, wer würde mir zuhören. Eva würde sagen: Lass die alten Kamellen. Ilona: Das war gemein von Dir! Reinhardt: Drauf trinken wir einen Doppelten. – Deswegen erzähle ich nicht! Ich habe ja das Bedürfnis, mit ihnen zu reden, aber die wollen nur immer die Kurzversion hören, die sie nicht stört oder doch nur kurz. Sie lieben es vor allem nicht, wenn jemand erzählt, ohne die Gebrauchsanweisung mitzuliefern.

– Naja, sagt der Schriftsteller, kann man verstehen, die Gebrauchsanweisung garantiert, dass alles im gewohnten Rahmen bleibt. Für eskapistische Ausflüge haben wir die Unterhaltungsindustrie, da braucht man nicht Ihre oder meine Geschichten. Deshalb schreibe ich ja nicht mehr.

– Man muss doch erzählen, um den eigenen Spielraum zu erweitern! Aber jetzt geht dieser Reiseroman, dessen Hauptperson ich bin, dem Ende zu, und meine Hoffnung, in einem ruhigen Moment Ilona und Eva aus meinem Leben zu erzählen, schwindet stündlich. Unsere Beziehung verläppert sich.

Liebe, Freundschaft, Sympathie beginnt, wenn man sich Geschichten erzählt.

– Die sitzen am Hafen, als ob nichts gewesen wäre, und erwarten, dass ich einen Schlusspunkt setze. Kurz, und knapp. Aber meine Geschichte ist nicht auserzählt.

HP schweigt und lässt die breiten Wellen daherkommen und zerschellen.

– Sie können mir glauben, nachher am Hafen sitzen alle da, lustig laut, fragen: Wie geht's? Alles klar? Selbst die Kellner: How are you? Fine? Die Frage lautet: Wie geht's? Die geheime Botschaft jedoch heißt: Du kannst zu uns gehören; aber sag jetzt nichts Negatives!

HP nimmt einen Kiesel, wiegt ihn in der Hand und wirft. Er klackert über Steine, erreicht die Wasserlinie und plumpst leise ins Meer, müde von den zahlreichen Verwicklungen der innerlichen Dinge.

– Na, mein Lieber, wird Reinhardt prahlen, als ich Sie in Taormina auflas, hätten Sie so ein Abenteuer erwartet? Und wird dick in sich hineinschmunzeln. Wenn ich daraufhin begänne, ein komplexes Handlungsgeflecht mit offenem Schluss zu entwerfen, weil für mich das, was vorbei, keineswegs erledigt ist, würde der nach drei Sätzen fragen: Was trinken wir jetzt?

Auf der anderen Seite der Bucht, weit hinter dem dunklen Hera-Heiligtum, zieht sich die Straßenbeleuchtung bergan bis zu einer Anhäufung von Lichtern hoch droben. Ein Markplatz mit Tavernen, fröhlichen Menschen und Ouzo from the house.

– Und später in Hamburg wird meine Schwester fragen:

Wie war's? Was, kein Fazit? Weshalb bist du überhaupt weg gewesen?

Einige Meter vom Ufer entfernt dümpelt das Motorboot des Life-Guards an seiner Leine. Er selbst hat längst Feierabend.

– Nun erzählen Sie mir schon!, sagt der Schriftsteller. Ich bin zwar nicht Eva, trotzdem. Nehmen Sie mich als Ihnen wohlgesonnenes Publikum.

– Die Geschichte ist so kompliziert, so widersprüchlich. Ilona, Eva ...

Der ambulante Schriftsteller kichert:

– Kennen Sie übrigens den? Kommt eine Maus zum Arzt. *Ach, sagt die Maus, die Welt wird enger mit jedem Tag. Zuerst war sie so breit, dass ich Angst hatte, ich lief weiter und war glücklich, dass ich endlich rechts und links in der Ferne Mauern sah, aber diese langen Mauern eilen so schnell aufeinander zu, dass ich schon im letzten Zimmer bin, und dort im Winkel steht die Falle, in die ich laufe. – Sie müssen nur die Laufrichtung ändern, sagt der Arzt und frisst sie auf.*

– Verstehe ich nicht. Was für eine Laufrichtung?

– Tja, wenn man das wüsste, wäre man einen Schritt weiter.

– Ist die Geschichte nicht von ...

– Ja, aber anders.

– Nicht der Arzt, sondern die Katze frisst die Maus.

– Egal! Ein elender Besserwisser, der zuschaut, wie sich jemand quält, gute Ratschläge erteilt und denjenigen dann auch noch auffrisst. Erinnert mich an manche Leser.

Der Schriftsteller holt einen Stein von der Wasserlinie und passt ihn in die Mauer ein.

Hätte HP mit Ilona oder Eva die Laufrichtung ändern können? Hätte er sich früh von Reinhardt trennen sollen? Hätte er in Taormina in aller Ruhe einfach seinen Proust weiterlesen sollen und diese ganze Geschichte auslassen?

– Nun erzählen Sie schon!, sagt der Schriftsteller von der Ambulanz.

Vielleicht liegt es an der warmen Nacht, die längst nicht mehr durch vorbeifahrende Kutter gestört wird. Oder es liegt an den Mäuerchen. Möglicherweise spielt auch der neoklassizistische Giebel am Schulgebäude hinter ihnen eine Rolle. Und das Meer selbstverständlich, *endlos, zwecklos, öde und irr* ... HP erzählt dem Schriftsteller die Geschichte seiner Reise, vom ersten Satz an: Solange HP sich damit begnügte, von seinem Bett in Hamburg aus die Terrassen von Taormina ins Auge zu fassen, erhob sein Körper keinen Einwand gegen die Reise. Weder lässt er aus, was die Mikroorganisten in jener Nacht in Taormina veranstalteten, noch die Episode, wie Eva ihn vor Humboldt dem Hahn rettete, nicht Ilonas Brust vor dem Flugzeugfenster oder Reinhardts Verwandlung in den Grottenolm. Er streicht keine sexuellen Szenen oder Gedankensprünge, er verzichtet nicht auf Umwege oder dumme Witze. Kein Wort lässt er weg. Er erzählt ihm die ganze Geschichte. Damit hat er endlich eine.

– Nun werden Sie mal nicht romantisch!, warnt der Schriftsteller.

Mit einem leisen Knall versprühen Leucht-Kugeln vom vorbeifahrenden Ausflugsboot dunkelrote Sterne über den Himmel. Ein schwarzer Kopf taucht aus den Fluten, ein Hals, ein Körper, alles schwarz. HP bedauert, er kann nichts dafür, dass das vielleicht an die Grenzen des Glaubhaften geht. Er beschränkt sich darauf festzustellen, dass ein schwarzer Mann im Neopren-Anzug dem Meer entsteigt. Der Froschmann watschelt mit seinen Flossen an Land. Breite Wellen hinter ihm.

– Kalispera, näselt er und hebt seine Taucherbrille an, please, is this the way to Samos City?

28|Museum

Der Wagen *tastet sich und stößt die Dunkelheit entlang.* Der Motor des kleinen Militärtransporters brummt, der Fahrer raucht. Der Soldat neben ihm, in Uniformhemd mit kurzen Ärmeln, döst oder schläft. Genau kann HP das nicht erkennen, der mit den anderen auf den Bänken der Ladefläche sitzt. Die rückwärtige Plane ist hochgeschlagen, Nachtluft weht herein, kaum kühler als am Tag. Sie fahren eine kurvenreiche Strecke durch die Berge, nicht wirklich einsam, aber niemand kommt ihnen im Dunkeln entgegen.

Die Froschmänner haben sich ihrer Taucheranzüge entledigt und dösen in Badehosen. Der vom Strand freut sich noch immer, dass er seine Leute wiedergefunden hat.

– Today is the night of the museum, hat er erklärt und HP eingeladen, mitzukommen. Sie müssten deshalb in Samos-Stadt arbeiten. Was sie dort vorhaben, hat HP nicht verstanden.

Gelegentlich bleibt eine Leuchtreklame am Straßenrand zurück, eine einsame Tankstelle in Rot, ein Lampenladen, in dem alle Lüster brennen. *Lidl,* und *Super-Bazaar* sind geschlossen, ein Geschäft, in dem man Heckenscheren und Rasenmäher kaufen kann, verkündet: *Sale!*

So hat HP ein Ziel, wenn es ihm auch zufällig zugefallen ist. Selbst der Tod ist ein Zufall, denkt er, wenn er einem notwendig zufällt. Nicht zu-, aber auffällig sind die Ortsschilder.

234

Mytilini klingt nach Geheimnis, *Mykali* nach Märchenfee und *Psili Amos* wie der Name eines Magiers mit Alkoholproblem. Und schließlich: *Nikola*. Nikola! Da steht die Vergangenheit auf. HP erinnert sich seiner ersten großen Kinderliebe, Nikola mit den Fuchsaugen, er fünfzehn, sie dreizehn … wussten nichts miteinander anzufangen. Und doch, das ist ja das Poetische daran, der Name blieb. Der Motor brummt monoton, HP ist warm und wohl … Nikola … Ist das nicht ein Wundertäter in einem russischen Roman?

Der Wagen bremst, HP zuckt aus dem Sekundenschlaf. Sie fahren in einen Verkehrskreisel und nach wenigen Metern eröffnet sich eine weite Aussicht auf die nächtlich erleuchtete Stadt Samos. Sie zieht sich rechts der Straße den Hang hinauf, unten strahlt die Promenade am Hafen. Wie in einem Film, denkt HP, südliches Nachtleben, Marcello Mastroianni, schwarzweiß. Oder in Farbe, dann wäre es Nizza, das südliche Herz des Abendlandes nach dem 2. Weltkrieg.

In Serpentinen geht es hinab, schon rollen sie am Wasser entlang. Die Bars sind vollbesetzt; sämtliche Sessel schauen zum Meer. HP könnte sich setzen und sich vergessen, da biegt der Transporter in eine enge Gasse und stoppt . Ein Schlagbaum, links und rechts Nato-Draht. Ein Militärposten tritt auf sie zu. Drei weitere Soldaten halten die MP im Anschlag.

Okay, denkt HP, ein Museum im Sperrgebiet. Terroristen, Fahrlehrer, Steuerbeamte oder Militärs haben immer recht.

Mit den Papieren in der Hand mustert der Posten die Besatzung auf der Ladefläche. Der Mann stutzt bei diesem schlaffen hellhäutigen Griechen, zählt aber nicht durch, reicht die Papiere zurück und klopft wortlos zweimal auf die Kühlerhaube:

– Okay.

Sie passieren den Schlagbaum. Der Wagen hält direkt auf dem Museumsplatz zwischen Alt- und Neubau.

– There we are, ruft HPs neuer Bekannter.

Die Froschmänner haben es eilig.

– See you.

Sie hüpfen vom Laster, dann zu einem Zelt mit mehrsprachigem Schild *Künstlereingang*. HP sieht ihm und seinen Kollegen nach. So. Hier nun. Aha. Fein. Und? Links neben dem Museumsneubau führen ein paar Stufen zum kleinen Stadtpark hinunter. Ein ehemaliger Palastgarten aus dem 19. Jahrhundert. Der zugehörige Palast wurde 1943 durch deutsche Fliegerstaffeln zerstört. So geht das. Davon wollen wir heute Abend nichts wissen, sagt die schwarz-rot-goldene Flagge am Eingang. In Käfigen zwitschern bunte Kanarienvögel. Girlanden mit elektrischen Kerzen sind zwischen Palmen, Gummi- und Orangenbäumen aufgespannt und lassen alle Farben seltsam künstlich erscheinen. Im Zentrum des Gartens plätschert ein Brunnen. *Der traditionelle Garten war ein geheiligter Raum, der in seinem Rechteck vier Teile enthalten musste, die die vier Teile der Welt repräsentierten, und außerdem einen noch heiligeren Raum in der Mitte, der gleichsam Nabel der Welt war; dort befanden sich das Becken und der Wasserstrahl.* Auf einer goldbronzierten Halbkugel erhebt sich inmitten dieses kleinen Abbildes des Paradieses eine schwarz-gusseiserne, leichtbekleidete Frauenfigur. Die rechte Brust ist frei, die linke beinahe ebenso nackt. Aus einer Tülle auf ihrem Kopf spritzt Wasser, das den Körper hinabfließt und sich über neobarocke Putten ins Brunnenbecken ergießt. Haben die Fischschwänze? Na, vielleicht. Drumherum wandeln Menschen mit langstieligen Gläsern in anmutiger Hand, Passanten im Paradies.

Am gegenüberliegenden Ende des Parks, am Tor mit Eisenstäben, kontrolliert Wachpersonal die Einladungen. Vielleicht sollte HP den Ausgang nehmen. Er könnte sich an die Promenade setzen und diese Geschichte hinter sich lassen. Einerseits. Andererseits könnte es interessant sein, herauszubekommen, was das alles bedeutet.

Menschen in Abendgarderobe drängen heran, Paare, Bekannte, Einzelgänger. Jetzt gehen wir mal ins Museum! Nicht jeder wird hereingelassen. *Museum, der „Musentempel", das Heiligtum der Musen, der Göttinnen der Künste und der Wissenschaften.* 34 Grad Celsius, behauptet ein Thermometer an der Apotheke gegenüber, also weder Krawatte, noch hochgeschlossen.

Das Archäologische Museum von Samos, einer der Höhepunkte jeder Reise auf die nordostägäischen Inseln, lohnt sich auch für an der Antike weniger Interessierte.

Der klassizistische Altbau wurde von einem Tabakhändler gestiftet. Den Neubau finanzierte die Volkswagenstiftung. Offenbar eine staatstragende Feier. Deshalb die Kontrollen. Irgendwer hat irgendwem irgendwas finanziert, nun feiern sie sich.

Zwischen beiden Museumsgebäuden ist ein Buffet aufgebaut, ein Rednerpult mit griechischer und deutscher Flagge. Im Hintergrund musiziert ein Streichquartett, Unterhaltungsmusik zur sozialen Distinktion.

HP lässt sich ein Glas Weißwein geben, stürzt ihn hinunter. Er nimmt ein zweites Glas, trinkt, betritt die überfüllte Eingangshalle des Altbaus. Obwohl Fenster und Türen weit geöffnet und an jeder Ecke große Ventilatoren aufgebaut sind, ist es drückend heiß. Hier gibt es offenbar keine Klimaanlage. Die anderen schwitzen wie er, aber entspannter. Er muss sich erst akklimatisieren, um diese Stufe innerer Leere zu erreichen. Er nimmt ein drittes Glas Wein. Kündigt sich ein Hitzschlag an? Sein Magen regt sich. Hunger? Und wäre beinahe über den roten Teppich gestolpert.

Wozu liegt der denn hier?

Das Streichquartett spielt etwas wie einen Tusch, beginnt dann eine heitere Hintergrundmusik. Ah, der Teppich ist für die Ehrengäste des Festes und dieses Finales. Die erste Limousine fährt vor. Ein Mann in einer weißen Jacke wie ein Schiffssteward öffnet die Tür. Ja ist denn das zu glauben? Da steigt Reinhardt aus. Der Conférencier auf dem Podium kündigt ihn auf Deutsch und Griechisch an als Förderer der musikalischen Jugend, Stichwort *Young Artist Festival Samos*. Reinhardt winkt gönnerhaft den vier jungen Frauen vom Streichquartett zu. Die verspielen sich aber nicht, sondern halten inne und grüßen, indem sie mit ihren Bogen dreimal kurz die Saiten anschlagen.

Nächster Wagen. Es entsteigt die Dame von der Yacht unter großem Applaus. Berühmte Charity-Lady und Gattin des langjährigen Justizministers eines bundesdeutschen Flächenstaats. Der rote Teppich steht ihr. Sie begrüßt Reinhardt, als hätten sie sich lange nicht gesehen. Dann verschwinden die beiden ins Gebäude.

Absatz und nächste Limousine, naja, eher ein bescheidener Mietwagen mit Chauffeur, aus dem Eva und ihr Zahnarzt krabbeln. Was haben die hier zu suchen? Abgesehen davon, wer hat die eingeladen?

Dann der Moment, auf den alle gewartet haben. Die Frauen vom Streichquartett schwitzen aus allen Poren. Tusch. Noch ein Tusch. Der Bundespräsident entsteigt. An seiner Seite die gewohnte Gattin, an der anderen Ilona. Ilona? Genau, sehr geehrte Damen und Herren, Ilona, die Frau aus dem Volk, stellvertretend für alle, die heute nicht dabei sein können. Der Bundespräsident und seine Gattin haben sie zufällig, der Conférencier betont *zufällig*, soeben an der Straße aufgelesen.

HP ist nicht einmal geladen und die machen Konversation mit Kultur und Fingerfood.

Was für ein Witz, denkt HP, da wähnt man sich entkommen ins Museum, dann stehen alle anderen mittendrin.

29|Rundgang

Vielleicht kann er sich von Eva verabschieden, wenn ihr Zahnarzt mal nicht dabei ist. HP beginnt seinen Rundgang bei der Töpferware aus geometrischen und rotfigurigen Epochen. Möglich, dass sie ihn im Herbst besuchen käme. Es handelt sich nicht um Alltagsgeschirr, sondern um Opfergaben. Oder Eva holte ihn für einen Kurztrip ab, vielleicht nach Berlin oder in den Harz. Nachdem sie ihre Aufgabe bei der Opferfeier erfüllt hatten, wurden die Gefäße unbrauchbar gemacht, indem man ein Loch in ihren Boden schlug. Zwar hasst er Ortswechsel, aber mit ihr? Wenn sie ihn einfach mal überraschte ... Anschließend würde sie zu ihrem Mann zurückkehren, er zu seiner Schwester. Ist es wirklich das, was er sich vorstellt? Will er nicht doch eine Perspektive, selbst eine unglaubwürdige? Weil man nun einmal nicht in der Gegenwart leben kann? Die Gegenwart ist ein Punkt ohne Ausdehnung, denkt er und schaut sich eine kleine, fein bemalte Amphore an, mit Vögeln darauf. Er jedenfalls weiß, wie klebrig die perspektivlose Gemeinschaft mit seiner Schwester ist. Was könnten Eva und er miteinander anfangen ohne ihren Ehemann im Hintergrund?

HP versucht sich auf eine Terrakottaschale mit ausdrucksvollen menschlichen Augen darauf zu konzentrieren.

Zwischen den Vitrinen jedoch entdeckt er als Tableau vivant Eva und ihren Zahnarzt. Stehen da, als ob sie hierher gehörten. Was mögen das für Leute sein, die eine Verbindung zur antiken Kultur suchen, kann sich jeder Besucher bei ihrem Anblick fragen. Eva trägt ein Glas Whisky on the rocks und einen schwarzen Fächer mit der goldenen Aufschrift: *Enjoy your nights*. Was mögen seine Bekannten so erzählen, wenn er nicht dabei ist? Geschichten, in denen er nicht vorkommt?

– Du redest immer, sagt sie.

– Und was machst du?, entgegnet Olaf.

– Ich verbringe meine Tage, sagt sie. *Sphinx ohne Geheimnis*, falls dir der Titel etwas sagt. Ich tue so, als ob ich ein abenteuerliches Doppelleben führen würde, auch wenn da keines ist. Lauter Einzelszenen ohne Geheimnis.

– Das ist doch Quatsch, sagt er, du führst ein ganz normales Leben!

Wieder sie:

– Leben? Was weißt du davon? Du benutzt *das Leben* ausschließlich zur Disziplinierung meiner Phantasie.

Sie könnte Künstlerin sein, denkt HP. Lebt eine Erzählung, in die sie gehört, und eine, in der sie wirklich lebt. Die zweite ist romantisch, nicht wirklich, aber wirklich da. Sitzt Weihnachten vorm Fernseher in der fremden Wohnung, während im Fahrstuhl nebenan der Liebhaber stirbt. Spielt mit mir Hippies am Hafen, bis zum Zusammenstoß mit der Wirklichkeit in Gestalt eines Laternenmasten. Sie bezahlt für ihr zweites Leben, indem sie ihrem Mann Gesprächsstoff für sein einziges liefert. Ob er seinen Patienten von seiner kapriziösen Frau erzählt? Den Patientinnen wohl nicht.

HP würde gern ein paar Worte mit Eva wechseln, jedoch nicht, solange der Herr des Bohrers dabei ist. Er leert sein Glas und verlässt das zerschlagene Geschirr.

Saal 2: *Das Heraion – Geschichte einer Kultstätte*. Fotos, Texte, Votivgaben. Reinhardt studiert an der Wand die Ausführungen über den antiken Mittelmeerhandel. Da betritt der Zahnarzt den Saal. Reinhardt dreht sich zu ihm um:

– Hallo, mein Lieber!

– Wie geht's?, fragt Evas Ehemann.

Woher kennen die sich? Jedenfalls kennen sie sich.

– Na ausgezeichnet, mein Lieber! Haben Sie sich drüben im Neubau den Kouros angeschaut? 700 vor Christus! Zählt zu den frühesten Großplastiken im griechischen Raum. Kouroi wurden als Geschenk an die Götter in Tempelbezirken geweiht, und nach altägyptischem Vorbild stellten sie den jeweiligen Gott dar, den der Stifter ehren wollte. Ein Meter Oberschenkel. – Was für 'ne Schenkellänge, mein Lieber.

Wohliges Vorschieben des Bauches, ein Schnaufen aus allen Löchern, eine Wolke von Ouzo. Er dehnt das Wort *Schenkellänge*:

– Schenkell–––länge. Ich muss Ihnen etwas erzählen. Überwältigend, mein Lieber, Sie können sich das nicht vorstellen!

Reinhardt lacht.

– Eine Frau. Eine unglaubliche Frau. Ich habe sie selbst entdeckt. Archäologie des Weiblichen, mein Lieber, manch einer geht achtlos an ihr vorbei.

Der Zahnarzt denkt: Hoffentlich redet der nicht von Eva! Stellt sich HP vor.

– Allerdings ...

Reinhardt setzt mit großer Geste den Finger auf die Lippen.

– ... der Kavalier schweigt, haha.

Redet dann aber doch.

– Was ich mir immer gewünscht habe. Naja, es gibt zwar im Augenblick eine gewisse Missstimmung zwischen uns ... Kleinigkeiten.

– Also ..., mein Lieber, eine aus dem Osten, nicht ganz

taufrisch, aber sowas von ... Er senkt die Stimme, um anzudeuten, dass er sich unter sein kulturelles Niveau begibt, sowas von ..., macht schließlich kaum mehr als die Mundbewegung: *rattenscharf.*

Der Zahnarzt schaut sich in einer Vitrine eine kleine Baubo-Figurine aus Ton an. Sie besteht aus Beinen, der Vulva als Leib und einem halslos aufgesetzten Gesicht, umrahmt von ordentlichen langen Haaren. Schaut keck. Am liebsten würde er seinen Akku-Bohrer zücken, er nennt ihn liebevoll Karl-Heinz, und ... Nein, diese Blöße kann er sich nicht geben.

– Ich verstehe, dass Sie begeistert sind, nickt Reinhardt. Stellen Sie sich vor. Ich sage in Potsdam: Triff mich in Taormina! Die verlässt ohne zu zögern ihren Ehemann und fliegt nach Taormina! Ist Ihnen das schon einmal gelungen? Dort lasse ich ausrichten: Triff mich auf Samos! Sie fliegt hin. Kaum treffen wir uns endlich, geht sie mir an die Wäsche. So erotisch ausgehungert war sie. Das ist eine Geschichte! Leidenschaft auf hohem Niveau! Tja, mein Lieber, das hat nichts mit Geld zu tun, allein mit Lebensart. Einmal wurde sie im Bett derart wild ... Ich musste ihr eine knallen. Sonst tu ich sowas nicht, moralisch nicht zu rechtfertigen, aber als Element der Selbsterfahrung ... Haben Sie schon mal eine Frau geohrfeigt? Als sie anschließend nackt auf dem Flur davon humpelte, war ich sowas von exaltiert ... Und wie geht es Ihrer Frau?

HP hat es satt, ihm zuzuhören. Mal sehen, wo Eva steckt. Im Vorübergehen lässt er sein Glas neu füllen.

1. Stock, rechts. Votivgaben aus Elfenbein, Holz, Ton, Kalkstein. Keine Eva. Stattdessen schon wieder Reinhardt. Wie macht der das bloß? Hört sich offenbar eine Strafpredigt an.

– ... *allein Der Frauen Zustand ist beklagenswert,* zitiert die Dame von der Yacht. *Zu Haus und in dem Kriege herrscht der Mann, Und in der Fremde weiß er sich zu helfen. Ihn freuet der Besitz; ihn krönt der Sieg! Ein ehrenvoller Tod ist ihm bereitet. Wie enggebunden ist des Weibes Glück! Schon einem rauhen Gatten zu gehorchen, Ist Pflicht und Trost; wie elend, wenn sie gar Ein feindlich Schicksal in die Ferne treibt!*

– Schon gut, sagt Reinhardt, entschuldige bitte mein Interludium mit Ilona. Eine lässliche Sünde, will ich meinen, bei einer so tiefen Beziehung wie der unsrigen.

Er reicht ihr einen *Martini Dry Special*, in dem ein rubinroter japanischer Mini-Koi schmelzend seine Runden dreht.

– Hmm, sagt sie, gut, nicht schlecht, mein Lieber, wirklich ganz passabel. Ich meine ausschließlich den Cocktail.

– Nur im *Museion* findet man das wahre Griechenland. Und man muss wohl Deutscher sein, um es zu erspüren, jenseits aller Verpflichtung zu kleinlicher Rationalität. Deutscher Dichter müsste man sein, dessen Sehnsucht sich über alles in der Welt erhebt. Aber die gibt es ja nicht mehr. Die gab es einst:

Wohl manches Land der lebenden Erde möcht
Ich sehn, und öfters über die Berg enteilt
Das Herz mir, und die Wünsche wandern
Über das Meer, zu den Ufern, die mir
Vor andern, so ich kenne, gepriesen sind;
Doch lieb ist in der Ferne nicht Eines mir,
Wie jenes, wo die Göttersöhne
Schlafen, das trauernde Land der Griechen.

– Hölderlin, nickt die Dame, Worte, die versöhnen.

Hölderlin als Helferlein, denkt HP. Das hat er nicht verdient.

– Ilona sei dir verziehen, mein Lieber, sagt die Dame, nur erlaube mir eine Bitte …

– Meine Liebe ...

– Mich im Lokal versetzen, niemals! Niemals wieder, dass das klar ist. Mein Mann übrigens hat nichts dagegen, wenn wir beide unseren Kultur-Sommer in der Ägäis ein wenig verlängern. Hauptsache, kein Aufsehen.

Reinhardt küsst ihr die Hand:

– *O daß von diesem freudigen Tage mir*
Auch meine Zeit beginne, daß endlich auch
Mir ein Gesang in deinen Hainen,
Edle! gedeihe, der deiner wert sei.

Vorhang! beschließt HP und tritt ins klassizistische Treppenhaus.

Vielleicht findet er Eva bei den kupfernen *Greifen-Protomen*. Eine *Protome*, erläutert der Reiseführer, ist *ein plastisches Kunstwerk, das den vorderen Teil eines Tieres (oder Menschen) darstellt und mit einem anderen Gegenstand verbunden ist.* Diese hier sind Mischwesen aus Schlange und Löwe und dienen als Kesselschmuck, aber hilft ihm dieses Wissen weiter? Keine Eva. In der Vitrine ein hübscher Kupferhelm, wie man ihn aus Kulturfilmen kennt, grün patiniert. Orientalische Gürtelschnallen, Sphingen, und Bes, der *zwergenhafte ägyptische Schutzdämon, Beschützer bei der Geburt und Spender von Zeugungskraft*, groß wie ein Schlüsselanhänger. Die Samier haben Handel getrieben mit Ägypten und dem Orient, kein Wunder, dass deren Formsprache hier zu finden ist. Naja, Wissen trägt einen Wert in sich.

Ilona steht am Fenster und schaut hinaus. Rührt sich nicht. Was sie wohl beobachtet? HP lugt vorsichtig aus dem Fenster am anderen Ende des Saales. Ein kleiner Barber-Shop. Hinter einem Vorhang aus Glasperlen werden im Licht eines Glaslüsters einem Kunden die Haare geschnitten. Der Friseur steht, die Schere in der Hand, der Kunde sitzt. Vielleicht hat der Friseur gerade etwas gesagt und wartet auf Antwort. Vielleicht hat einer der beiden ein heikles Thema erwähnt, etwa die Untreue der Ehefrau des Friseurs, und bereut es nun. Möglicherweise hat der Friseur soeben beschlossen, seinen Kunden umzubringen und tastet in der Tasche seines Kittels nach dem Rasiermesser.

Unvermittelt steht Reinhardt hinter Ilona. Sanft liegen seine Hände auf ihren Schultern. Als ob er überlegt, sie zu würgen oder sie zu sich zu drehen. Als ob er überlegt, sie zu schlagen oder zu küssen. Ein Kommunikationsversuch, auf den sie seiner Ansicht nach nicht angemessen reagiert. Sie bleibt starr und schaut hinaus zum Friseur, der noch immer kein Rasiermesser gezogen hat; Reinhardt lässt nicht los.

Wenn ich Reinhardt wäre, überlegt HP, was würde ich sagen? Es tut mir leid ... Ich war ein Schwein. Dann könnte Ilona versuchen, mir zu verzeihen. Oder ich sagte: Ilona, erzähl, wie es für dich war ... Dann könnte sie ihren Gefühlen Luft und Auslauf lassen. Oder wenigstens ihren Sätzen. Ich würde zuhören statt zu korrigieren. Selbst wenn es etwas zu korrigieren gäbe, das gibt es ja immer.

Ilona fragt Reinhardt direkt:
– Kannst du dir vorstellen, wie ich mich gefühlt habe, als du zugeschlagen hast?

Reinhardt lässt ihre Schultern los.
– Sicher, antwortet er, selbstverständlich kann ich mir das gut vorstellen. Du musst ganz durcheinander gewesen sein, hast dich gedemütigt gefühlt. Klar kann ich mir das vorstellen. Ich mache mir ja selbst Vorwürfe, dich nicht entschiedener vor mir gewarnt zu haben ...
– Du bist so ein, so ein ..., ein ...

– Ein auktorialer Sexist, denkt HP.

– Schlimm genug, was du getan hast, sagt Ilona, da will ich nicht auch noch hinterher doof aussehen. Es tut mir übrigens nicht leid mit deiner Kreditkarte. Ich habe sie zerschnitten und ins Meer geworfen.

Das ist eine weitere Vorlage für Reinhardt. Er könnte fragen, weshalb sie denn so sauer gewesen ist. Er fragt nicht. Sagt bloß:

– Naja, dann weiß ich wenigstens, wo sie ist, haha.

– Vielleicht lüge ich, haha, entgegnet Ilona, und plane einen Kreditkartenbetrug, haha. Kannst du dir das vorstellen, haha?

Selbstverständlich kann er das nicht. Für derart naiv hält er sie!

– Ach Ilona, seufzt er, warum musste es so kommen mit uns?

Dreckskerl! Ilona versucht es ein letztes Mal:

– Okay, geschehen ist geschehen. Was ist mit uns beiden? Bitte, ein offenes Wort!

Lacht er:

– Von mir aus, vergeben und vergessen.

– Reinhardt, sagt Ilona, ich erwarte, dass du dich bei mir entschuldigst. Nicht ich habe dir etwas getan, sondern du mir.

Antwortet er:

– Lass uns nicht streiten. Es ist ein zu schöner Abend. Also, entschuldige bitte.

Er küsst ihr die Fingerspitzen. Sie macht sich los und verlässt das Fenster.

– Bin gleich zurück ...

Er nickt verständnisvoll. HP sieht durchs Fenster, sie huscht rüber zum Automaten der *Alpha Bank*. Kein Problem mit der

PIN. Sie hat aufgepasst. Das gönn ich ihm. Zwar schmerzt Reinhardt das Geld nicht, aber der Eingriff in seine Privatsphäre wird ihn deprimieren. Noch in fünfundzwanzig Jahren wird er sich an die Ilona erinnern, die mit seiner Kreditkarte Geld abgeräumt hat. Wann er wohl das Konto sperrt? Ilona stopft Scheine in ihre Handtasche. Als sie zurückkehrt, sagt Reinhardt:

– Nutz die Karte weiter, solange wir hier sind.

Sie lächelt und lässt sich küssen. HP stößt in leiser Wut gegen die Vitrine, hinter der er Deckung genommen hat. Zwei Granatäpfel aus Ton berühren sich dumpf klickend. Gerade noch entschlüpft er durch die Tür, da erwischt ihn Reinhardt:

– Gut, dass ich Sie treffe, flüstert er. Sie müssen mir helfen. Es läuft wieder mit Ilona. Ich bin zuversichtlich, das wird die Versöhnung, mein Lieber. Großartige Arbeit! Danke für alles. Nur ... heute Abend bin ich leider bereits verplant. Sie verstehen, ich konnte nicht wissen, dass Ilona ebenfalls hier sein würde. Vielleicht könnten Sie so freundlich sein, sich ein letztes Mal, ein allerletztes Mal ihrer anzunehmen ... Danke.

Drückt ihm ein Bündel Scheine in die Hand und lässt ihn stehen. HP tritt zu Ilona ans Fenster.

– Ich komme schon klar, wirklich. Mach's gut!

Der Friseur steht neben seinem nunmehr leeren Frisierstuhl. Ist der Kunde gegangen? Liegt er mit durchschnittener Kehle außerhalb von HPs Gesichtskreis? Ilona betritt das Geschäft. Mit einer großen Schere schneidet ihr der Friseur die Haare ab.

30|Erdbeben

So ist denn ein ausschweifendes Fest wie ein Traum, wie ein Märchen vorüber. Ilonas Aufbruch ins Glück endet als Nebenfrau eines reichen Nichtstuers, dem ich nur neide, mit welcher Nonchalance der Kerl unproduktiv ist. Und wie der Mann es schafft, andere für seine Einfälle zu engagieren. Er delegiert und dirigiert, bis er keine Lust mehr hat. Dann stehe ich blöd da.

Manchmal hat HP keine Lust mehr, HP zu sein. Lieber wäre er Friseur im Barber-Shop. Ach, er denkt sich so viel aus. Jetzt ist er müde, und Ilona lässt sich die Haare schneiden, ohne mit ihm darüber zu reden. Sie hat nie auf mich gehört, denkt HP.

So wie eben werden die reden, nachdem ich ausgestiegen bin aus ihren Geschichten.

Er kann sich den berühmten Kouros ja mal anschauen. Dann hat er später etwas, um es seiner Schwester zu erzählen. Wo die Froschmänner wohl sind?

Im Neubau ist es schön leer. Alle naschen noch am Buffet von den mediterranen Köstlichkeiten. Wie man bei dem Wetter nur so viel essen kann. Ach, das ist er also?

HP steht vor dem gigantischen Marmormann, 4 Meter 79. *Der linke Oberschenkel war in der Mauer eines hellenistischen Hauses verbaut, der linke Unterarm diente als Trittstein einer römischen Zisterne. Die ganze Statue war ursprünglich mit rotbraunem Ocker bemalt, Einzelheiten wie Haare, Augen,*

Lippen und Schamhaar waren in anderen Farben abgesetzt,
liest er auf der Erläuterungstafel.

Als man den Körper des Kouros fand, musste das Museum
zwei Meter tiefer gelegt, als man den Kopf fand, die Decke erhöht werden.

*Wie alle Jünglingsfiguren (Kouroi) aus der archaischen Zeit
ist er nackt, im Gegensatz zu den Mädchenfiguren (Koren), die
immer bekleidet dargestellt waren. Eines aber hatten beide Ge-
schlechter gemeinsam, den Ausdruck eines feinen Lächelns.*

Unergründlich lächelnd schreitet der archaische Jüngling
durch den Saal, zwei junge Amerikanerinnen bestaunen seine
charmanten Hinterbacken. Auch die großen Hoden. HP erinnert sich an seine Kindheit. Grundschule, Wandertag, mit
dem Bus in den Großen Garten von Hannover-Herren-
hausen. Das Barockparterre voller nackter Statuen und
selbstverständlich Gekicher bei den Kleinen. Hört her, sagt
der Lehrer, das sind keine nackten Frauen, das sind Sinnbilder:
Amerika, Europa, Afrika und Asien. Das vollbusige Amerika
beeindruckt HP am meisten, weil ein Alligator dabei ist. Und
das ist kein nackter Mann, sagt der Lehrer, sondern Herkules.
Man sieht das an seiner Keule.

Auf diese Weise haben wir gelernt, dass, was wir sehen, nicht
das ist, was wir sehen, sondern das, was ein Experte uns erklärt.

Schade, dass dem Kouros der Penis fehlt. Abgeschlagen von
einem christlichen Fundamentalisten, vermutet HP.

Nebenan beginnt das weibliche Streichquartett in fleisch-
farbenen Seidenkleidern ein Vorspiel, das die Menge
zusammenrufen soll. Schon strömen die Besucher durch beide
Türen herein.

Mit Ah und Oh, denn auf dem Absatz zwischen Kouros und
dem anderen Flügel des Neubaus ist eine Bar aufgebaut. Un-

glücklicherweise befindet sich der Weißwein am anderen Ende der weißgedeckten Tafel. HP wird abgedrängt und schafft es nicht, sich zu behaupten. Die Energie hat er heute Nacht nicht. Also greift er ein Glas Roten. Er vermag sich keinen Schritt von der Bar zu entfernen, ist vollkommen eingekeilt.

– Leute, ruft er, bitte. Efkaristo! Sorry. Please …

Er merkt es, ein klaustrophobischer Anfall naht. Das letzte Mal, im Eupalinos-Tunnel, hat ihn Ilona gerettet. Wer hilft ihm hier? Er stellt sein Glas ab. Er schwitzt. Er starrt ins lächelnde Gesicht des Kouros. Der hat nichts anderes zu tun, greift trotzdem nicht ein. Eine Riesenstatue, die lebendig wird, das müsste für eine schöne Panik reichen. HP ruft laut.

– Fire!

Die Umstehenden lachen. Er schwitzt immer mehr, sein Herz rast, er überlegt, wohin er sich fallen lassen soll. Bitte nicht zwischen die gefüllten Rotweingläser. Er würde stürzen, Gläser klirrten, Rotwein ergösse sich über seine Hose und über das weiße Tischtuch. Dann trüge man ihn raus, die Füße voran. Sicher wäre es besser, erst vor der Tür wieder aufzuwachen, so peinlich wäre ihm seine Hilflosigkeit.

Die Musik bricht kurz ab. Dann flirrende Streicherspannung, kaum auszuhalten, ein Rhythmus setzt ein, etwas Volkstümliches, klassisch verarbeitet, gebremst modern. HP denkt, ich muss kotzen, und wünscht sich lieber eine Ohnmacht. In diesem Augenblick hüpfen sieben schwarze Männer in Neopren-Anzügen mit lautem Gebrüll in den Saal. Mit Taucherbrillen und Schwimmflossen umkreisen sie den großen Kouros im wilden Frosch-Tanz. Wer sich sowas bloß ausdenkt? Ist das militärischer Humor? Eine Hommage an deutsche Edgar-Wallace-Filme? Sind das wirklich Soldaten? Clowns? Oder Anarchisten?

– Das Ballett aus Athen habe sein Flugzeug verpasst, erläutert ein Herr nebenan. Da muss eben das Militär einspringen! Der Bundespräsident lacht.

In HPs Kopf dreht sich alles. Ihm ist das egal, Hauptsache, er ist aus der Verantwortung für sich selbst raus. Doch da zupft jemand ihn an der Hose, ganz unten am Bein. Eine Hand hat sich unter der bodenlangen Tischdecke hervorgestohlen und zupft. HP schwitzt, muss aber auch lachen. Das ist wie bei Familienfeiern, wenn sich der Nachwuchs in seine Parallelwelt unter den Tisch zurückzieht. HP schlängelt sich hinter das Tischtuch. Die Hand ist verschwunden, aber ...

Durch eine halbgeöffnete Tür fällt Licht auf eine Champagnerflasche.

– Trink mich!, flüstert eine Stimme.

HP kriecht unter dem Tisch entlang und schnappt die Flasche.

Eine gemütliche Ecke. Noch zwei Watschelschritte und er befindet sich in einem kleinen Nebenraum voller Getränkekisten und Kartons. Ein Kühlschrank brummt, eine Tiffany-Leuchte schummert. Das ehemalige Museumscafé, heruntergekommen zur Abstellkammer. Verhängte Fenster, zwei uralte Thonet-Stühle stehen herum, an den Wänden Fotos in Schwarz-Weiß: der Eiffelturm, Pont Neuf, Arkaden im Parc Monceau, ein schlafender Mann, den Kopf auf die Theke gelegt. Daneben ein Plakat: *Les Rita Mitsouko live á Paris*. Vermutlich verschläft hier das Aufsichtspersonal die heiße Zeit des Tages. Zwischen Kisten und Kästen Eva auf einer Chaiselongue.

– Na?

HP setzt sich zu ihr. Sie knutschen wie Fünfzehnjährige, bis sie einen Lachanfall bekommt.

– Du bist wundervoll, sagt sie, wie gut, dass es damals nicht geklappt hat mit uns, sonst wären wir jetzt bestimmt nicht hier. Durch die halbgeöffnete Tür beobachtet er den Tanz der Froschmänner in einem Spiegel. Gerade errichten sie eine menschliche Pyramide bis zur Höhe des Kouros-Kopfes.

– Los, sagt Eva, trinken wir! Und dann ...

Sie öffnet die Flasche Champagner mit einem leisen Plopp.

– Prost, sagt sie. Was soll ich bloß mit dir machen?

– Mich retten, sagt HP, am liebsten immer wieder.

Die Musik hält inne. Oben auf der Froschmann-Pyramide wird ebenfalls eine Flasche Champagner entkorkt, natürlich mit einem Knall. Es schäumt und sprudelt, man schenkt sich ein und prostet dem Publikum zu, prostet im Spiegel den beiden im Abstellraum zu.

– Aber ich weiß ja, am liebsten würdest du Ilona nachlaufen, sagt Eva und stellt ihr Glas beiseite.

Sie weint wie vor Jahren. Ist es möglich, die Vergangenheit zu korrigieren? Nein, glaubt HP und nimmt Eva trotzdem fest in den Arm.

Intimes Theater. Kammerspiel. Kein Dritter sieht uns zu. *Das Paar erzählt sich Geschichten, inszeniert sich in einer Erzählung, die mit Sinn ausgestattet ist,* schreibt Jean-Claude Kaufmann in *Der Morgen danach.* Bedeutet, dass wir mit Zuschauern rechnen, sonst müssten wir uns nicht verstecken. Bedeutet: Intimität ist etwas Exhibitionistisches. Man wird intim und stellt sich einen Beobachter vor, dem man sich entzieht. Gleichzeitig ist er imaginär anwesend. Wir geben dem kollektiven Über-Ich eine Privatvorstellung, damit es dem Verstoß gegen seine Gesetze applaudieren soll. Was es nie tut. Nur Kinder glauben an sowas. Und Künstler.

– Was denkst du?, fragt Eva.

Natürlich antwortet er:
– Nichts.
Wie soll er aus dieser Geschichte rauskommen? Die Musik schwillt an, zwei Froschmänner hüpfen herein und ziehen Eva mit sich fort.
– Hej, ruft HP.
Unter Gejohle und Beifall der Menge reichen die Taucher sie über den Köpfen der Tanzenden herum, einmal im Kreis um den Kouros. Eva stimmt ein in das allgemeine Lachen und Lärmen.
Als sie wieder bei HP vorbeikommt, greift sie seine Hand. Er reißt sie an sich und hält sie fest im Arm. Jetzt hat endlich einmal er sie gerettet. Sie lacht ihn an.
Die Froschmänner nehmen Applaus entgegen und verschwinden nach draußen.
Dann grummelt es, zuerst so leise, dass man es kaum hört, dann etwas lauter. HP überlegt, wo es wohl herkommt. Es grummelt überall, ohne Quelle und ohne dass sich ein Bild zum Ton einstellen würde. So etwas hat HP noch nie gehört, ein Geräusch ohne Klang, falls es so etwas gäbe. Was soll das sein? Die Gläser auf dem Büfett klirren, das Publikum schweigt, schaut, niemand sagt ein Wort. Der Boden wankt, das sekundenlange Beben findet schockartig seinen Weg durch HPs Körper ins All. Der Kouros lächelt archaisch und archaischer, streckt die Zunge heraus, stürzt endlich aufs Getränke-Büfett. HP hält Eva fest im Arm und ist sich sicher: Das ist die wiedergefundene Zeit und ich bin jetzt die Hauptperson.
Das Epizentrum des Erdbebens liegt einige Kilometer entfernt bei dem Dorf Mytilini. Es erreicht 5,6 auf der Richterskala.
Doch das ist eine andere Geschichte.

Inhalt

1|Taormina am Abend Seite 7
2|Zwischenspiel mit Sodbrennen Seite 18
3|Taormina am Morgen Seite 23
4|HP betritt die Bühne Seite 27
5|Pizza im Park Seite 34
6|Man reist ja nicht, um anzukommen Seite 42
7|Am Boden Seite 49
8|HP packt aus Seite 57
9|Hyperion's Garden Seite 66
10|Am Hafen Seite 80
11|Hexeneinmaleins Seite 91
12|Ameisen in der Landschaft Seite 98
13|Eupalinos Seite 106
14|Absturz Seite 117
15|Ariadni und Dionysos Seite 124
16|Der Morgen danach Seite 134
17|Ladendiebstahl Seite 143
18|Hummer am Hafen Seite 151
19|Humboldt der Hahn Seite 160
20|Mücken und Melancholie oder Bettgeschichte Seite 168
21|Am Fähranleger Seite 175
22|Das Kloster zur schönen Aussicht Seite 184
23|Grotte Seite 192
24|Hippies am Hafen Seite 199
25|Bar Phosphorus Seite 209
26|Der tote Punkt Seite 218
27|Nachts am Strand Seite 225
28|Museum Seite 234
29|Rundgang Seite 240
30|Erdbeben Seite 249

BIRGIT RABISCH

Lachen erlaubt,
Palaver ist Pflicht!
Generation '68

Paperback, 168 Seiten
ISBN 978-3-94086-30-7

Putzfrau
bei den Beatles

50 Jahre 1968! Ein Grund zu feiern? Ja. Ein Grund zu kritisieren? Durchaus. Ein Grund zu lachen? Oft. In „Putzfrau bei den Beatles" heuert die junge Möchtegern-Schriftstellerin Jana als Putzfrau auf dem „Yellow Submarine" an, um mit Ringo, George, John und Paul in die Vergangenheit ab- und in der Gegenwart wieder aufzutauchen. Doch nichts ist, wie es scheint, und dann entert auch noch ein Zwölfjähriger das Boot, der behauptet, Pauls Enkel zu sein ...

Die Begegnungen, Konflikte und Krisen zwischen der Generation '68 und ihren pragmatischeren Nachkommen werden von der Hamburgerin Birgit Rabisch seit längerem thematisiert, zuletzt auch in ihren Romanen *Die vier Liebeszeiten* und *Wir kennen uns nicht.*

www.duotincta.de

Das Scharze Meer der Melancholie

Paperback, 240 Seiten
ISBN 978-3-94086-07-9

Da liegt einer. Es ist ein Krankenhaus. Er weiß etwas. Darum ist er hier. Die Insel hat ihn entwurzelt. Ich mag ihn küssen. Ich habe mich verliebt.

Er ist vom Meer gekommen. Ich war noch nie am Meer. Ich werde ihm meine Geschichte erzählen, und er mir die seine. Dann werden wir aus unseren Geschichten ausbrechen. Wir werden ein Abenteuer wagen. Das Abenteuer trägt die Namen Liebe und Leben.

Noch glaubt er daran nicht. Er ist neu hier. Er muss noch schlafen. Er muss sich erholen. Ich lausche seinen Atemzügen.

Wenn er mir das Meer zeigt, werde ich ihn heiraten. Er wird mir ganz sicher das Meer zeigen. Das Meer ist nämlich schön, wunderschön.

Ob ich mich ein wenig zu ihm legen kann?

Achtung, da kommt die Schwester!

www.duotincta.de

MIX

Papier aus verantwortungsvollen Quellen
Paper from responsible sources

FSC
www.fsc.org

FSC® C105338